सरकती रेत

सरकती रेत

नीलम शंकर

वाणी प्रकाशन

वाणी प्रकाशन
ज्ञान के विविध आयामों के प्रकाशक

वाणी प्रकाशन का 'लोगो' विख्यात चित्रकार मक़बूल फ़िदा हुसेन की कूची से

वाणी प्रकाशन, 4695, 21-ए, दरियागंज, नयी दिल्ली-110002
वाणी प्रकाशन, अशोक राजपथ (पटना कॉलेज के सामने), पटना (बिहार)

SARAKATI RET

by Neelam Shankar

Collection of Short Stories

ISBN : 978-93-5000-217-9

प्रथम संस्करण

मूल्य : 295/-

वाणी प्रकाशन

फोन : 0091#11#23273167, 23275710

फैक्स : 0091#11#23275710

वेबसाइट : www.vaniprakashan.in

ई-मेल : vaniprakashan@gmail.com

vani_prakashan@yahoo.com

आर.टेक ऑफसेट प्रिंटर्स द्वारा दिल्ली-110095 में मुद्रित

समर्पित

''स्वर्गीय मम्मी-बाबूजी को जिन्होंने
आत्मबल के जरिये अन्याय के
खिलाफ़ लड़ना सिखाया।''

अनुक्रम

रामबाई

किसी नेता की सुदृष्टि किसी शहर पर पड़ जाये तो उसका कायाकल्प हो जाये। यदि किसी गाँव पर पड़ जाये तो उसका विकास हो जाये। और यदि कहीं उनकी दृष्टि के दायरे में कोई देश आ जाये तो उनका प्रेम ऐसा उमड़ेगा कि वहाँ के प्राणी-प्रकृति उन्हीं के भाई-बयार हो जायें वे इसी प्रयत्न में लगे रहेंगे।

ऐसे ही एक नेता की दृष्टि बलिया के एक गाँव कैथी-कलां पर पड़ गयी। उन्होंने उसको अम्बेडकर गाँव घोषित कर दिया। अम्बेडकर गाँव घोषित होते ही लोगों को खुशी ही खुशी नजर आने लगी, उन्हें लगने लगा वह दिन दूर नहीं जब अपना गाँव भी शहर जैसा ही हो जायेगा। विकास का क्रम ऐसा जहाँ खड़ंजा था वहाँ डामर रोड हो गयी। जहाँ पर कच्चा था वहाँ खड़ंजा बिछ गया। जहाँ ऊबड़-खाबड, गड्ढा-गुड्ढी था वहाँ समतल पगडण्डी बना दी गयी थी। पूरा गाँव बिजलीमय हो गया था। भले ही बिजली दो घण्टा आवे या गायब

हो जाये तो हफ्ता-हफ्ता गोल हो जाये। खैर बिजली आने से जिन घरों के लोग परदेस (कलकत्ता-बम्बई-दिल्ली-अहमदाबाद आदि आदि) जा बसे थे और जिनकी कमाई कुछ भी ठीक थी साथ ही घर की उतनी वड़ी जिम्मेवारी भी नहीं थी। तो किसी के घर में पोर्टेबल टी.वी. किसी-किसी घर में बड़ा वाला श्वेत-श्याम टी.वी. आ गया था। जब भी बिजली आती टी.वी. चलना शुरू हो जाता। घर के लोग तो होते ही होते आरी-बगल के लोग भी, जब तक बिजली आती तब तक टी.वी. देखी जाती। ग्रामीण पी.सी.ओ. भी खुल चुका था। तो अब चिट्ठियाँ कम ही आतीं, लोग अपने पति-पुत्रों का ख्याल उसी से रखने लगे थे। खैर सूचना क्रान्ति से वह गाँव भी अछूता नहीं रह गया था। सभी अपने-अपने स्तर से सूचनाएँ ग्रहण करते, आदान-प्रदान करते। मतलब गाँव जागरूक हो रहा था।

इसी विकास अभियान में निहोरे का परिवार भी शामिल था। कच्चे-पक्के चौदह बच्चों में उसके केवल एक बच्ची ही जिन्दा बची थी। निहोरे मियां-बीवी अपनी सोच से कम दूसरों की सोच से ज्यादा दुःखी रहते कि हमारे कोई बेटा नहीं है। परन्तु टी.वी. का वह विज्ञापन जिसमें बिटिया पिता को साइकिल पर पीछे बैठाकर ले जाती है। उन्हें धीरज बँधाता। ऐसे ही छुट-पुट किस्म-किस्म के सरकारी विज्ञापनों को देखते-देखते उसकी बेटी रामदेई किशोर हो गयी थी। कुछ माँ-बाप की परिष्कृत हुई सोच, कुछ रामदेई की अपनी सोच से उसका व्यक्तित्व गढ़ रहा था। रामदेई नाम के पीछे भी एक कहानी थी। राम ने ही उसे चौदह बच्चों में जिन्दा रखा था। इससे उसका नाम रामदेई पड़ गया था। वह बड़ी ही मेहनती और जुझारू थी। इन गुणों के चलते गाँव के ही एक बाबू साब ने उसका नाम रामबाई रख दिया था। तब से लोग उसे रामबाई के नाम से पुकारने लगे थे। आखिर गाँव के किसी बड़े आदमी ने उसका नाम रखा था। जो निहोरे के लिए गर्व की बात थी।

वह माँ के साथ हाथ बँटाने शायद ही कभी किसी बाबू साब या महाराज लोगन के यहाँ गयी हो। वह तो अपने बाबा के साथ हाथ बँटाने खेत भाग जाती थी। टोले के लोगों की, पट्टीदारों की उँगली तो उठती पर इकलौती मान-मनौव्वल से बची औलाद के आगे सभी उँगलियाँ दिशाहीन हो जाती हैं। परन्तु इस सारे प्रकरण में सबसे ज्यादा उसकी माँ को ही सुनना पड़ता था। टोले, पट्टीदारों के लोग तो थे ही बाबू साब, महाराज जी लोगों के घर की स्त्रियों को सबसे ज्यादा एतराज होता। कोई प्यार-मोहब्बत या किसी फिक्र के कारण नहीं माँ के साथ आती तो काम में और मदद होती। माँ को जितना ज्यादा सुनना पड़ता वह उतना ही खिसियाती थी। घर में मारी जाती, कपार फूटता, देह छिलती। जब तक कराहती तभी तक घर में रहती, नहीं तो फिर खेत-खलिहान, बाग-बगीचा कहीं भी पहुँच जाती जहाँ उसके बाबा (पिता) हों, या ना भी हों।

बलिया की रामबाई बेहद सुन्दर। ऐसा नहीं कि फक्क गोरी-चिट्टी वाली खूबसूरती। उसका पक्का गेहुँआ रंग लेकिन कद-काठी चेहरे-मोहरे की गढ़न ऐसी जैसे भगवान ने स्पेशल साँचे में ढाला हो। और शरीर तो श्रम-सौष्ठव से ऐसा गढ़ उठा था कि जिम-जॉगिंग वाली छोकरियाँ-सुन्दरियाँ भी उसके आगे फीकी जान पड़तीं। इन सब खूबियों के साथ-साथ एक खासियत और थी उसके पास गुड़ घोली मिठास जैसी उसकी आवाज। यह खूबसूरती किसी कल्पनालोक की नहीं वास्तविक लोगों की आँखों देखी थी। उसके चेहरे-मोहरे की सजावट का काम किया था उसकी विनम्रता ने। सुन्दरता से जाति का कुछ लेना-देना नहीं होता। ऊपर वाले की कृपा से किसी भी जाति की कोख से सुन्दरता फूट सकती है। उसी बड़ जात को ठेंगा दिखाती एकदम नान्ह जात की रामबाई। उसको इस सुन्दरता की कीमत जहाँ-तहाँ अपमान-उपेक्षा से चुकानी पड़ती थी।

वह पन्द्रह बरस की कद-काठी से लगती बाईस बरस की। उसका जीने-रहने का अपना ढंग-ढब था। कैथी के सरपंचों में

मूँछधारी-चुटियाधारी सभी थे। उन्हीं लोगों ने ही उसके पिता का जीना हराम कर रखा था। भर दौरी उन्हें लांछन-उलाहने सुनने पड़ते। उसे घर के अन्दर की बेगारी नहीं पसन्द थी। जहाँ उसे कदम-कदम पर छुआ-छिरकन, अलगाव-फरकाव का सामना करना पड़ता। यहाँ तक कि कण्डा उसकी माँ पाथती, सूखने पर वह नहीं दे सकती न रामबाई। खाने-पीने की चीज का तो कोई सवाल नहीं, लकड़ी-कण्डी तक छू छा गया तो उन लोगों के घरों में धोई जाती। सात पुश्तों तक वह अपनी जाति में ही जन्म ले इसका शाप ऊपर से घेलवा के रूप में मिलता। यह तो एक बानगी भर है, ऐसे ही ढेरों अपमानजनक वाक्यातों का सामना माँ-बेटी दोनों ने ही किया था। माँ तो, अपनी नियति मानती पर रामबाई नहीं। माँ समझाती "आपन तो इहै करम हौ" पर रामबाई का जिगर इसे स्वीकारे तब न। वह खेतों की बेगारी कर आती जहाँ उसके बाबा थे या फिर मर्दों की सोच में इतनी छूत-पाँत नहीं रह गयी थी। पर उनमें कुछ और था। उनकी निगाहों में था। उनकी बेजा हरकतों में था। जिसे वह अपनी नियति मान झटक देती थी।

उसके लिए बचपन से ही लड़कों की सोहबत न अलंघ्य थी न अलभ्य। बड़ी जाति वालों को लगता यह अपनी सुन्दरता का ढुमका-नखरा दिखाकर हमारे लड़कों को बिगाड़ रही है। बल्कि उनका यूँ मानना कि लड़के-मरद सभी अपनी-अपनी जिम्मेदारियों से कट रहे हैं। रामबाई को लेकर अब तक कोई गम्भीर झगड़ा नहीं हुआ था। हाँ अन्देशा कई बार लगा, बाबू साब लोग महाराज लोगों पर भारी पड़ जाते थे। हाँ इतना संयम अब तक जरूर बरता गया था कि बाबू साब लोगों ने गोली- बन्दूक से किसी को भी धमकाया नहीं था।

तभी एक दिन गाँव के मुखिया सरपंच ने उसके पिता को बुलवा भेजा, 'सम्भार आपन सुअरिया के, ओके गनगी न मिली त साफे

जगह मुँह मारे लगी। ओकर परछइयों हमरे लइकन के दागी कर देई।' उलाहना नहीं आदेश था उन जबरों का निहोरे को। जो एक पिता को बेटी के बारे में अपशब्द-उलाहना-लांछन नहीं सुनना चाहिए था, वो तक सुनना पड़ा था। उसका बाप शराबी-जुआड़ी तो था नहीं जो अपनी बेटी के बारे में न जानता हो। ताकतियों ने सारी मर्यादा को धता बताते हुए उसकी बेटी के बहाने से उसकी इज्जत को गोबर-माटी में खूब लोथारा था। अन्त में निर्णय भी सुना दिया, 'भल ऐहि मा बा कि आपन धेरिया के बियाह क द, न त तू लोगन दस दिन में गाँव छोड़ के चल जा। दस दिन माने दस दिन।'

निहोर और निहोर बो (बहू) में इतना साहस और कठ-करेजी कहाँ जो अपने जीते-जी अपनी एक आँख यानी इकलौती औलाद को कहीं गोड़ दें। अच्छी तरह देखेंगे-भालेंगे तब न करेंगे बियाह। पर ये पट्टीदार-टोले वाले किसके साथ साफ दिल से खड़े होते हैं जो उसके साथ होते। उन लोगों ने निहोर पर इतना दबाव डाला कि उसका बियाह आनन-फानन में तय हो गया।

टोले वाले कितना भी टी.वी. देख रहे पर जागरूकता तो अपने हिसाब से ही ला रहे थे। बहन-बेटी के लिए मँड़ई-माटी का त्याग किस पिता-भाई ने किया है जो उसका पिता कर पाता। कौन-सी बेटी की मरजी पूछी जाती है जो उसकी पूछी जाती। वह अपनी लाचारगी-अपमान का घूँट पी रही अपने बाबा के लिए। अगुआकार, ढूँढ़ने वाले, करवाने वाले सारे उसके ही पट्टीदार। अपने बाबा-माँ को छोड़ वह विदा कर दी गयी थी।

उसका बियाह सिवान के पैंतीस बरस के अधबुढ़ से हुआ था। यह बेमेल जोड़ा बमुश्किल दस दिन ही टिक पाया होगा। पन्द्रह बरस की रामबाई पहले दिन से ही मन बना ली थी कि यहाँ तो नहीं ही रहना है। हिम्मत दस दिन बाद आयी। न उसने आगा देखा न पीछा बस एक दिन भोर अँधेरे सबको सोता छोड़ सिवान से कैथी आ

गयी थी। भयभीत माँ जिसे जबरों की पिछली धौंस-धमकियाँ भूली नहीं थी, माँ की खरी-खोटी गाली-गुफ्ता को एक कान से दूसरे कान पहुँचाने में ही उसने अपनी भलाई समझी थी। डरे-सहमे काका-बाबा की दुत्कार-फटकार-गरियाव का तो कोई हिसाब नहीं था। वह फिर नहीं गयी तो नहीं ही गयी।

रामबाई का वापस कैथी आना जैसे गाँव में कोई बहुत बड़ी दुर्घटना हो गयी हो। प्रधान और सरपंचों की बैठकी का समय बढ़ गया था आफत से निजात पाने के नये-नये प्रस्ताव रखे जाते, खारिज किए जाते। वह उतना सहज ढंग से बोलती-बतियाती कि आतुरता से लबरेज हर किसी को लगता 'कि बस रामबईया अब हमरी ही हो जायेगी।' उन्हीं लोगों में आपस में कहा-सुनी-गुटबाजी हो जाती बस मारपीट की नौबत नहीं आयी थी। रामबाई से सम्बन्धित सारी जानकारी प्रधान-सरपंचों को मिला करती। उन जबरों के शातिर दिमाग ने एक तरीका सोच निकाला। उस पर अमल के लिए चार लवण्डों को जो मिली-जुली जाति के थे लगा भी दिया।

हाँ तो उस दिन उमस भरी रात थी, वह आँगन में नहीं अपनी मँड़ई के बाहर माँ-बाबा के संग सो रही थी। बहुत दिनों से तके सरपंच के गुर्गों ने उस दिन हद कर दी। चार लवण्डों ने मिलकर रात के दूसरे पहर उसकी झलँगा बसेटी को चारों कोनो से उठवा लिया था। अभी एक फर्लांग ही चले होंगे कि रास्ते में मंहगू मिल गया। जो आधी रात को पेट की गुड़गुड़ी शान्त कर लोटा-लाठी लिये लौट रहा था। उसने देख लिया था बसेटी पर लेटी हुई को। उसकी जानेमन की दुर्गति करने ये लोग उसे कहाँ ले जा रहे। कण्ठ से आवाज तो निकली लेकिन उसकी सटी जीभ ने उसे रोक दिया था। असहायता में लगा लाठी-लोटा बजाने। शोर सुन रामबाई बसेटी से कूद पड़ी थी। चारों, पहले तो डरे फिर तुरन्त ही अकड़ के साथ, 'का रे ते कहाँ से बिलार के माफिक आ गइले।' वही इकलौता चश्मदीद

गवाह था। जिसके बोल नहीं फूटते उसकी आँखें बोलने लगती हैं। बेर जैसी बड़ी-बड़ी आँखें निकाल कमर पर दोनों हाथ रख छै फुटा तन्दुरुस्त शरीर दैत्याकार लगने लगा था। मंहगू के बाँहों की मछलियाँ, आँखों का रक्त देख उन चारों कच्चे गुर्गों को तो फुरफुरी आ गयी थी। रामबाई को वहीं छोड़ घुड़कते-धमकियाते अलोप हो गये थे। जिस मंहगू ने उसे बचाया वह दोनों एक ही गाँव के थे। चूँकि मंहगू थोड़ा ऊपर की जाति का था सो टोला भी अलग हो गया था। पर रामबाई की पूरी-पूरी नजर मंहगू पर उसी दिन पड़ी थी। उतनी देर में ही उसने अपने कई जाती अनुभव से अपनी दुर्दशा का पूरा सीन देख लिया था। भयानक रूप से वह थर-थर कांपने लगी थी। मंहगू की आँखों में निःस्वार्थ प्रेम, सुरक्षा का प्रबल आश्वासन भी उसे उसी वक्त दिखा था। तभी उसने एक बड़ा निर्णय ले लिया था। हाँ मंहगू को अपनी जान प्यारी, उससे भी प्यारी रामबाई। वह मंहगू के नाम की चूड़ी-बिन्दी-साड़ी पहन, चन्द दिनों में ही सुरक्षित राह को वे दोनों निकल पड़े थे। गाँव तब का छूटा फिर छूट ही गया था।

कोई अनायास अपनी जड़ों को नहीं छोड़ता। ये अस्तित्व-अस्मिता का भय ही है जो मंहगू-रामबाई सरीखे लोगों को दर-बदर कर देता है। जीवन चलाने के लिए मंहगू-रामबाई गोपालगंज के एक ईंट-भट्ठे पर काम करने लगे थे। वहीं ऐसे लोगों को सबसे आसानी से काम भी मिल जाता है। घबराए-बौखलाए लोगों को पहले काम तो मिले, पगार की चिन्ता तो बाद में ही आती है। ईंट के भट्ठों पर घोर तपती गरमी में जितना तेजी से काम हो पाता है उतना अन्य मौसमों में नहीं ही हो पाता है। जून का पहला पखवारा, गरमी चरम पर, काम रफ्तार पर। भट्ठे पर अहियात ईंटा। उसी से बना आड़, ऊपर छप्पर, बन गया सभी का रैन बसेरा। जो पुराने-भरोसे के कामगार थे उनको छप्पर की जगह टाटा की चादर मिली हुई थी। पर मंहगू-रामबाई का रैन बसेरा तो छप्पर वाला ही था। जरूरत के मुताबिक भट्ठे के पास

ही सभी मजदूरों की अपनी कोठरी-कोठरा। ताकि दैनिक कार्यों के निपटान-निबटान में समय जाया न हो। और उत्पादन लक्ष्य की सीमा को जरूर पार करे। आषाढ़ लगते-लगते पानी-बूँनी भी पड़ने ही लगती है। वह उसका अपना समय है। ईंटा पाथने-पकाने का काम बन्द हो जाने के भय से मालिक केवल छै घण्टा सोने की मोहलत देता। बाकी समय भट्ठे पर काम ही काम।

रामबाई भट्ठे पर बहँगी बना ईंटा ढुलाई का ही काम करती थी। इसके साथ ही वह कुछ अतिरिक्त काम भी कर दिया करती थी। अपने काम में से समय बचाकर। ताकि मालिक प्रसन्न रहें और समय से (साप्ताहिकी) पगार मिलती जाये। नये लोगों के लिए जानबूझकर पगार की किल्लत ऐसी जगहों पर रखी ही जाती है, ताकि मजदूर अपने कब्जे में रहें। उसका अतिरिक्त काम, जहाँ धूल ही धूल का साम्राज्य हो वहाँ मालिक की कुर्सी-मेज पर कभी धूल न बैठने पाती। वह तख्त जिस पर मालिक बैठते थे, चादर नियम से झाड़ती रहती सलवटें तक न पड़ने देती।

ज्यादातर भट्ठा मालिकों का मजदूरों से सीधा संवाद नहीं ही होता है। संवाद का माध्यम बनता है मुंशी। इस मालिक का अपना नियम-धरम। वह प्रायः सीधे ही संवाद कर बैठता था। दिन में कई-कई बार भट्ठे पर काम निगरानी में जाता। जहाँ सीधे ही रामबाई से मुलाकात हो जाती थी। इस मुलाकात का दायरा आगे नहीं बढ़ पा रहा था। नहीं मालूम मुंशी की सलाह थी या मालिक की अपनी चाल। एक दोपहर वह अपने काम में तल्लीन थी। उसे खबर दी गयी कि उसका छप्पर धू-धू कर जल रहा है। आग बेतरह लगी थी। वहीं पास के चापाकल से होलई और टींड़ी कितना पानी निकाल पाते जो आग शान्त हो जाती। ढेर सारे मजदूरों में केवल दो ही आग बुझाने के लिए भेजे गये। रामबाई को पहले आश्चर्य हुआ फिर वह समझ गयी थी। उसे मालिक की सरासर बदमाशी दिखी थी। फूस-फूस जल

गया था ईंट से बनी दीवारें ही रह गयी थीं। और बच रहा था टीन का बक्सा (जो मालकिन की सौगात थी जो कभी उसकी बानी-व्यवहार और सुन्दरता पर रीझी थी) साथ ही कुछ बर्तन-भाण्डे। जो बचा वह भी उसकी किस्मत से। अटकलों को जगह मिल ही जाती है। कानाफूसी में मुँह से दुगुने कान। कानों ने ज्यादा सुनी वही बातें सच मान ली गयीं। आग लगी नहीं लगवायी गयी थी। कारण कोई समझा हो या न समझा हो पर रामबाई जरूर समझ गयी थी।

धारदार रूप-रंग और समझ की रामबाई। कभी चारित्रिक दृढ़ता का धनी मालिक पर अब आसानी से मिलती न देख रामबाई को देख ऐसा रपट रहा कि छिछोरी हरकत पर उतर आया था। उसकी नजरें तभी से जब से वह और मंहगू भट्ठे पर आये थे काम माँगने। जाड़े की एक घटना को वह खून का घूँट पी सह गयी थी। एक शाम वह दोनों पति-पत्नी साप्ताहिक लगने वाले बाजार से अनाज लेने गये थे। लौटे तो बाध की बनी बसेटी गायब। हवा उड़ी थी मालिक ने सँझलौके ही उससे हाथ-पैर ताप लिए। ग्लानि, अपमान से तर। उसने ढेर सारी ईंटों का ही चारपाई बना डाला। उसके पास एक पिछौरी भर थी जिसे बिछा वह सो जाती। थकान-गहरी नींद में होशो-हवास कहाँ रहता। चमड़ी कहीं न कहीं से रोज छिल ही उठती थी। क्रोध-कुढ़न साथ-साथ उसके चलते रहे। जो मालिक चाह रहे वही वह नहीं कर रही। मंहगू ने मालकिन के पास भेजना चाहा पर वह नहीं गयी। उसे उस वक्त उनकी सखि वाली छवि भी नहीं याद आ रही ना ही उनकी सहृदयता। वह ढेर सारे कष्टों में थी पर मंहगू के प्यार के आगे सब बेअसर। इन्तजार कर रही पूरे दिनों की पगार मिल जाये तो कुछ निर्णय लें।

किसी समाजशास्त्री ने सच ही कहा है, औरतों की जिन्दगी पायदान की जैसी होती है। जो देखे वही पैर पोंछने की फिराक में रहता है। आँगन में रहे तो मुखौटा वाले जानवर और बाहर निकले

तो जैसे कण-कण में भगवान बसे हैं वैसे ही कदम-कदम पर दो गोड़वा जानवर। औरतों की जिन्दगी उनसे अपने आपको बचाने में ही गुजर जाती है। पर रामबाई साधारण स्त्री नहीं थी। उसका जिस्म-जमीर दोनों ही बड़ा पुख्ता किस्म का था। उसके जीवन में जबसे मंहगू आया उसका सम्बल- स्वाभिमान बन बैठा। फिर वह क्यों किसी की सहे-सुने या सोए।

उसके पास तो फकत खेत-खलिहान या फिर ईंट भट्ठे का ही अनुभव था। अब तक वह दोनों मजूर-मजूरनी की हैसियत से काम में, पगार में एक जैसे। पर इलाहाबाद में उसने फर्क जाना। मजूर-मजूर ही रहा मजूरनी रेजा हो गयी। काम में नहीं पर दाम में जरूर कमतरी रहती थी। कोई भी कैसा भी काम उसके जिम्मे डल उठता था। कुछ दिन स्थितियों को तौलती। फिर कोई लड़े न लड़े वह लड़ पड़ती थी। उसकी खूबसूरती में ठेकेदार आनन्द रस लेता। और किसी रेजा में इतना साहस नहीं कि अपने हक के लिए रामबाई के साथ हो। फिर भी वह अकेली ही अधिकार के मोर्चे पर खड़ी रहती। अकेले को तोड़ना बहुत आसान। पेट के आगे सब सह लेती। जब पेट भरा रहता तो उसे ठेकेदार की बेजा हरकतों-हर्फो पर गुस्सा-ग्लानि होती। प्रतिरोध के एवज में उस ठेकेदार की साइट छुट जाती। फिर नये काम की तलाश शुरू होती थी। और उसे मिल भी जाते। कुछ दिनों बाद फिर वही रगड़ा-झगड़ा शुरू हो जाता और काम छुट जाता। इन सारी किचकिचाहटों को मंहगू भी झेलता ही था। जब खीझता तो अपनी भाषा में, 'तू चारों ओर झगरा-रार करत फिरेलू हम कहाँ ले तोका बचाइब। नियाव कहूँ नाहीं बा। भगवानों के हियाँ भी नाहीं। न त भगवान हमके गूँग बनवतेन। छुतहा जाति में पैदा करितन। जवन मिले तवन सनतोष कर।' मंहगू की आत्मिक पीड़ा से तनिक सहमती तो, फिर अपनी परवाह छोड़ मंहगू के लिए लड़ पड़ती जो लोग उसके गूँगे होने का लाभ उठाते थे। उनको गरियाती-सरापती उसकी सात पुश्तों तक को नहीं छोड़ती थी।

इलाहाबाद में भी फुटकरिया काम करते-करते वह आजिज आ गयी थी। वह लेबर चौराहे पर ढेरों लेबरों के झुण्ड में अकेली मंहगू के संग बैठी रहती। ढेर सारे मजूरों के बीच एक मजूरिन। सभी की निगाहें उसी पर। मंहगू की निगाहें रामबाई पर। मंहगू का अस्फुट विरोध रामबाई पर कहाँ असर करता। लोग आते उसे ले जाने की बात कहते पर मंहगू को नहीं। जब वह उसकी वकालत करती तो, 'गूँगा क्या काम करेगा जो बोल न सके वह समझ कैसे सकेगा।' वह अड़ी रहती जायेंगे तो साथ-साथ नहीं तो नहीं। जबकि उसे लगता उसके गूँगेपन से काम पर रत्ती भर भी असर नहीं पड़ने वाला। पर पता नहीं क्यों इलाहाबाद में ही पग-पग पर उसके गूँगे होने का एहसास कराया जाता रहा था। और अजीब बात यह कि उसे हो भी रहा था। तभी से उसके अन्दर अपने गूँगेपने को लेकर एक हीनताबोध होने लगा था। हीनता ही इनसान को विकलांग करती है, विकलांगता से हीनता नहीं आती।

उसकी सुन्दरता किसी के लिए नशा बन रही किसी के लिए ख्वाब। लोग उसकी तुलना हेमामालिनी से करते। इलाहाबाद के जितने भी ठेकेदार टुटपुँजिया हो या दमदार उसे अपनी टीम में रखना ही रखना चाहता। पर वह एक बार में एक ही टीम में रह सकती थी न। फिलवक्त उसका ठेकेदार रामराज। बेहद चतुर। कूटनीति, राजनीति, टीमनीति जितनी भी नीतियाँ हो सकतीं उसकी जानकारी में वह सबमें माहिर। शुरू से ही उसने उसकी उन-उन रगों पर हाथ रखा जहाँ से धड़कन मालूम हो जाती।

रामबाई की कर्मठता रामराज के लिए सुलभ-सुभीता। साइट पर जिस काम को लोग आनाकानी करते यह जानकर कि मेहनत अधिक है उसे रामबाई फट से हामी भर देती। अधिक दिहाड़ी का लालच जो ठहरा। ऐसा भी नहीं कि अधिक पैसे से अपना जीवन-स्तर सुधारेगी या फिर मुर्दा भई जीभ को चैतन्य करेगी। उसे तो ठीक-ठीक

याद भी नहीं मकुनी-चोखा, मछरी-भात, दही-चूरा खाए कितने दिन हो गये और किसके दुआरे त्यौहारी पायी थी कि बभनभोज में खाया था। पैसा बटोर रही पेट काट-काट कर कहीं एक छोटी-सी कोठरी खड़ी कर ले। उसे लगने लगा था यह आए दिन की उठल्लू की चूल्हा बनी जिन्दगी ठीक नहीं।

उसके रामराज की साइट पर काम करते कुछ महीने बीत चुके थे। इस साइट पर मन और काम, दोनों में ही मन रमने लगा था। वहीं साइट पर ही रहते-रहते उसे एक जानकारी हुई। प्रेम की सशक्त भाषा जुबान है भाव और शरीर नहीं। उसे भूलने लगा था मंहगू के बालों का जुआँ निकालना, उसका लत्ता-लूगा पछारना, मूड़ दबाना, रोटी बनाना और नहीं तो जब-तब बर्तन माँजना। उसने शायद ही कभी पूरा खाना बनाया हो।

धीरे-धीरे एक बात लेबर कम्यूनिटी में फैल गयी। रामराज की साइट पर एक रेजा अपने फोकट के आदमी के साथ है। उसके मुँह में जुबान नहीं जितना चाहे काम करवाओ। जब वह गूँ-गाँ की शक्ल में अपने साथ अति होने पर विरोध करता तो जबर लेबर मिस्त्री, 'हे देखा हे देखा गूँगवा भी बोले लाग, चोप्प गूँग कहीं का।' जब तब उसे लगने लगता छै फुटा शरीर पाँच फुटा हो गया है। बाँहों की लहराती मछलियाँ सूख-सी गयी हैं। शरीर में बात नहीं रही जो कैथी और गोपालगंज में थी। यहीं से गड़बड़ होना शुरू हो गया। दोनों पति-पत्नी के बीच तना-तनी की शुरुआत हो चुकी थी।

इधर रामराज के पंजे धीरे-धीरे खुल रहे थे। वह उसकी संजीदगी को तौल रहा। अधिक से अधिक समीपता रहे इसके लिए वह रामबाई से ईंट कम ढुलवाता। थोड़ा-थोड़ा कन्नी-बँसुली पकड़वाने लगा था। ईंटों की चुनवाई करवाता। धीरे-धीरे उसने कई दीवारें उससे खड़ी करवा ली थी। अपनी प्रोन्नति को लेकर एक अलग तरीके का उत्साह रामबाई में पनपने लगा था।

सबकी नजरें रामबाई पर। रामबाई की निगाहें रामराज पर। मंहगू के जुबान नहीं थी पर आँख-कान तो थे ही। शहर में पहली शुरुआत किसी रेजा (मजदूरिन) के मिस्त्री बनने की हुई थी। यह पुरुष वर्चस्व वाले क्षेत्र में महिला की घुसपैठ थी। इस अनधिकार प्रवेश से मजदूरों-मजदूरिनों सभी की त्यौरियाँ चढ़ रही थीं। लगन-परिश्रम इनसान कहाँ से कहाँ पहुंचा देता है। उसी चढ़ाई पर रामबाई चढ़ रही थी। एक दिन मंहगू का विश्वसनीय मुँहलगा दोस्त, 'काऽऽरे तोर मेहरारू दूसरे से सटल जात बिया, जिभिया सटल बा का अँखियो सटा दिहला।' वह कुछ कह पाता तो जरूर कहता-समझाता। अपनी बेबसी पर अति क्रोध में पहले उसने कई दिनों तक गालियों से आत्मालाप किया। फिर एक दिन आव सूझा न ताव बात-बेबात में झोंटा पकड़ थुर दिया। रामबाई अकबक ई का हो गया। इतना प्यार-दुलार करने वाले मंहगू को ये क्या हो गया। मंहगू की भाषा की प्रबल जानकार रामबाई थी। वह समझ बैठी थी मेरा मिस्त्री बनते जाना और कुछ-कुछ कीमत अदा करना वह नहीं सहन कर पा रहा था। यह दुनियादारी भी तो एक हाथ दे दूसरे हाथ ले के नियम से ही चलती है। थोड़ी-बहुत हँसी-ठिठोली लपका-झपकी कर ही लिया तो उसकी क्यों सुलगने लगी। उसे रोकता ही कौन है वह भी जाये, करे, गूँग कहीं का। अब तक उसका कलेजा मंहगू से पका नहीं था कि वह अपनी इस बेइज्जती पर उससे मुँहजोरी करे। कुछ देर रुष्ट रहती, अबोला चलता फिर अपनी कहन-सुनन में लग जाती थी।

इलाहाबाद के मिस्त्री हल्के में एक बात खबर बन गयी। एक रेजा मिस्त्री बन गयी। शहर में पहली बार ऐसा हुआ था। बनाने वाले रामराज ठेकेदार। प्रशंसा के पूरे-पूरे हकदार। जैसे रामराज वैसे उनके मित्रगणों की टोली। उसमें ठेकेदार, मिस्त्री, हेड मिस्त्री, मजदूर सभी थे। ऐसी खबर सुनकर सभी अचरज के साथ आह्लादित भी हो रहे। रेजा बनी मिस्त्री की काबिलियत देखने की उत्कण्ठा लिये जब जिस

मित्र का मन समय-माफिक बैठता रामराज की साइट पर आ धमकता। उसकी खोज को देखते-सराहते आहें भरते और ईर्ष्या भी करते। सोचते एक मजूरिन में सूरत-कीरत का तालमेल कहाँ मिलता है। यह अद्‌भुत संयोग हमारे ही करीब रहे तो क्या बात है। कुछ रामराज की अनुपस्थिति में चुग्गा भी फेंकते। लह गया तो वा नहीं तो आह। पर रामबाई इतनी फिसलन वाली होती जहाँ-तहाँ फिसलती रहती तो अपनी जड़-मिट्टी छोड़ इलाहाबाद क्यों आती। न फाके की नौबत आती न माँ-बाप छूटते, किसी ऊँची जाति वाले की बीवी न बन पाती तो क्या कम से कम रखैल बनकर ऐशो-आराम, रौब-दाब से जीवन तो जीती।

खैर, यह सब जब होता, तब न। फिर रामबाई-रामबाई कहाँ रह जाती। रामराज रामबाई के नजदीक आ रहा पर, सँभल-सँभल कर, धीरे-धीरे। मंहगू रामबाई से उसी गति से दूर हो रहा था। मंहगू-रामबाई का प्रेम किसी सहज आकर्षण से नहीं उत्पन्न हुआ था। कृतज्ञता और विवशता से उपजा प्रेम था। जब तक कृतज्ञता का एहसास तभी तक प्रेम का ताप। कृतज्ञता बालू की तरह सरकी नहीं कि प्रेम का पारा गिरने लगता। रामबाई कोई अनोखी नहीं थी। बस आम औरत से अलग हटकर करती आयी थी, और अब भी उसी राह पर चल रही। कैथी छोड़ा नहीं कि मंहगू का सुरक्षा-कवच कमजोर पड़ने लगा था। सारे में वह सेकेण्ड ठेकेदार के रूप में प्रचारित हो रही थी। टीम में असन्तोष पसर रहा था। कारण भी था। किसी को आप अहमियत देंगे तो अगले का अवमूल्यन और शोषण अनिवार्य शर्त है। अब सभी को वह बहुत गन्दी-बदसूरत लगने लगी थी। लगता जैसे उसकी खूबसूरती-विनम्रता कहीं बिला गयी थी। गुपचुप ढंग से असन्तुष्टों का संगठन तैयार हो रहा था। सभी के एक सुर, 'ठेकेदार ओका चाहे जवन सुविधा दें पर हमार हक मार के ओका मिसतरी बनाए दिहैं ई अनियाव है।' सारे मजदूर मिस्त्री एक तरफ। रामराज-रामबाई एक

तरफ। पर कान भराई से मंहगू भी असन्तुष्टों की टोली में जा मिला था।

पहला वार उसके औरत होने पर। इसी से उसके काम की गुणवत्ता पर प्रश्नचिह्न लग गया था। इस अभियान में शरीक थे, सभी मिस्त्री-मजदूर। रामराज अच्छी तरह जानते अपनी जवाबदेही कहाँ है और किससे है तब न कान देते। लोगों का और समाज का भी अन्तिम वार उनके निज सम्बन्धों की जाँच-पड़ताल शुरू हो गयी थी। इससे सबसे ज्यादा प्रभावित मंहगू हो रहा था। रामबाई का आचरण अछूता तो नहीं था जो सवालिया निशान न लगता। पर वह पीछे हटने के मूड में नहीं सबसे दो-दो हाथ करने को तैयार थी। पर कमजोर रामराज। चिन्ता यह नहीं कि बात निकलेगी तो दूर तलक जायेगी, छै बेटियों का बाप रामराज। उसके बनिक दिमाग पर व्यावहारिकता का पलड़ा भारी पड़ा था। वही हुआ जो जबरा एक कमजोर के साथ करता है। रामबाई को प्रोन्नति अवनति में तब्दील कर दी गयी थी। वह फिर से रेजा (मजदूरिन) का काम करने लगी थी। वह आहत हुई, उसे लगने लगा कि मैं ठगी गयी। पर क्या कर सकती। समाज का कौन-सा अंग है जो उसका साथ देता। बस मन-मसोस कर रह गयी थी। अब तक की सारी नियाव-अनियाव की लड़ाइयों में मंहगू उसका दाहिना हाथ रहा था पर इस लड़ाई में वह अकेली पड़ गयी थी। मंहगू भी आखिरकार मरद था, पति होने की अकड़ थी और फिर उसके पास अपना जमीर भी तो था।

तन्हा रामबाई। जब इनसान दिमाग से अकेला हो तो तन से अकेला हो ही जाता है। इससे उसको एकान्त के क्षण ज्यादा मिलते थे उन्हीं वक्तों में वह अपनी गुनाही-बेगुनाही को तौलती थी। मनःस्थिति के मुताबिक कभी पलड़ा नीचे कभी ऊपर। उदास रामबाई। पर कोई कितने दिन ऐसे ही रह सकता है, वह भी नहीं रह पायी थी। उधर चिड़चिड़े रामराज थे। जहाँ-तहाँ जब-तब चिंचियाते रहते थे।

रामबाई की मुस्कान रामराज की जान। बिना मुस्कान के रामराज की जान आधी। आधी जान लिये वह कितने दिन रह पाता। प्रेम के आगे व्यावहारिकता गयी चूल्हे में। शर्म गयी, बेहया हुई और हुए। अब उन दोनों के आचरण में खुलापन आ गया था। हाँ अब तक वह काबिल मिस्त्री बन चुकी थी।

यह सब इतना आसान नहीं होता कि लोग ऐसे प्रेम-सम्बन्धों को इतनी आसानी से पचा पायें। वैसे तो कैसा भी कोई भी प्रेम-प्रसंग हमारा समाज उसे गले नहीं ही लगाता। शिकायत मालिक तक जा पहुँची थी। मालिक की भरपूर नजर खूबसूरत रामबाई पर जा गिरी। अपने आपको लगे कोसने अब तक मैंने इसे क्यों न देखा-परखा। उसकी स्नेह से लबालब भरी बड़ी-बड़ी आँखों में उन्हें प्रेम ही दिखायी दिया था। वह उनकी हैसियत की होती या फिर अकेली होती तो ढेरों सुख-सुविधाओं से लाद देते। पर वह तो ठहरी दिहाड़ी रेजा मय बच्चों वाली। सुविधाएँ छीन ली गयीं। रामराज को कठोर आदेश मालिक का, 'रामबाई एक मजूरिन की बिसात से आयी थी उसी दायरे में रह कर काम करे।' मालिक के आदेश की अनसुनी करने की हिमाकत किसी में भी नहीं रामराज में भी नहीं। छै बेटियाँ न होतीं, तो रामराज उस साइट को धता बता देते। अपमानित आत्मा से फिर उसने रामबाई को ढुलाई-मसाला-मिलाई के काम में लगा दिया था।

एक रामबाई ही समाज में नहीं है जिसके संघर्ष अनन्त हैं। ढेरों रामबाईयां इसी समाज में हैं और उनके जीवन-संघर्ष भी हैं। पर उसकी खूबसूरती और कुछ खासियतें ही उसकी लड़ाई में इजाफा कर रहे थे। एक तो वह अति सुन्दर तिस पर अपने तबके में मर्दों के किसी भी काम को वह चुनौती देती थी। उसके सहज-जीवन ज़ीने की राह उसकी ये खूबियाँ कभी-कभी खामियाँ बन जाती थीं। और वह परेशान हो उठती थी। वह जानती थी मैं कितना भी आर्थिक रूप से मजबूत हो जाऊँ पर इस समाज में किसी एक मजबूत पुरुष का

सहारा चाहिए ही चाहिए। उसकी खूबियों के चलते एक भी मजबूत मरद उसकी कँपकँपाती टाँगों-बाजुओं का सहारा नहीं बन पा रहा था। क्या मंहगू क्या रामराज-सभी वैसे ही। इसी वक्त मालिक भी रास्ते में आ रहा था।

मालिक में उसको कैथी के पैंटधारी, धोतीधारी, चोटीधारी, मूँछधारी, भट्ठा मालिक सभी दिखायी दे रहे थे। जिसका रिजल्ट उसकी माँ को मिला था उसकी पैदाइश के रूप में। कुबोल-कटुबोल उसकी माँ के बहाने से उसे सुनना पड़ता था। मुश्किल वक्तों में उसके कानों में पहुँचने वाली आवाज की तीव्रता बढ़ जाती थी, 'ई रामदेईया पता नाय कौवन ठकुरे-बभने के बीज हौ तब्बे बड़ मनईन जइसन देह मिल बा।' यह सुन वह छिल-छिल उठती। उसको भी माँ वाले रास्ते पर लाने की क्या कम कोशिशें हुई थीं। किसी ने उसका हाथ थाम कर आँगन में ले जाने का साहस नहीं किया था, सभी खेत-खलिहान-बाग-बीरों तक ही, बस उसके आगे पहाड़ रख देते। उसकी सबसे बड़ी दिक्कत यही थी कि वह इसे अपनी नियति नहीं मान पाती थी। यह सब याद कर उसके अन्दर नफरत-गुस्सा ऐसे ही ढेरों नकारात्मक अवयवों का प्रवाह होने लगता था।

ऐसे ही एक दिन अपनी उस साइट पर जहाँ उसे जिन्दगी के कुछ हसीन-खूबसूरत पल नसीब हुए थे। उस दिन रामबाई तसले में खप्सा (गीली सनी मिट्टी) रख सीढ़ियाँ चढ़ती हुई छत पर जा रही थी। रामबाई आगे-आगे, मालिक पीछे-पीछे थे। हँसी-ठिठोली से काम न बना तो पीछे से उसका हाथ पकड़ने का जबरियाना हरकत कर बैठे थे। कई दिनों की इकट्ठा हुई खिसियाहट उस दिन ऐसे निकली थी। उसने न आगा देखा न पीछा। तसला मालिक पर उड़ेल देने का दुस्साहस कर बैठी थी। वह सनी मिट्टी से लथपथ हो गये थे। किससे कहें कि वह सीढ़ियों पर पर बिना ठेकेदार या इंजीनियर के अकेले क्या कर रहे थे। झड़ियाने-पोंछने पर तनी-मनी ही साफ हुआ

होगा। उसी अवस्था में कार से घर लौट गये थे। अपनी पत्नी से आधा सच-आधा झूठ ही का तरीका अपनाए थे। ताकि शक की गुंजाइश न के बराबर रहे। खैर वह तीन दिन साइट पर नहीं आये थे। साइट पर तरह-तरह की अटकलें शुरू थीं। कुछ अनहोनी की आशंका से रामबाई के कलेजे में धुकधुकी होने लगी थी। दिलासा, धीरज की आस उसे मंहगू से, रामराज से पर दोनों ही प्रतिक्रिया विहीन। हाँ एक बात से उसे सब्र कि मंहगू की आँखों में अब हर वक्त जलने वाला गुस्सा भी नहीं दिखायी देता था। इस दुर्घटना से उसके कलेजे पर पड़ी गर्द कुछ छँटी थी।

इस सारे घटनाचक्र पर मालकिन ना आश्चर्यचकित ही हुई न अधीर ही। वह जानती थी एक न एक दिन तो यह होना ही था। पर इस तरह से होगा इसका यकीन नहीं था। वह बला की खूबसूरत थी कौन नहीं उसकी तरफ खिंचा चला जाता था। और वह भी तो उसकी सुन्दरता की कायल हो चुकी थी। घोर शहरी मालकिन आश्चर्यचकित होती मजूर तबके में भी ऐसी सुन्दरता हो सकती है। अपनी सन्तुष्टि के लिए उन्होंने उसको बिन माँगी मध्यवर्गीय भौतिक वस्तुओं से मदद की थी। यह सब देखकर उनके पति एक बार कह ही तो दिए थे, 'नारि-नारि पे मोहे।' सुन वह हँस कर टाल गयी थी। अन्दर ही अन्दर खुश भी हुई थी, उस धारणा के ध्वस्त होने से जो पुरुषों के अन्दर कूट-कूट कर भरी हुई है कि स्त्रियाँ पुरुषों पर ही रीझती हैं। और एक बात से उन्हें सन्तोष भी हुआ था कि उनके पति दो स्त्रियों की दोस्ती या मदद को नकारात्मक नहीं लेते जैसा कि आजकल आयातित फैशन में आ गया है। और तो और उन्होंने वह भद्दा वाला शब्द जो गन्दी मानसिकता दर्शाता है वह भी नहीं बोला था।

इस दुर्घटना के बाद मालकिन ए क सुलझी समझदार पूर्वाग्रहरहित पत्नी की भूमिका में आ उतरी थी। मालकिन की आपत्ति और

हो-हल्ले से मालिक पर बदनामी के छींटे पड़ सकते थे जो पता नहीं कितने लोगों को दिख जायेंगे और अपने-अपने नजरिये से उसे प्रचारित-प्रसारित करेंगे। औरतों-मर्दों के मध्य अलग-अलग धारणाएँ जन्म लेने लगेंगी। कोई मालकिन की तरफ कोई मालिक की तरफ जा मुड़ेगी। इन्हीं कारणों से मालकिन ने सबके सामने मानवीय चूक माना। यही वक्त की माँग भी थी, कारण समाप्ति पर था। और एकान्त में रामबाई को ताकीद किया, 'ऐसी स्थितियों को बचाओ वरनाऽऽऽ साइट से बाहर कर दी जाओगी और बकाया भुगतान भी न होगा।'

खैर, तब से रामबाई और अधिक पैनी-चौकन्नी व चैतन्य हो गयी थी। रामराज जैसे मजबूत मर्द का साथ और उसकी साइट ही उससे अब तक मनमाफिक लगी थी। मालिक कितने दिन साइट पर न आते उनका अपना काम जो ठहरा। और हाँ जब लम्पट पुरुष की आतुरता पर विराम लगाया जाता है तो वह शातिर किस्म का हो उठता है। एक बदले की भावना से उत्प्रेरित हो मालिक की कुटिल नजरें देख रामबाई सिहर उठती थी। साइट का काम अन्तिम चरण में था। सभी काम को अंजाम देने में लगे थे साथ ही नयी साइट की टीम के बारे में भी जोड़-तोड़ चल रहा था।

कैसा भी-कोई भी भय रामबाई को ज्यादा परेशान न करता। कुछ स्थितियों में वह बड़ी ही जल्दी समझौता कर लेती थी। भले ही उसका मिसतिरियाना छूट गया था पर रेजा का काम वह फिर लगन से करने लगी थी। मंहगू भी काफी हद तक ठण्डा पड़ गया था। खूबसूरत बीवी पाकर कभी मंहगू फूला नहीं समाता था। पर अब अपने गूँगपने ने उसके अन्दर की हीनभावना को तलुए से खोपड़ी तक पहुँचा दिया था।

दुर्भाग्य उसका पीछा कहाँ छोड़ रहा था। वह उस तबके की न थी जहाँ औरतों को धैर्य-प्यार और लालच से अपने पाले में किया

जाता है। वह तो उस वर्ग से आयी थी जहाँ छूना तो दूर परछाईं भी देखने से गन्दे हो जाने का भय रहता है। पर वह तो औरत के साथ-साथ खूबसूरत भी थी यही कमी थी उसके अन्दर।

अब मालिक उसके काम की निगरानी-आवंटन स्वयं करने लगे थे अपनी मर्यादा को परे धकेलकर। लक्ष्य से दूर एक काम उसे सौंप दिया यह सोचकर, अब तो रामबाई को रगड़ना बेहद आसान। या तो गिड़गिड़ाएगी या तो मालिक के मन वाला होगा या फिर काम छोड़कर भाग जायेगी। मालिक का आदेश, 'डेढ़ हजार ईंटें छत पर पहुँचानी है वह भी एक दिहाड़ी में। उसने खुशी-खुशी काम बल्कि कहें चुनौती को ले लिया था।

उसे टूटता-झुकता न देख मालिक बौरा से गये थे। ईंट ढोते-ढोते कोई शाम का वक्त रहा होगा। अपना काम खत्म कर मंहगू भी उसकी मदद को आ गया था। अँधेरा जैसा होने को था। मालकिन नीचे काम की निगरानी कर रही थी। मालिक की आँखें रामबाई पर थीं। तभी एक जोरदार चीख के साथ शोर हुआ था। मालकिन रामराज सभी उसी दिशा में दौड़े थे जहाँ से चीख की आवाज आयी थी। एक बार में अठारह ईंटें ढोने वाली रामबाई की कुछ ही ईंटें मालिक पर गिर पड़ी थी। क्रोधवश, इरादा तो पूरी की पूरी ईंटें गिराने का था। वह लहूलुहान तो नहीं हुए पर कुछ गुम चोट कुछ कटा-फटा जरूर था। पूरी ईंटें गिरी होतीं तो उनका वहीं काम-तमाम हो जाता।

रामबाई की मंशा इतनी क्रूर नहीं थी पर उनकी निरन्तर बेजा हरकतों का प्रतिकार उसे उस वक्त यही सूझा था। जो उसकी दरिन्दगी-हैवानियत पता नहीं कौन-कौन-सी छवि को दर्शा रहा था। इसके बावजूद वह बेहद डरी थी। उसी समय उसे मालकिन की पिछली कठोर हिदायतों के साथ दया-क्षमा करने वाली सहृदयता भी याद आ रही थी। पर अब वह कैसा और कौन-सा सलूक करेंगी नहीं समझ पा रही थी। उसने उनके पति पर लगभग कातिलाना-सा

हमला किया था। भय-अपराधबोध साथ-साथ उसके मन-मस्तिष्क में उमड़-घुमड़ रहे थे। इससे वह कुछ अकबका-सी गयी थी।

चापलूस-चतुर रामराज तुरन्त मालिक को उनके ड्राइवर के संग नर्सिंग होम ले भागा था। स्थिति गम्भीर नहीं थी, इसलिए मालकिन साइट पर ही रह गयी थीं। स्थिति का निबटान तुरन्त करने के लिए, साथ ही परिवार को बदनामी से बचाने की भी खातिर। वह जितनी देर वहाँ रहेगी बात उतनी जल्दी फैल जायेगी एक मुँह से दस मुँह। एक झटके में उन्होंने रामबाई और मंहगू को उसी वक्त साइट छोड़ देने का फरमान जारी कर दिया था। साथ ही यह धमकी भी दी थी कि, "खैर मनाओ पुलिस को नहीं दे रहे, नहीं तो तुम्हें वे सब तुम्हारा सारा का सारा माँस नोच-नोच कर चबा जायेंगे। मेरी इस दया को पूजो। मैं भी एक औरत हूँ पर तुम्हारा यह दरिन्दगी वाला रूप बरदाश्त नहीं कर सकती। तुरन्त अपना उब्बक-तुब्बक उठाओ और चल दो यहाँ से। इस शहर में भी नजर मत आना। मेरे पति तुम्हें ढूँढ़ तो निकालेंगे ही और यूँ ही नहीं छोड़ देंगे तुम्हें। तुम्हारा भला इसी में है तुरन्त किसी बस-वस से निकल जाओ।"

वह इसी सोच में डूब गयी थी मेरे पति तो ऐसे न थे। क्या सारा दोष मजूरिन रामबाई का? या फिर उसकी प्रकृति-प्रदत्त सुन्दरता का? या फिर टॉम ब्वाय सरीखा आचरण का? कभी वह स्वयं भी तो लड़कों की तरह व्यवहार करती थी, पर समय के साथ सब छोड़ चुकी थी। यह समय ही है जो इनसान की सोच-विचार को नये और भिन्न मन्तव्य देता रहता है।

नहीं बदली थी तो रामबाई। वह बदल भी नहीं सकती। बदलना भी नहीं चाहती। चाहे वह मार दी जाये या मिटा दी जाये। समय उसको नहीं बदल सकता था। न गिड़गिड़ायी न ही दया-क्षमा की भीख माँगी। जब कुछ उसे गलत लगता तब तो माँगती। उसी शाम अपने तेवर के साथ, मंहगू का हाथ पकड़ बच्चों समेत नये ठीहे की तलाश में चल पड़ी थी।

केवल मेरी सुनो

सूरज ढले करीब एक घण्टा बीत चुका था। आश्चर्य! दादा पिनाकी चक्रवर्ती के घर में एकदम घुप अँधेरा। इधर गोधूलि बेला होती उधर उनके घर के हर कमरों के बल्ब-ट्यूब जल उठते थे। घर में रोशनी हुई नहीं कि स्वतः उनके हाथ लक्ष्मीजी की स्तुति में जुड़ जाते थे और उपस्थित मेहमानों को भी वह हाथ जोड़ने की सलाह अवश्य दे देते थे।

उनको कलकत्ता छोड़े वर्षों बीत चुके थे। उन्होंने अपनों को छोड़ा था लेकिन अपनी संस्कृति-सभ्यता को नहीं। उसे ही अपने चारों तरफ कसकर लपेट रखा था। उन्हें अपने बंगाली होने पर बहुत गर्व था। लेकिन उनकी बातों की गम्भीरता और बुजुर्गियत की कद्र हर कोई करता। यदि कोई उन्हें बंगाली दादा का सम्बोधन दे, तो समझाने के उद्देश्य से लम्बी-चौड़ी वार्ता कर डालते। 'हम विशेष

वर्ग का दादा नहीं। हम सबका दादा माने बड़ा भाई है। उनकी जिन्दादिली इतनी कि उनकी श्लाघा में कोई भी कतर-ब्योंत नहीं कर सकता था।

लेकिन अब वह कुछ दिनों से बहुत ही मायूस हो गये थे। प्रकृति-प्रदत्त आपदाओं से नहीं बल्कि अपने ही कुटुम्बियों-शुभचिन्तकों के वैचारिक मतभेदों को लेकर। उनको ए. जी. ऑफिस से रिटायर हुए करीब अठारह बरस बीत गये थे यानी एक अरसा हो गया था लेकिन क्या मजाल हास-परिहास में रत्ती भर भी कमी आयी हो। हँसी-ठिठोली में तो युवाओं को भी मात देते थे। अपनों के बिछोह का दर्द तो समय गुजरने के हिसाब से कम होता गया था परन्तु गाहे-बगाहे लोगों की गलत धारणा और सोच से दादा आहत हो उठते थे।

अभी कुछ दिनों पहले ही दादा से करीब पच्चीस बरस छोटी दूसरी ब्याहता वह अपने गृह नगर कोलकाता से लाये थे। दादा और उनकी पहली पत्नी के मध्य यही कशमकश चलता रहता था, दत्तक पुत्र लें या पुत्री, अनाथालय से लें या रिश्तेदारी से। इस ऊहापोह का अन्त हुआ था, उनकी पत्नी की हार्ट-अटैक से मृत्यु हो जाने पर। पहली ब्याहता कुछ महीने पहले ही उन्हें एकाकी बना गयी थी। अपने पीछे अपनी कोई निशानी भी न छोड़ गयी थी जो दादा के जीने का सहारा बन जाती।

दादा यूँ ही नहीं चौथेपन में ब्याह रचा लाये थे। उसका भी एक कारण था, पर शारीरिक नहीं ही था। दादा खान-पान के बेहद शौकीन थे। जो उन्हें उत्तर प्रदेश में कामवालियों से पूरा होता नहीं मालूम पड़ता था। ऐसी ही अदम्य इच्छा लिये वह कोलकाता चल पड़े थे। कोई गरीब-विधवा ले आऊँगा, उसका तो भला हो ही जायेगा मेरी भी परेशानियाँ दूर होती रहेंगी। वह सोचते व्यक्ति कितना भी दुःखों के अम्बार से घिरा हो क्या किसी की पेट और खीस नियन्त्रण में रहती

है जो मेरी रहेगी। लेकिन यह समय ही है जो लोगों को चुप रखता है या उससे बुलवाता है। वह प्रायः अपनी भाग्यहीनता को कोसते, न औलाद सुख न औरत सुख। जीवन सहज ढंग से कट जाये ऐसी ही उनकी इच्छा थी।

'सुख' शब्द जब-जब उनके जेहन में आता तो पिता के कहे कठोर वाक्य स्मरण हो आते, 'जाओ जिस सुख-साम्राज्य को त्यागकर तुम दो-टके की नौकरी पर जा रहे हो कभी नसीब न होगा।' पिता की जमींदारी जरूर खत्म हो गयी थी लेकिन सामन्ती विचार नहीं दफन हुए थे। सयाने होने पर पिता के आचरण से उद्विग्न हो उठते तो सार (पशुगाह) में जाकर बैठ जाते थे। बेजुबान प्राणियों को पुचकारने-सहलाने से उनकी आकुलता कम होती थी। उन्हें सार के प्राणी और गाँव किसान-मजूदर में कुछ भी फर्क नहीं लगता था। उनके उदात्त स्वभाव और समानता के विचार ने ही उनसे उनका गृह-नगर कोलकाता छुड़वाया था।

इस बार वह कोलकाता पत्नी के बिछोह से आहत हो अपनों के मध्य दुःख बाँटने जा रहे थे। सोए हुए सम्बन्धों को पुनः जगाने के प्रयास में। बूढ़ी गोपा जो उनकी धाय माँ भी थी और रसोइया भी। दादा की प्रकृति से अच्छी तरह वाकिफ भी थी। वक्त की नजाकत को जान उसने उनकी कमजोर रग पर हाथ रख दिया था। 'झूमर (दादा का बचपन का नाम) अपने साथ मेरी बेटी कल्याणी को लेता जा, वह तेरा ख्याल रखेगी।' कहते हुए वह उनके पैरों पर गिर कर रोने लगी थी। उनकी विवशता को गोपा मूक सहमति मान बैठी थी। न सोचना न विचारना तड़ातड़ उसने खानदान की बड़ी बहू उनकी बड़ी माँ से भी कह दिया था।

'बड़ी बहू...बड़े दादा कल्याणी को अपने साथ ब्याह कर ले जा रहे हैं। वह दो कदम आगे बढ़कर बोल गयी थी। 'ब्याह कर!' बड़ी बहू को गोपा के प्रस्ताव पर अति आश्चर्य हुआ था लेकिन बोली कुछ

नहीं थी। बल्कि बोल नहीं पायी था। 'देखो बड़ी बहू झूमर की बहू नहीं रही। वह अकेला कैसे पूरी जिन्दगी काट पायेगा। अब कल्याणी ही झूमर का ख्याल रखे। उसका भी भला मेरा भी सरदर्द दूर होगा। उसकी खूबसूरती और उछाह भरती जवानी पर कैसे-कैसे लोग आँख गड़ाए बैठे थे, यही गोपा का सबसे बड़ा सिरदर्द था।

बड़ी बहू ने भी गोपा की इच्छा का विरोध नहीं किया था। तकलीफ तो हुई थी लेकिन गोपा के ढेरों उपकार चक्रवर्ती खानदान पर जो थे। कन्या-कल्याण बाधा बनने और कृतघ्नता कलंक से बचने के लिए उन्होंनें भी विरोध नहीं किया था।

कल्याणी भविष्य के सुखद सपनों में खोकर दरिद्रता में जियी स्वतन्त्र वैभव के स्वर्णिम प्रकाश को महसूस कर रही थी। बिना ना-नुकुर के पिता तुल्य पति अंगीकार कर लिया था। मन की उथल-पुथल बड़ी ही खतरनाक चीज होती है। दादा इसको अनुभव नहीं कर पा रहे थे। मन की उथल-पुथल शरीर की शिथिलता की द्योतक है या कुछ और ही है, वह कुछ समझ नहीं पा रहे थे।

वह मुहल्ले में नये नाम नवयुग्मा के नाम से जाने जाते थे। वह जानते थे नवविवाहितों जैसा आचरण करूँगा तो मुहल्ले में हँसी का पात्र बन जाऊँगा, साधारण ढंग से रहूँगा तो कल्याणी को अच्छा नहीं लगेगा। दादा की जीवन-शैली उनके अपने मापदण्डों पर आधारित थी। सही और गलत की उनकी अपनी परिभाषा और व्याख्या थी। मित्र मंडली में बहसों-वार्ताओं के दौरान वह कह जाते, 'समाज मुझसे है, मैं समाज से नहीं।'

कल्याणी ने ताजमहल के बारे में थोड़ा-बहुत सुन-जान रखा था। शादी के कुछ दिनों बाद ही ताज-महोत्सव टी.वी. पर देखा तो उसके अन्दर उसे देखने की प्रबल इच्छा जाग उठी थी। वह सोचती जीवन्त प्रेम की मिसाल को देखकर शायद दादा के, पति के हृदय में, आचरण में कुछ बदलाव आ जाये। उसने कहा और बड़ी आसानी से दादा

आगरा जाने को तैयार हो गये थे। उन लोगों ने फर्स्ट क्लास का एक कूपा भी रिजर्व करवा लिया था। एहतियातन दादा को उसने नीचे की बर्थ पर लिटा दिया था, स्वयं चढ़कर ऊपरी बर्थ पर बिस्तर बिछा लिया था क्योंकि ऊपर चढ़ने-उतरने में दादा को कष्ट जो होता। लंच लेकर दादा लेट गये थे। उन्होंने कल्याणी को भी आराम करने के लिए कह दिया था। कल्याणी का उत्तर झट तैयार था, 'लेटने की तबीयत नहीं होती, आप सो लीजिए तब तक कुछ पढ़ूँगी।' यह कहकर उसने बंगला उपन्यास देवी चौधरानी उठा लिया था। आराम करने वह घर से थोड़े ही चली थी। वह तो संग-साथ के लिए निकली थी। कल्याणी ने अनमने भाव उपन्यास उठा तो लिया पर अक्षर आँखों के आगे तैर रहे थे। वह अपने विचारों में खोयी हुई थी। विवेचनात्मक ढंग से सोचने लगी यह आराम—इसकी जरूरत आदमी को तब पड़ती है जब उसका मन-शरीर थक जाये। जीवन का धर्म है जागृति और कर्म, निष्क्रियता और शयन। ये भी इस जीवन में मौजूद हैं लेकिर पूरक-तत्त्व के रूप में, जब शरीर थक जाये-मन थक जाये और इस थकावट को दूर करना आवश्यक हो जाये तब आराम करना चाहिए। उस समय कल्याणी के तन-मन दोनों में ही थकावट नहीं थी। उपन्यास एक तरफ रख दिया था गौर से दादा के चेहरे को देख रही थी। जिसकी भारी-भरकम मोटी साँसों की आवाजें रेलगाड़ी की धड़धड़ को पीछे छोड़ती हुई कानों से टकरा रही थी। कितना थका हुआ आदमी उसके पास लेटा हुआ था, असक्त और दुर्बल। उसका चेहरा निस्तेज हो गया था। इसके उलट कल्याणी स्फूर्ति और सौन्दर्य से लबरेज थी। कल्याणी को लगा ट्रेन के बाहर फैले उस शुष्क कुरूप भू-प्रदेश और दादा के मुरझाये मुख में कहीं कोई साम्य है। तभी घबराकर कल्याणी ने आँखें बन्द कर ली थी। वर्तमान से ही भविष्य आँका जाता है। वर्तमान की कुरूपता देख वह भविष्य के गहन अन्धकार में डूब गयी थी। कल्याणी का अतीत चलचित्र की भाँति

कितनी ही बार उसके सामने आया था। लेकिन वह अतीत तो मिट चुका था पर उस अतीत ने कुरूप वर्तमान को जन्म दे दिया था लेकिन वर्तमान तो क्षणभंगुर होता है। भविष्य को कर्मों से सँवारा जा सकता है। यह व्यक्ति देवता की भाँति पावन और पूज्य है। ऐसी ही आशा लिये कल्याणी ने दादा के ललाट का चुम्बन ले लिया था। दादा ने आँखें खोल दीं, मुस्कराते हुए उन्होंने कहा था, 'कल्याणी क्या बात है?' दादा कल्याणी के भावों को नहीं पढ़ पाये थे या पढ़कर भी अनजान बन रहे थे, यह तो वही जानते थे। दादा के सहज प्रश्न पर वह अपने आप में ही लजा गयी थी। पूछ बैठी थी, 'चाय पीजिएगा? अभी बची है। कुछ न सूझ वह मुस्कराकर रह गये थे। सिर को अजीब ढंग से झटका था ढेर सारे अर्थों के साथ।

जिस उमंग-उल्लास से सराबोर हो कल्याणी आगरा गयी थी वह कपूर की भाँति उड़न-छू हो गया था। लौटकर अपने फ्लैट की दिनचर्या में व्यस्त हो गयी थी। कल्याणी और दादा में अच्छा-खासा जेनरेशन गैप था। वह भरी-पूरी युवती थी, ताजी और प्रस्फुटित यौवन से भरपूर। अब वह बड़ी ही दबी जुबान से अपना मतभेद जतलाने लगी थी। वह अकेलेपन की पीड़ा न सहे इसके लिए दादा ढेर सारी बंगला साहित्य और हिन्दी साहित्य की पुस्तकें घर में लाकर रख दिये थे। एक तरह से छोटी-मोटी लाइब्रेरी थी उनके यहाँ। बाकी समय में टी.वी. टाइम पास के लिए था ही। दादा बातचीत में स्त्री-स्वतन्त्रता के पक्षधर तो थे लेकिन स्वच्छन्दता के नहीं। वह स्वयं तो अध्ययनशील थे ही कल्याणी को भी प्रेरित करते रहते थे ताकि वह वोह जाने जिसे वह जनवाना चाहते थे। अपनी जागरूकता की वजह वह पठन-पाठन का शौक ही मानते थे। किताबें पढ़ते-पढ़ते अब उनकी पत्नी भी अपने तरीके से बौद्धिकता के सोपान पर चढ़ चुकी थी। लिहाजा अपने अधिकारों के प्रति जागरूक होना स्वाभाविक था। लेकिन कृतज्ञता का बोध उसे शक्ति शून्य-सा बना कर गया था।

तिस पर दरिद्र कन्या-कल्याण का लेबल दादा के माथे से पढ़ वह अबोध-अज्ञान हो गयी थी। घड़ी-घड़ी का मन मसोसना-मारना ही कल्याणी की अपनी प्रवृत्ति बन गयी थी और यही उसकी मनोव्याधि का कारण बन बैठा था।

कल्याणी के मन की गहराई में पैठी हुई इस व्यथा की जानकारी दादा को नहीं थी। कल्याणी में दादा के प्रति आसक्ति या अनासक्ति ज्यादा कुछ भी नहीं था। पत्नी पति को प्यार करती है, श्रद्धा करती है, मान देती है, यह स्वाभाविक नियम है। इसी नियम का पालन कल्याणी भी कर रही थी। ऐसा नहीं, दादा को अपनी लापरवाही और दुर्बलता का भान नहीं था लेकिन उनका पुरुषत्व, जमींदारी का अहंकारी बीज सोचता, दरिद्रता के दलदल से निकालकर सामान्य, स्वच्छ, सम्पन्नता के पोखर में तो इसे ले ही आया हूँ अब और क्या? चाहना की कोई सीमा नहीं होती।

दादा कल्याणी को कभी भी नहीं समझ सके न समझना चाहे। वह उग्र स्वभाव की स्वतन्त्र-चेता महिला लाख विवेकी होने के बावजूद भी नहीं बन सकी थी। अपने आप को जितना दबा-छुपा के रखूँगी दादा उतना ही खुश होंगे ऐसी ही कल्याणी की सोच बन चुकी थी। क्या अर्जित ज्ञान को वॉश आउट या फ्लश करना इतना आसान होता है? जिसे वह अपना भगवान मानती थी वही उसे जोंक सरीखा लगने लगा था।

स्वतन्त्रता तो हर जीव-प्राणी का शाश्वत अधिकार है। इसी स्वत्व का हनन पता नहीं किस गरज से वह अपनी पत्नी का करते थे। अपनी स्वतन्त्र अभिव्यक्ति के अभाव में आठ वर्ष साथ रेंगते-घिसटते उसने गुजार दिया था। असहनीय अवस्था में प्राण-पखेरू स्वतः उड़ चले थे। रह गये फिर नितान्त अकेले हठी दादा। वही घर, वही पुराना सोफा, श्वेत-श्याम टी.वी. और बीवी की छोड़ी ढेर सारी ताँत की साड़ियाँ। पुनः विधुरता के संकट ने उन्हें घेर लिया था। छै फुटा तना

शरीर ऐसे झुक गया था, जैसे ऑस्टोपोरोसिस हो गया हो। विधुरता और अकेलेपन के गम ने उन्हें जर्जर कर दिया था।

पड़ोसी विरोध में या समर्थन में आपसी तर्क-वितर्क चाहे जितना करें, पर उनसे हर किसी को हमदर्दी थी। लोग अपनी सुविधानुसार मदद की अपील कर जाते थे। कुछेक तो उन्हें ओल्ड-मैन्स-क्लब का सदस्य बन जाने की नेक-सलाह भी दे आते, जो उनके स्वभाव से बिल्कुल मेल नहीं खाता था। कोई नाराज न हो, इसलिए थोड़ी-बहुत मदद वह हर किसी से ले लिया करते थे। वह जानते थे ये मदद मेरा स्थायी हल नहीं निकाल सकता। जब मददकर्ताओं का ज्वार ठण्डा होगा तो हाथ पसार कर मदद माँगना स्वाभिमान को ठेस ही पहुँचाएगा। फिर स्थायी हल के जुगत-जुगाड़ में उनका मन-मस्तिष्क मशक्कत करने लगा था।

'दादा जी हमारे लायक कोई भी मदद हो तो बेहिचक बताइएगा...।' उन्हीं के एक पड़ोसी ने इनसानियत दिखाई थी। 'कहीं से कोई कलकत्ता की काम वाली मिल जाये तो अच्छा रहेगा...।'

वह हर पड़ोसी धर्म निभाने वाले से यही मदद माँग लेते थे। मुखर मिश्रा जी छूटते ही बोल दिये थे, 'क्या दादा अब तीसरी को कन्धे पर लाद कर ले जाओगे। मिश्रा जी के कठोर-बोल से उन्हें हार्दिक वेदना हुई थी। हालिया पत्नी का वियोग उन्हें साले जा रहा था और जिसे जो कहना होता है कहता ही है। वह अपनी भूलों को विवेचित करने में अपना सारा तर्क-विवेक लगा डाल रहे थे। न खास रोग न व्याधि आखिर वह क्यों चली गयी छोड़ कर। केवल डिप्रेशन से क्या कोई मरता है? डिप्रेशन उसे मुझसे ही तो हुआ होगा। जरूर...अभिव्यक्ति बाधित होने से ही डिप्रेशन होता है। वह सामाजिक समस्याओं और विषमताओं पर जिस तरीके से अपने विचार रखती थी, उसकी उच्च बौद्धिकता का ही तो परिचायक था।

उसकी पठन-पाठन से उपजी बौद्धिकता ने ही उसमें चेतना भर दी थी और कृतज्ञता के बोझ तले अभिव्यक्ति गूँगी हो चली थी। उन्हें अपनी भूल का एहसास हो चला था पर बहुत देर से। पत्नी की उच्च तार्किकता की मूक अभिव्यक्ति ने उन्हें दुहाजू में विधुर बना दिया था। पत्नी को व्यस्त और अपने को मुक्त करने के लिए जिस स्तर का उन्होंने उपयोग किया वही उनके लिए घातक बन गया था।

दादा और कल्याणी के मध्य वर्ग-वर्ण, लिंग आदि ढेरों असमानताएँ थीं। उन्होंने अपने स्तर से असमानता को पाटना भी चाहा लेकिन कुछ न दूर होने वाली विषमताओं ने उसे स्वयं ही लील लिया था। दिल कभी-कभी उन्हें कल्याणी का अपराधी मानता, लेकिन विवेक कुछ और ही सोचता मानता।

दादा ताने को परे झटक देते, जवाब तो दूँगा ही, नहीं तो शिष्टाचार की चुप्पी पुनः स्वीकारोक्ति बन जायेगी, 'नहीं बाबा... हमको खाना में बड़ी दिक्कत होता है। कोई मेरे मनपसन्द खाना नहीं बना पाती।' 'दादा रसोइया न मिले तो क्या। चौथेपन में तो दूध-फल पर ही रहना चाहिए। सेहत के लिए यही फायदेमन्द रहेगा। मिश्रा जी ने अपनी नेक सलाह दे डाली थी।

हमेशा से ही दादा को उम्रदराजी नसीहतों से बड़ी ही कोफ्त होती थी लेकिन सामयिक लाचारगी से अपने आपको चुप रखने में ही अपना हित समझते थे। परिचितों के प्रत्यक्ष तीखे-वाक्-प्रहारों से वह आहत व हतप्रभ थे। मानसिक सन्तुष्टि इनसान को तरो-ताजा रखती है। अभी वह जिन्दगी से हताश नहीं हुए थे लेकिन वह हमेशा ही अपनी सोच व सुविधानुसार अपनी हर समस्या का स्थायी हल ढूँढ़ने की फिराक में रहते थे। मजबूत दिलोदिमाग वाले दादा को परिचितों की कटूक्तियाँ, दो-दो पत्नियों का बिछोह, पिता का गृह-त्याग, ये सब भी उन्हें कभी भी वैराग्य की ओर नहीं ले गया। कायरों की भाँति जीना उनके दर्शन में न था। मानसिक अन्तर्द्वन्द्व

की स्थिति जब असहनीय हो उठती तो ध्यान पर बैठ जाते थे। उसके बाद वह अपनी समस्या को हल कर पाने में सक्षम पाते। अनाथ या गरीब बालक उन्हें सहायक के रूप में मिल जाये तो समस्या का स्थायी हल निकल जायेगा। अपनी समस्या स्वयं दूर करने जैसा कुछ ऐसा ही विचार लिये वह माघ मेले में कोई अनाथ-गरीब बालक की खोज में निकल पड़े थे। कई दिनों के प्रयास के बाद प्रयास रंग लाया था। दादा उसे घर ले आये थे। प्यार से उसे कानू पुकारने लगे थे। कुछ ही दिनों में उसे अपने मन-माफिक ढाल दिया था। इसलिए वह अब कुछ-कुछ आश्वस्त से हो चले थे। यह सोचकर मगन रहते कि जिन्दगी के बचे-खुचे दिन इसी बालक की सेवा लेते कट जायेंगे। एक दिन टी.वी. पर बाल श्रम निषेध पर परिचर्चा को कानू बड़े ही गौर से सुन रहा था। दादा ने 'टी.वी. पर तुम्हारे लायक क्या आ रहा है जो देख-सुन रहे हो' की डाँट पिला दी थी। 'जाओ अपना ध्यान काम में लगाओ जिसके लिए तुम्हें सड़क पर से यहाँ ले आया हूँ। उसी क्षण से उनके मन में कानू के प्रति खटका हो गया था। संशयवादी प्रवृत्ति के तो वह थे ही। उनका सन्देह उस दिन प्रवल हो गया था जब उसे अखबार-पलटते देखा था। उस दिन उनका सामन्तवादी अहंकार चीख ही तो उठा था, 'अपनी औकात में रहो, पढ़-लिख कर हम पर रौब गालिब करोगे? मेरे पास रहना है तो 'केवल मेरी सुनो', टी.वी., पत्र-पत्रिका, अखबार से अपने आँख-कान सुन्न रखना, समझे।'

वह भोग चुके थे बल्कि पल-पल झेल रहे थे। पठन-पाठन और टी.वी. ने ही तो कल्याणी को जागृत कर दिया था। उसका विवेकी होना ही नोव्याधि से मृत्यु का कारण बना था। दादा जानते थे कि कानू की चेतना जागेगी तो मेरी मृत्यु का कारण वही बनेगा। अपनी कमियों-खामियों को वह कब तक डर और आतंक दिखा-पैदा कर छुपा पायेंगे। यह प्रश्न उनके जीवन में अन्तिम समय तक रहा था।

अन्ततोगत्वा

छोटी-छोटी खुशियाँ भी उन्हें आनन्दित कर जाती थी। अदना-आदमी की खूबियाँ भी उनका आदर्श बन जाती थी। आम बातचीत में वह कहते यदि आपमें कुछ सीखने की ललक हो, वन्यजीवों से भी बहुत कुछ सीखा जा सकता है। परिश्रम, मातृत्व, वफादारी, जिम्मेदारी जैसे सद्‌गुणों के उदाहरण वह मनुष्येतर प्राणियों से देते। और तो और कुदरत का वह जीव जो हर समय कर्मलीन हो उसी को वह अपना आदर्श मान लेते। कभी केंचुआ, चींटी, मधुमक्खी ऐसे ही ढेरों उदाहरण वह देते थे।

कुछ ऐसी ही नसीहतें वह अपनी पत्नी-बच्चों को फुरसत के क्षणों में देते, 'जरूरत से अधिक आराम काहिली की निशानी, काम हो तो मौसम को मत ताको, और तो और गप्पें भी मारो तो कुछ न कुछ हासिल करो।' ऐसे ही ढेरों उपदेश उनके वाक्य कोश की सम्पदा थे।

पंजाब की दोआब का एक गाँव छोड़ वह माँ-पिता के साथ कब दिल्ली आ बसे, कुछ धुँधली-सी ही याद बची रही। लेकिन अब पिछले पचीस बरस से रोजी-रोटी के चलते इलाहाबाद में आ बसे थे। कर्मठता, ईमानदारी उन्हें विरासत में मिली थी। यही वजह उनका ट्रान्सफर आज-तक कहीं नहीं हुआ। पत्नी की नाराजगी के बावजूद मार्च महीने में घर उनका ऑफिस बन जाता था। हर अधिकारी उन्हें पसन्द करते थे। उनके लिए प्रधान कार्यालय से आया स्थानान्तरण का रुक्का दबा दिया जाता! अधिकारियों के स्वार्थ और मिली हुई विशेष सुविधाओं ने उन्हें मनमाना आचरण का कर दिया था। अधिकारी जानते-बूझते पर कर्मयोगी के आगे हार मान जाते थे। इस वक्त भी ऑफिस ही उनके दिमाग में नाच रहा था। तभी शीला निकाल दे न फोटोस्टेट वाली फाइल की चीख निकाली।

'आधा काम छोड़ के न आऊँगी।' आधे-आधे मिनट के अन्तराल पर फरमाइश। उनकी आदत, जब तक काम न हो जाये, आवाज पर आवाज देते रहते थे।

'तुसी गल तो माना करो।' मनीष को हल्की झिड़कियाँ कई बार मिल चुकीं। बीवी की तो छोड़ो, बच्चों-दोस्तों किसी की भी फटकार की परवाह नहीं करते थे। दिमाग में जो घुसा नहीं, फिर क्या, करना है तो करना है। घर के इकलौते आर्थिक स्तम्भ थे पर दम्भहीन। घर में इनकार-नकार को दिल से न लगाते। बड़बड़ाते, स्वयं कर डालते। रुचि अभिनव सयाने पर रुचि मुँहलगी, 'मेरे हड़बड़िया पापा, थोड़ा-थोड़ा झक्की पापा।' मिस्टर मनीष जो दिल से लगाते तो अन्दर-बाहर कैसे जीते। ऐसी अशोभन टिप्पणियाँ उनकी जीवन शैली बन चुकी थीं।

ऐसा नहीं, हर समय उनकी अधीरता बेमानी होती थी। इस समय वह आने वाले झटकों के खटकों से परेशान थे। उनका अनुमान और आवश्यकता अधिक, रिटायर होते-होते अभिनव सेटिल

हो जाये और बचेगी रुचि ही तो ग्रेजुएशन करते-करते, फण्ड-शण्ड उसके काम आ जायेगा। वे मियाँ-बीवी निशाखातिर हो जायेंगे। वजह अलग-अलग पर मन के डर से शरीर में झुरझुरी हो रही थी। दौड़े-दौड़े गये खिड़कियों के मोटे-मोटे परदे घसीट दिये। खिड़कियों की झिरियों को बन्द करने का कोई जुगाड़ उनके पास नहीं था। पर दरवाजे-जमीन की साँस को कपड़ों से तोप दिया। फिर भी ठण्डक नहीं जा रही थी।

मनीष को ऐसा करते देख शीला ने एक खीझ भरी डाँट लगायी।

'तुसी स्वेटर क्यूँ नहीं पहनदे हो। इक पतला-सा लखनवी कुरता क्या खाक ठण्ड रोकेगा। हर वक्त अपने मन दी। चार-पाँच टेम्परेचर चल रहा। ढलती उम्र का तो ख्याल करो।' मनीष को तुरन्त शरारत सूझी थी, अपनी जिन्दादिली के चलते वह ऐसे मौके नहीं चूकता था। आँख नचाते हुए, 'तुसी को मेरी उम्र से कोई शिकायत होंड़ लगी है।' ऐसी छेड़छाड़ से शीला को सिहरन नहीं होती थी। घिसी-पिटी चुहल-चुटकियों की वह आदी हो चुकी थी। अभिनव से पापा की आकुलता-अनमनी छुपी हुई नहीं थी। वैसे भी मनीष में बातों-भावों को छुपाने की कला नहीं थी। छुपाना-रोकना-टालना ऐसी कुछ प्रवृत्तियाँ मनीष को छू तक नहीं गयी थीं। पर उनकी परोपकारिता के आगे सभी ऐब मामूली थे। असहनीयता का प्रतिमान लघुशंका हो या दीर्घशंका, परिचित क्या—अपरिचित क्या। नहीं तो कहीं भी सुलभ काम्पलेक्स ढूँढ़ निकालते। अधीरता-असहनीयता के आगे इज्जत-बेइज्जत सब बौने-बेमतलब। शीला की खीझ खिसियाहट सास के आगे...।

'झाई जी ये कैसे हैं, आपने कभी रोक्का-टोक्का णई।' कहाँ माँएँ बहुओं के मुँह से बेटे की तनिक भी बुराई सुन पाती, वह भी नहीं सुन सकी। तुरन्त हाजिर जवाब, 'गल सुण त्वानू शादी के पैले आके रहणा था न, अच्छाइयाँ-बुराइयाँ दसनीं फिर्र शादी कर दीं।' मुँह-तड़ाक सास के आगे शीला की जुबान को लगा ताला जो कभी भी न खुल सका था।

खैर-मनीष अपने आपमें विलक्षण स्वभाव के व्यक्ति। अधैर्य फिर हावी...सुबह से कई मर्तबा बोल-पूछ चुके, 'अभि का कॉल लेटर क्यों नहीं आया।' जैसे शीला इस बारे में जानती हो। कभी कहते, डाकखाने जाऊँ वहीं न पड़ा हो, उसके दोस्तों से पूछूँ। न हो तो कम्पनी को ही फोन करूँ। हर बार शीला रोक देती अलग-अलग तर्क-तरीके से।

पन्द्रह लड़कों के साथ अभि का चयन अप्रैल में ही एक अच्छी नामी सॉफ्टवेयर कम्पनी में हो चुका पर कॉल लेटर गुम, जुलाई खत्म होने को।

'पापा आप परेशान क्यों होते हो अभी तक किसी का नहीं आया। बेटा ढाढस दिलाता पर मनीष की अधीरता के आगे सब बेमानी थे। वह स्वयं भी तो चिन्तित था। अभिनव की प्लानिंग थी कि इधर सेमेस्टर पूरा, उधर जॉब ज्वाइनिंग, निखट्टू से कामकाजी का तमगा हासिल होते देर नहीं लगेगी। पर वह अखबारी अफवाहों से विचलित था। 9/11 की घटना अपने आप में एक पूर्ण वाक्य, कहानी और इतिहास। सूचना अभियान्त्रिकी का बुलबुला फूट गया था। अमेरिका से हमारे आई. टी. प्रोफेशनल्स हजारों की तादाद मे सेवामुक्त कर वापस भेजे जा रहे थे।' ऐसे में मेरे जैसे गैर-तजुर्बेकार को कौन पूछेगा। अपना देश भी सौतेलापन करने से नहीं चूकता। शीर्ष-सफल सॉफ्टवेयर कम्पनियाँ लौटाये गये खास अनुभवियों को लपक ले रही थीं।

एक दिन ई-मेल पर कम्पनी का मैसेज आया, 'सभी चुने गये अभ्यर्थियों को, जब जरूरत होगी, जब बुला लेंगे, बेवजह पूछताछ न करें।

इस मैसेज से उसे अपना अपमान लगा था। कम्पनी के जरिए अमेरिका जाने का ख्वाब चूर हुआ था। कभी अपने पर खीझता कभी किस्मत को कोसता, अपने निर्णय पर पश्चात्ताप हुआ। विकल्प भी

क्या चौबीस कैरेट जैसा सुख देता है। आजकल हर ब्रांच का विकल्प, सूचना प्रौद्योगिकी। जिसे देखो वही विकल्प चुन रहा। निर्विकल्प की क्या गुंजाइश नहीं? माँग नहीं तो अस्तित्व क्यों नहीं खत्म कर देते शिक्षण संस्थान/सिविल में वह दिखा देना चाहता था कम लागत के मकान जो भूकम्परोधी हों। अधिक पैसा समय तो सभी लगा के बना देते हैं। कोई कम में बना के दिखाए तो कमाल है। अमेरिका में कमाता, पैसा बटोरता, आगे की पढ़ाई करता, वापस आकर अपने यहाँ पढ़ाई को अंजाम देता। पर लक्ष्य दूर हो रहा था। अभि गोल्ड मेडल प्राप्त था पर उसका भी कोई पुछन्तर नहीं। दुविधा ही दुविधा थी उसे।

अभिनव के नौकरी हाथ आयी नहीं पर सबकी देखा-देखी खाली समय का शगल तैयार था। दोस्तों के बीच से एकान्त तक आ पहुँचा था। उसकी सोच सभी दोस्तों से जुदा थी। निराला बाप का बेटा जो ठहरा। सभी अपने तईं, वह औरों के लिए था। साल भर तो लग ही जायेंगे। सबको निबटाते-पाटते। तोहफों की फेहरिस्त दिमाग में ही जड़ उठी थी। अच्छी याददाश्त कभी परेशान कर देती है कभी आसानी। अभि अपनी याददाश्त को लेकर तटस्थ था। एक कर्त्तव्यबोध। दिल्ली में ही ढेरों नाते-रिश्ते थे। वह कहाँ कोई छुट्टी हॉस्टल में बिता पाया होगा। होनहार से सभी को उम्मीदें थीं। मजाक ही सही पर कह तो देते ही थे, 'जब कमाएगा तो मुझे क्या देगा? इधर कैम्पस चयन की गहमागहमी, उम्मीदें भी दिख रही थीं, इत्मीनान का भाव भी पनप रहा था। 'वक्त तो आने दीजिए' आत्मविश्वास-आह्लाद चेहरे पर तारी था।

हर संस्थान के अपने नियम, कड़े विधान। इधर न आवेदकों की कमी, न नियोक्ताओं का अकाल। फिर भी अफरा तफरी, अनियमितताएँ न होने पाये। जरूरी-गैरजरूरी कानून बना दिये थे। लड़कों का अपना ब्रांच में केवल एक चौथाई चयन बाकी सभी आई.टी.

प्रोफेशनल्स में जा रहे थे। किसी को केवल आत्मनिर्भर बनने का सुख, इसके उलट अभिनव और उसके जैसे ही विचार वालों को मन का जॉब न पाने का दुःख था। पढ़ाई उपलब्धियाँ अलग-अलग पर तीन-चौथाई लोगों की जॉब-पगार एक जैसी थी।

उसे लग रहा उसकी उन चार सालों की मेहनत-मूल्यहीन हो गयी थी। आँखों में ग्लास की मोटाई बढ़ रही थी। मनचले-मनमौजियों में चश्मिश की उपाधि मिल रही थी। सिविल के इतर सभी अपनी-अपनी पढ़ाई से खुश थे। नाखुश था तो केवल अभिनव। 'टॉप टेन के टॉप पर' फिर भी कोई पुछत्तर नहीं। उसे लगता सरकार के सरोकार प्रतिभाओं से, दशा-दुर्दशा से नहीं अन्तर्राष्ट्रीय नीतियों से है। प्रतिभाएं मनोरोगी हो जायें, बहिर्गमन कर जायें। सरकार को मतलब है तो प्रभुता-प्रभुत्व से।

ई-मेल पर फिर कम्पनी का मैसेज आया था। 'कॉल लेटर भेजे जा रहे हैं। सोलह अगस्त तक ज्वाइनिंग तिथि है।' इसका मतलब चयनित सभी लड़के कानूनी लड़ाई में कम्पनी से जीत गये थे। उसे इत्मीनान-उल्लास एक साथ मिला था। पहल एक ने की, कुछेक ही लड़े, पर जीते सभी थे। संघर्ष-त्याग गिनती के, लाभ अगणित। अपने आप से पूछता, 'सभी अन्याय की लड़ाई में क्यों भागीदारी नहीं करते। मुष्टि और पाँचों अलग-अलग उँगलियों का अन्तर लोग क्यों नहीं समझना चाहते।

मनीष का असुरक्षा बोध वह करवा रहा जो अभिनव का लक्ष्य नहीं। एक दिन बोले, तुम्हारी ज्वाइन, आ जाये तो मैं आसानी से वी. आर. एस. ले सकूँगा। इतना सुनना कि अभि के मन में उथल-पुथल-चिन्तातुर हो गया। लक्ष्य देखना तो दूर ओझल हो रहा था। उसकी परेशानियाँ वाजिब थीं, भविष्यदृष्टा ऐसे ही होते हैं। वह अपने दादा-नाना की मनःस्थिति से अभिज्ञ नहीं था। सेवानिवृत्ति को सबसे पहले मनोविकार घेरते हैं फिर शारीरिक व्याधियाँ तो बिन बुलाए मेहमान सरीखी होती हैं।

वह बेचैनी में अजीबो-गरीब हरकत करता था। 'पापा आप, वी.आर.एस. क्यों लेंगे? अभी तो आप चुस्त-दुरुस्त हो? जानने की जिज्ञासा चेहरे पर पसर-फैल रही थी। 'बेटा वी.आर.एस. तो एक तरीके से मर्यादित स्वैच्छिक सेवानिवृत्ति है। असलियत में यह छँटनी का एक रूप है। सरकार स्वयं को न अयोग्य साबित करना चाहती है। न लांछन लेना चाहती है। वॉलन्टरी रिटायरमेन्ट स्कीम सरकारी योजना है। कार्मिक विभाग की मौखिक सूचना मुझे मिली, लिस्ट में मैं भी हूँ। विभाग से ससम्मान विदाई के चलते मैं स्वयं ही पहल कर देना चाहता हूँ। मनीष ने अपनी उथल-पुथल को बेटे के सामने न चाहते हुए भी उड़ेल दिया था।

शीला मनीष को अकेले में कई बार डपट चुकी थी, 'त्वानू आदत से बाज नहीं आते। स्याणा बच्चा के आगे नौकरी दी रट क्यूँ लगान्दे। नौकरी, नई लग्दी तो क्या अपना बिजनेस खोल्ल लेगा।

'वह कौन सा-जी?' मनीष की आश्चर्यमिश्रित आतुरता 'अरे वही बिल्डिंग बिल्डर का जी। अजी हौसला-हुनर हो तो डिगरी-विगरी कोई भी नहीं पूछता। टुटपुँजिया तो अटे-पड़े गली-नुक्कड़ तक में। अपने कॉलोनी में ही आठ-दस तो होंगे ही।' मनीष फिर भौचक्क। दिमाग-जुबान को गति ही नहीं दे रहे। शीला फिर हौसलामन्द।

'आज्जकल तो मकाण लाखों में बने। तीन चार बिल्डिंग का भी ठेका मिल गया तो हो गयी अच्छी उगाही। त्वानू अपना वी.आर.एस. भी नई खलेगा।' शीला की निर्बाध-निर्बोध वक्तृता के आगे मनीष चुप, बेबसी बिरा रही थी। उन्हें पता था बिल्डर शुरुआत तो ईमानदारी से करते हैं पर बेईमानी-बुराइयाँ-कदमताल करती अपने आप चली आती हैं। मनीष को बीवी की जानकारी पर आश्चर्य कम, चिन्ता अधिक हो उठी थी। सभी की डाँवाँडोल मनःस्थिति। अपने यहाँ उबारना-उबरना मुखिया का काम होता है। निस्पृह रहना, मनीष की प्रवृत्ति में ही नहीं था। उलाहना-उम्मीद साथ-साथ 'मेरा बेटा

टुच्चई से पैसा नहीं कमाएगा। लाखों खर्च किया है अफसरी के लिए। टुकड़तोड़ बनाने के लिए नहीं। उसके कलीग, माफिया-मिस्त्री और अनपढ़ आपूर्तिकर्ता हों, ये मुझे गवारा नहीं। पढ़ा-लिखा है, पढ़े-लिखों की संगत में ही रहे वह। उस वक्त शीला आहत-अपमानित हुई थी। उसके भाई पर अपरोक्ष प्रहार हुआ था।

'तुसी मेरी सलाह नागवार लगी।' आपस में हल्की तू-तू, मैं-मैं। ऐसी मीन-मेख की बहसों से अभि अपने को तुरन्त अलग कर लेता था उसे सुरक्षित जगह अपनी छत लगी थी। छत के एक छोर से दूसरे छोर, कुछ चिन्ता-चिन्तन के लिए जा पहुँचा था।

तनाव को कम करने का मनीष का एक ही तरीका था। बड़ी गिलास में ढेर सारी चाय। धीरे-धीरे चुस्की लेते हुए। लम्बी कॉलबेल की तान शीला को अच्छी नहीं लगती। पर क्या करें। मनीष को पारम्परिक चीजें पसन्द नहीं। विज्ञापन पढ़ा-देखा नहीं कि पुरानी हटाओ नयी लाओ की धुन लगा देते। कई बार यार-रिश्तेदार मजाक भी कर चुके थे। शीला को लेकर 'बीवी भी बाईस साल पुरानी हो गयी...नयी कब।' जैसा मूड वैसा जवाब। गन्दी कॉलबेल फिर बजी...।

'नमस्ते आंटी...खुश रहो...अभिनव छत पर है। कभी-कभी शीला बिल्कुल औपचारिक नहीं होती। उसका दोस्त सुदीप चुस्त, अभिनव सुस्त। रूममेट होने के नाते सुदीप की बारीक समझ थी उसको लेकर।

'ह्वाट हैपेन, हाऊ आर यू—यू डोन्ट फीलिंग वेल?

सुदीप ने आश्वस्ति में अभि के कन्धे थपथपा दिये थे। एक साथ ढेर सारे प्रश्न, वह क्या कहे, न-कहे। क्या बताऊँ-कितना बताऊँ? दिमाग में—व्यावहारिक गणित चलने लगा।

''कम्पनी की घोषित-अघोषित नियमों के तहत मैं सॉफ्टवेयर की टेक्नीशियनशिप सँम्भालूँ। पापा को नहीं मालूम, मुझे कॉल लेटर

मिल चुका है। उनकी राय 'मिलती रोजी-रोटी मत छोड़ो। पढ़ाई वाली असली बात दबा गया। घर की परिस्थितियाँ माकूल नहीं, आगे की पढ़ाई के लिए। उनके विचार, पहले अपना सोचो, फिर देश का सोचो। पहले जरूरत, फिर शौक। उस वक्त सुदीप समझदार दोस्त की हैसियत निभा रहा था।

'अभिनव आज में जियो। आई. टी. जॉब में जितना मेहनत उतना मेहनताना। पंजाबी हो, अपने गुण, तुमने कहाँ फेंक दिये, भाषा तो बोलते नहीं। तुम लोग हमारी प्रेरणा हो। पैसा कमाना, खर्च करना। उड़ा-उड़ा के दिखाना। दिखा-दिखा के खर्च करना। हम लोगों को मेहनती बनाता है। मेरी बात का बुरा मत मानना। बंगलौर में खूबसूरत-खूबसूरती खूब मिलेगी। आँखों को हरियाली दिखाएगा तो जल्दी ही चश्मिश भी नहीं रहेगा। निर्णय ले डालो।' एक चुग्गा अभिनव को पकड़ा गया इस उम्र का भी।

अखबारों की पढ़ी सरकारी नीतियाँ दिमाग में बड़ी तेजी से घुमड़ रही, उसे डरा भी रही थी। वह डर भी रहा। ये पापा का जमाना थोड़े ही है—दिल न लगे—न पटे तो भी एक ही नौकरी-छोकरी से सटे रहो। अन्ततोगत्वा पढ़ाई की सारी कवायद रोजी-रोटी के लिए ही तो है। इत्मीनान होगा तो लक्ष्य देखेंगे। भरे पेट सब कुछ सूझता है।

'अभिनव के निर्णय से शीला पस्त-परेशान हुई थी। बेटा नजरों से दूर हो रहा। ग़र्वीले मनीष। भयमुक्त हुए थे।

'जो योग्य होता, उसे ही, कॉल लेटर मिलता है। बाकी के लिए टालू रवैया रहता है। ऐसी अहंकारोक्ति दोस्तों-पड़ोसियों के बीच, मनीष की प्रायः होती रहती थी।

उनकी प्रबल आस्था ईश्वर में थी। वह लेटे वाले हनुमानजी को जरूर कई किलो मगज के लड्डू चढ़ाएँगे यह सभी जानते थे। ईश्वर के अनुग्रही ऐसी ही घूस देकर उपकार जताते हैं। अन्ततोगत्वा ईश्वर ने उनकी सुन ली थी।

अभी की उपलब्धि को वह अपनी ईमानदारी-नेकी का परिणाम मानते। शीला के सत्कर्मों को कहीं जगह नहीं मिली थी। बस यही बुदबुदाते, माँ-बाप के सत्कर्मों-संस्कारों का फल औलादों तक अवश्य पहुँचता है।

मनीष का बेफिक्री से शिथिल होता शरीर—सोफे पर पसर गया। जिन्दगी के संघर्ष में कूदने की राह पर अभिनव ट्रेन में भावी योजनाएँ बना रहा था। दुआएँ शीला से पहुँच रही...।

अपना रास्ता लो बाबा!

उस दिन तेज रफ्तार से गुजरने वाली किसी ट्रेन की आवाज और उसकी कर्कश सीटी से निर्मला की नींद टूट जाती है। हाथ बढ़ाकर टेबल लैम्प जलाती है और दीवाल घड़ी की तरफ देखती है, रात के दो बजे हैं नींद टूटने के बाद घड़ी देखने की उसकी आदत-सी बन गयी है। आदत कब बनी उसे भी ठीक-ठीक नहीं मालूम। रात में जब भी नींद टूटती, घड़ी देखे बिना चैन ही नहीं पड़ता। नींद टूटने के कारण भिन्न-भिन्न होते। कभी इंटरव्यू देने जाना है तो सवेरे की ट्रेन पकड़नी है। कभी देकर आयी, तो उसके परिणाम के बारे में चिन्तित। बेचैनी में मीठी नींद कहाँ। टूटने-सोने का क्रम जारी रहता। रात में जब भी नींद टूटती उठे बिना चैन ही नहीं पड़ता। समय पता चल जाने से तसल्ली-सी हो जाती, अभी कितनी देर सोयी और अभी कितनी देर सोना है। बगल के कमरे से सोए हुए बाबा

के खाँसने की आवाज, साथ वाले भइया के कमरे में फोल्डिंग बेड की चरमराहट की आवाज। शायद पिताजी भी जग गये हैं। माँ और भइया भी जग ही गए होंगे। सुपरफास्ट ट्रेनें जब भी इधर से गुजरतीं तो आँधी-तूफान का आभास देतीं। स्टेशन के आस-पास का इलाका जैसे दहल उठता है। जैसे भूचाल आ गया हो। इस स्थिति में उसकी नींद न टूटे हो नहीं सकता। थोड़ा-बहुत शोर-शराबा तो हमेशा ही होता रहता, जिसकी उसे आदत-सी पड़ गयी थी। उसने जबसे होश सँभाला था अपने आपको रेलवे आवास में ही पाया। वह भी स्टेशन के नजदीक। रेलों के शोर को झेलना उसकी दिनचर्या में शामिल हो गया था। उनींदी अवस्था में ही उसे शोर तकलीफदेह लगता अन्यथा बिस्तर पर गयी नहीं कि सोयी। ऐसे में साउण्ड स्लीप का स्वाद वह भूल रही थी।

लेकिन इन अप्रिय आवाजों के अतिरिक्त स्टेशन के करीब और रेलवे लाइन के बगल में होने की एक दूसरी परेशानी यह भी होती है कि स्टेशन के चोर-उचक्के, जेबकतरे और लफंगे स्टेशन पर अपना शिकार न पा निकट के घरों में बोहनी करने चले आते हैं। कमरे की खिड़की से कितनी ही बार सामान जा चुका था। भइया ने अब तो सभी खिड़कियों पर जाली-जड़वा दी थी। उठाईगीरों-उचक्कों से सावधान रहकर ही अपने सामानों की सुरक्षा की जा सकती है।

अचानक स्टेशन के उस छोर से बन्दूक के चलने की और कुछ लोगों के भागने की आवाजें आती हैं। निर्मला भी चौकन्नी हो जाती है। तत्क्षण उसकी माँ भी अपने कमरे से दरियाफ्त करती है, "बाहर के दरवाजे में ताला बन्द है न निर्मला?" वह जवाब देती है–'हाँ।'

तभी उसके कमरे की खिड़की के पास किसी की गिड़गिड़ाहट सुनाई पड़ती है, "इस घर में कोई है भाई–मुझे बचा लीजिए...मैं बाहर का आदमी हूँ...हत्यारे मेरे पीछे पड़े हुए हैं"। इससे पहले कि निर्मला इस आवाज की प्रतिक्रिया में कुछ कहे, तब तक बाबा और

पिताजी एक साथ बोल पड़ते हैं किसी अनिष्ट की आशंका से ...''दरवाजा मत खोल देना निर्मला।''

निर्मला को लगता है माँ की तरह बाहर की आवाज ने बाबा और पिताजी को भी आत्म रक्षार्थ मुस्तैद बना दिया है। धड़कते दिल से वह अपने बिस्तर पर यथावत पड़ी रहती है। उस व्यक्ति की करुण पुकार ने उसे व्यथित और विचलित कर दिया है। असमंजस की स्थिति में लगा कि वह व्यक्ति या तो छद्मवेशी है या समय का मारा हुआ। उसकी आवाज से तो वह कपटी कतई नहीं लग रहा। लेकिन उसे दरवाजा नहीं खोलना है। उसके मन में दरवाजा खोलने नहीं खोलने का अन्तर्द्वन्द्व चल रहा है और आत्मा जैसे कसमसा रही है। कुछ देर बाद बाहर की गली से मकान पर चढ़ी सेम की लतरों में खरखराने की आवाज आती है। शायद सेम की घनी बेलों के बीच घबराए-डरे व्यक्ति ने अपने-आपको छिपाया हो। इसके बाद पदचाप की समवेत ध्वनि में कई लोगों के दौड़ने और किसी को ढूँढ़ने की आहट होती है। सम्भवतः यह हत्यारे ही हैं, उस व्यक्ति को ढूँढ़ रहे हैं। उन लोगों के जाने के पश्चात् वह सेम की लतरों से बाहर आकर पुनः उससे भी अधिक कारुणिक आवाज में गिड़गिड़ाता हुआ याचना करता है–''मुझे बचा लीजिए। जिन्दगी भर अहसानमन्द रहूँगा, ऋणी रहूँगा। मेरे छोटे-छोटे बच्चे हैं मुझे शरण देकर मेरी जान बचा लीजिए।''

कृतज्ञ होने के जितने भी शब्द उसके शब्दकोश में थे उस क्षण वह सब कह गया। शायद कोई शब्द उस घर के लोगों के अन्तर्मन को भेद जाये, और उसकी जान बच जाये। जीव-जन्तु भी प्राण रक्षा के लिए अपने सारे प्रयास कर डालते हैं, फिर वह तो इंसान था।

जाने क्या होता है कि अब निर्मला अपने को रोक नहीं पाती। खिड़की से बाहर झाँक कर देखती है। रेलवे लाइन के किनारे के लैम्पपोस्ट की रोशनी में उस व्यक्ति के भयभीत, विकल तथा पनाह

पाने के लिए बेचैन चेहरे को देख कर वह विचलित हो जाती है, फिर भूल जाती है अपनी सारी सावधानी और सतर्कता। हिदायतों को ताक पर रख कर सोचती ऐसा आदमी कपटी नहीं हो सकता। उसके अन्दर न जाने कहाँ से मानवीय उद्वेग का ऐसा प्रबल ज्वार उठता है कि माँ, पिता बाबा-भइया के दरवाजे तक पहुँचने और रोकने से पहले ही वह दरवाजा खोल कर उस व्यक्ति को अन्दर कर लेती है। तत्क्षण दरवाजा बन्द भी कर लेती है। उसके दुस्साहस को देख कर सहमे हुए घर के लोग अजब नजरों से घूरते हुए उसे आ घेरते हैं। जैसे उसने किसी अनहोनी को निमन्त्रण दिया हो। खामोशी पूरे परिवार को ही किसी आफत की भट्टी में झोंक दिया हो। सभी अवांछित-अविश्वसनीय आगन्तुक को डाँटते हुए उस पर पिल पड़ते हैं—"भागो यहाँ से! निकलो, निकलो... हमारे लिए तुम परेशानियों का पिटारा लेकर आये हो। यहाँ एक मिनट भी रुकने की जरूरत नहीं है। गहरी रात... वह भी अनजान आदमी! नहीं-नहीं, तुरन्त चलते बनो यहाँ से।" मन ही मन बुदबुदा रहे हैं कि कोई औरत होती तो भी रुकने नहीं देते, और यह तो मर्द मानुष है। इसकी इज्जत को कौन-सा खतरा है। कुछ गलत किया होगा तभी तो जान के पीछे पड़े हैं। पता नहीं कौन सच्चा है और कौन झूठा। यह या वे बन्दूक वाले।

तब तक वह अजनबी व्यक्ति अपने दीन भाव से याचना करता रहता है। शायद मिनमिनाते हुए सोच रहा है कि मरना तो एक दिन है ही। स्वतः प्राण जाये तो ठीक है परन्तु दूसरे के हाथों निरुद्देश्य मारा जाऊँ यह तो जानवरों से भी बदतर मौत है। प्राण रक्षा में किसी भी स्तर तक जाना पड़े तो जाऊँगा। उन सभी के चुप होते ही जवाब में वह आर्त्त व्यक्ति बारी-बारी से सभी के पाँव छू-छू कर कहता है, "सिर्फ रात भर के लिए छिपे रहने दीजिए। वे मुझे पा जायेंगे तो मेरी हत्या कर देंगे आपके इस एहसान को मैं जीवन भर नहीं भूल पाऊँगा।"

भयभीत व्यक्ति की प्रार्थना पर कोई कुछ निर्णय ले पाता तब तक फिर कुछ लोगों के दौड़ने की आवाजें आती हैं। सभी चुप्पी साध लेते हैं। उसी क्षण निर्मला का कर्त्तव्य बोध जागता है कि अलमारी के साइड में खड़ी कई चटाइयों में छिपे रहने का मौन संकेत उसे दे देती है। जाड़े के दिनों में छत पर धूप खाने के लिए लम्बी-लम्बी कई बाँस की चटाइयाँ उसके पिताजी ने खरीद रखी थीं, जिन्हें मोड़कर अलमारी और दीवाल के बीच बची जगह में खड़ा कर दिया गया था। इशारा पाते ही वह फुर्ती से एक चटाई के भीतर घुसकर एक कोने में जा दुबकता है।

अब निर्मला सबकी तरफ देखती है शायद एक जोड़ी आँखें भी उसके समर्थन में हों तो उसे बल मिले। लेकिन अपने खिलाफ आक्रोश में जल रही उन सभी की आग्नेय दृष्टियों का वह सामना नहीं कर पाती। ऐसा लग रहा जैसे– उसके पूरे परिवार पर आसमान टूट पड़ा हो और इसकी जिम्मेदार वही हो। सारी निगाहें धमकाने के अन्दाज में उसे घूर रही हैं। यदि कोई दुर्घटना घटित हो गयी तो बाद में हम तुम्हें बताएँगे। तुम्हारी परोपकारिता के आदर्श का नशा हिरन करेंगे। सहसा निर्मला के अन्दर का सहानुभूति का भाव तिरोहित होने लगता है और वह अपराधबोध से ग्रसित हो उठती है। उसकी मानवीयता उसके परिवार को तकलीफ पहुँचा रही है। पूरे परिवार की इच्छा के विरुद्ध जाकर उसे हरगिज ऐसा नहीं करना चाहिए था। सचमुच अगर कुछ अनहोनी हो गयी तो वह कहीं की न रहेगी। इसके लिए तब वह अपने को कभी माफ नहीं कर पायेगी। इसके पूर्व भी एक बार उसने जोखिम उठा कर एक दादा किस्म के लड़के से अपनी सहेली का पीछा छुड़ाया था। फिर उस लड़के ने अपने दोस्तों के साथ मिल कर उसके भइया और पिताजी को जान से मारने की धमकियां भिजवायी थीं। उस समय पिता ने डाँट लगाते हुए उसे हिदायत दी थी, ''आइन्दा से तुम किसी दूसरे के लफड़े में नहीं

पड़ोगी।" पिता के अनुसार यह समय बच कर, छिप कर और तटस्थ बने रह कर जीने का है। बेवजह किसी के बीच में पड़ने का नहीं। इसमें सारे नुकसान ही नुकसान हैं। उन्होंने गिनाए भी थे धन, जन, मन, क्षण सभी कुछ अपना नुकसान करके किसी को लाभ पहुँचाना यहाँ कहाँ की बुद्धिमानी है। उसे इस समय हर वह घटना जिसके लिए उसे फटकार लगी थी एक-एक कर याद आ रही है।

वह कहाँ भूली थी 23 सितम्बर की सफेद चमकदार दोपहर। सूखी जमीन कड़ी धूप। हारमोनियम-तबले की सुरीली तान पर भजन सुनाई दे रहा। तब उसके पिताजी कानपुर की गोविन्दनगर रेलवे कॉलोनी में रहते थे। जो गोविन्दपुरी रेलवे स्टेशन से सटी हुई थी। अंग्रेजों के जमाने का बड़ा-सा-बंगला उन्हें मिला हुआ था। लॉन में वह अपनी प्रैक्टिकल फाइल पूरी कर रही थी। पिछवाड़े की सड़क पर अफरातफरी मची। भागने वाले आतंकित होकर चीख-चिल्ला भी नहीं रहे थे सिर्फ कराहें सुनाई दे रही थी। जिसको जहाँ जगह मिल रही झाड़-झंखाड़ में छिप रहा था या फिर जान हथेली में लेकर भाग रहा था। काली डामर की सड़कें खून से दूर-दूर तक छींटदार हो गयीं। भीड़ सत्संग भवन की तरफ से आ रही थी। वहाँ काफी दिनों से चले आ रहे वैचारिक विवाद की परिणति इस तरह! यह शायद पूर्व नियोजित नहीं था, नहीं तो सुरक्षा का कुछ इन्तजाम तो जरूर रहता। सब कुछ अचानक। यकायक सर्वग्रासी लपटें उठने लगी थीं। इतना क्रोध इतनी क्रूरता! केवल मानव उँगलियों से ही दो टोकरे भर गये थे। सच-सच किसी को नहीं मालूम कितनी लाशें बिछीं, कितने अंग-भंग हो गये। सरकारी आँकड़े आँखों देखी से मेल नहीं खा रहे थे। वेशभूषा से अन्दाज लगाना मुश्किल था कि कौन किस विचार का था। इसी कोलाहल के मध्य उसने एक घायल नवदम्पति को अपने घर बिना किसी की इजाजत के शरण दी थी।

कुछ घण्टों के लिए घायल शरणार्थी को शरण देना इसके लिए उसे बहुत सारी अपमानजनक बातें सुननी पड़ी थीं। उसके पिता ने

तो यहाँ तक धमकी दे दी-कि ये निर्मला की बच्ची मेरी खोपड़ी पर का बोझ बन गयी है। और सुनो, भारी बोझा असहनीय हो तो उतार कर फेंकना ही पड़ता है। अपनी गरदन-कमर बचाने के लिए। इसका मतलब वह समझ गयी थी। असमय सजा के तौर पर विवाह। हालाँकि उसके परिवार को घायल दम्पति से या फिर बलवाइयों से किसी तरह की क्षति नहीं हुई थी। सब सुन-सह कर भी वह चुप लगाये रही। धीरे-धीरे उसके पिता का क्रोध ठण्डा हो गया। वह दम्पति हर करवाचौथ पर माँ को साड़ियों-श्रृंगार के साज-सामान से लाद देते, कृतज्ञतावश। जो मनुष्यत्व का एक अच्छा भाव है।

आज फिर कठिन घड़ी आ पहुँची है। फिर कोई मदद की दुहाई माँग रहा है। ऐसा क्यों है कि छै लोगों के परिवार में सिर्फ उसके कान ही यह आर्त्तनाद सुन पा रहे हैं। उसे लगता है कि रात काफी बड़ी हो गयी है। पूरे घर का माहौल भयाक्रान्त तथा तनावपूर्ण हो उठा है। सभी सन्न मारे बैठे हैं। कहीं वह हत्यारे सूँघते-सूँघते फिर से न आ धमकें। या कहीं यह ही छद्मवेशी लुटेरा न हो। कोई संकेत पा इसकी टोली के अन्य सदस्य न आ धमकें। चूँकि इस आकस्मिक संकट की वजह वह थी इसीलिए उनके उबलते गुस्से को आँच उसी से मिल रही। उसकी स्थिति न उगलते बने और न निगलते। हताश-निराश, व्यथित और चिन्तित।

लेकिन जितना वह डरी हुई थी और पूरा परिवार जितना खफा और खौफजदा हो रहा है वैसा कुछ भी घटित नहीं होता। सवेरे ही वह व्यक्ति चटाइयों के बीच से निकल सबके सामने खड़ा होता है, "अब मैं जाऊँगा। आप लोगों ने मेरे साथ जो कुछ भी किया, उसका एहसान मैं आजीवन चुका नहीं सकता। मैं गाजियाबाद में कपड़े का व्यापारी हूँ दिल्ली से लौट रहा था। ट्रेन में ही हत्यारों का इरादा भाँप इस छोटे स्टेशन पर उतर गया। अब मैं उनसे निपट लूँगा। मुझे यहाँ के नजदीकी पुलिस स्टेशन का रास्ता बता दीजिए। अब और रुक

कर मैं आप लोगों पर कोई नयी मुसीबत नहीं खड़ी करना चाहता।" जवाब में निर्मला के पिता बाहर का दरवाजा खोल देते हैं और पुलिस स्टेशन का पता बता देते हैं। उस व्यक्ति के इस निर्णय से सब लोगों की जान में जान आ जाती है।

जाने से पूर्व वह अपने हस्ताक्षर से युक्त एक सादा चेक निर्मला के सामने रख देता है, "बहन जीवन-रक्षक के ऋण से तो किसी भी तरह उऋण नहीं हुआ जा सकता, लेकिन तुम इसमें अपनी इच्छानुसार रकम भर लेना।"

तब उसके पिता की आदर्शवादिता जाग उठती है, "हमने आपकी मुसीबत में सहायता की है तो क्या बदले में आपसे रुपये लेंगे? नहीं...ऐसा नहीं। हम इतने अधम-अमानवीय छुद्र नहीं हैं। इन्सान ही इन्सान के काम आता है।"

लेकिन उसके पिता वह चेक उठा कर उसके हाथ पर नहीं रखते। सिर्फ खोखले भावों से ही नकार रहे हैं। निर्मला असमंजस की स्थिति में। उसका कोई भी कदम कहीं फिर उलझाव की स्थिति न पैदा कर दे।

खैर, वह चेक वापस नहीं लेता। जाते समय अपना विजिटिंग कार्ड भी निर्मला को दे जाता है, "बहन, जीवन में कभी भी जरूरत पड़े तो याद करना।" निर्मला महसूस करती है, जाते हुए उस व्यक्ति की आँखों से उसके प्रति टपकते हुए कृतज्ञता के भाव और श्रद्धा-सम्मान के प्रबल आन्तरिक वेग में उसकी सारी जड़ता-मायूसी और अपराधबोध जैसे बह जाता है। वह दुगने वेग से जीवन्त और तरोताजा हो उठती है। अब उसे नहीं लगता उसने कुछ भी गलत किया। कृतज्ञता, श्रद्धा-सम्मान के इन सच्चे भावों के लिए तो कुछ भी किया जा सकता है।

एक शनिवार की शाम

इंसान अपने हाथ में उतना ही काम क्यों नहीं लेता जो रोज़-ब-रोज़ निबट जाये। क्यों अगले दिन के लिए बकाया रख देता है। अपनी क्षमताओं को क्यों नहीं आँक पाता। शायद बचपन से ही टालने की आदत पड़ जाती है लाड़-दुलार ढीठपने में। बचपने की पड़ी आदत बड़ी मुश्किल से छूटती है। जब तक कि अन्दर से दृढ़ता न हो। ऐसी ही आदतें आलस्य को जन्म देती हैं। परन्तु वह आलसी नहीं थी। यही विरोधाभास था उसके व्यक्तित्व में। उसे हमेशा से ही लगता जीवन बहुत छोटा है, काम कई। उसने अपने हाथ में ढेरों काम ले रखे थे। काम को पूरा करने की ख़्वाहिश दम-खम के साथ।

इतवार का दिन प्रिया के लिए खास दिन होता। जो पूरे छह दिनों के बाद आता। समय का अनुशासन और कार्य के निष्पादन में कहीं कुछ गड़बड़ हो रही। काम करना है पूरी हैसियत के साथ।

सभी को खुश भी करना है तभी महानता हासिल होती है। इसीलिए हर वार में से कुछ न कुछ काम बचता जाता जो पूरा होता कॉलेज की छुट्टी के दिन यानी रविवार को। उस दिन अपनी तरह के काम होते। चार न्यूज़ पेपर्स और वीकली आने वाली कुछ मैगजीन्स, पढ़ने का शौक, उस दिन कुछ और सोचने ही नहीं देता। साथ में उसके पति अरुण कम पढ़ाकू नहीं। वे दोनों घरेलू काम शंकर की मदद से निबटा कर, डबलबेड पर अपनी-अपनी पसन्दीदा विषयों की पुस्तकें पढ़ते। व्यवधान मचाया चाट वाले की ठक-ठक। बिना उठे काम नहीं चलता। तब तक उसने कॉलबेल दबा दी। एक दूसरे को देखते रहे। उठे कौन? शंकर भी नहीं। भारी मन से अरुण उठे, 'नहीं भाई मन नहीं है फुल्की खाने का।' इतने जवाब से उसे सन्तुष्टि कहाँ जैसे वह कुछ ठान कर आया हो, 'भइया आप खायेंगे तो ऊपर वह तृप्त होगा, तेरह दिनों तक उसकी आत्मा अपने घर में ही वास करती है।' ऐसी अतार्किक भावुकता भरी बातों से कुछ क्षण को अरुण विचलित होते परन्तु तत्क्षण सँभल भी जाते। वह मायूस हो वापस चला गया। किसी और ग्राहक की फिराक में। चाट वाले के आने के पहले बिस्कुटों के विज्ञापन टी.बी. पर आ रहे थे। मेरी गोल्ड, गुड डे ब्राण्ड के बिस्कुटों का सम्बन्ध किसी की पसन्द से था। विज्ञापनों से उसकी याद ताज़ा हो रही थी। तभी चाट वाले ने आकर भावुकतापूर्ण बातें कह अरुण को विचलित कर दिया।

अरुण का प्रिय बादल चला गया हमेशा के लिए। वह गया। उसकी यादें शुरू। उसे साथ छोड़े एक हफ्ता से ऊपर हो गया। वह कोई पन्द्रह अगस्त को घूम-दौड़ कर गेट पर वापस आया था। अरुण अन्दर आ गये वह वहीं पर खड़ा रह गया। ढेरों आवाज़ें लगायीं वह अन्दर नहीं आया तो नहीं ही आया। हार कर अरुण ही गेट पर उसे मनाने आये। पर कहाँ, वह अरुण की टांगों से क्षणांश को लिपटा फिर गिरा और आनन-फानन में दमहीन हो गया। बादल ने दम तोड़ा

भी तो मालिक के चरणों में। वफादारी की ख़ास मिसाल बादल। वह अल्शेशियन जो था। जब तक अरुण उसके पास नहीं पहुँच गये तब तक वह दम साधे खड़ा रहा। बादल का मान-सम्मान उनके बच्चे के समान। प्रिया-अरुण का यह कथन कि बादल में इतनी खूबियां, लिखा जाय तो पूरी की पूरी एक किताब ही तैयार हो जाये। वह छह दिन का था जब अरुण उसे लाये थे। वह उसका जन्मदिन भी उसी दिन मनाते जिस दिन लाए थे। ठीक पाँचवें जन्मदिन के दसवें दिन उसकी लीलाएँ भी उसी के साथ गंगा किनारे बालू में तोप दी गयीं।

वह उन दोनों का दुलारा। दुलार-प्यार के दोनों के अपने-अपने कारण। वे प्रातः गंगा किनारे कछार में जाते, उसकी बालुई क़ब्र पर छितरी यादों को समेटते और सिलसिलेवार करते। जिस दिन वे दोनों रो लेते काफी हल्के हो जाते। ऐसा करने से उन्हें राहत मिलती। उस घर में पहले बादल आया साथ में निश्छलता और निश्चिन्तता भी लाया। जो हर कुत्ते का शगल वही बादल का भी। बादल सामने हो तो क्या मजाल ज़ो प्रिया अरुण से प्यार अधिकार जताये। तुरन्त अपनी नाराज़गी भौंक करके ज़ाहिर कर देता। अरुण की हर चीज़ पर बादल का अधिकार। प्रिया ने अरुण के निजी सामान को छुआ नहीं कि बादल नाराज़ हो गया। कमरे को दुरुस्त करने का साहस प्रिया ने जब-जब किया। तुरन्त समय गँवाए बिना उन सामानों की वह चिन्दी-चिन्दी कर डालता। कपड़ा-पेन, किताबें सब उसके गुस्से का शिकार हो चुके थे। उसका क्रोध जब नुकसान पर उतरता तो वह खीझ उठती। पर खीझे भी तो किस पर बादल पर? प्रिया से पहले बादल का गुस्सा शान्त हो जाता। तब वह कभी उसकी हथेली को चाटता, पैरों को चाटता जैसे ही उसके गालों को चाटने की कोशिश में कामयाब हो जाता प्रिया का मिजाज ठण्डा।

बहुत दिनों तक प्रिया अरुण डबलबेड पर आसानी से नहीं सो पाये थे। जहाँ अरुण वहीं बादल। दोनों के काम पर से लौटने तक

वह चन्दर की देख-रेख में रहता। प्रिया को उसके साथ सामंजस्य बैठाने में वक्त के साथ-साथ मुश्किलात भी आयी थी। नयी नवेली के अपने सपने-संसार। साथ न परिवार न ससुराल पर सास-ननद बन बैठा बादल। प्रिया ने अब तक तो यही जाना था अच्छा नस्ली कुत्ता अधिकारियों-व्यापारियों की शान-शौकत का प्रतीक। उसके जैसों के शौक तो गली-नुक्कड़ के पिल्लों से ही पूरे हो जाते। बादल को देख तुरन्त अपने बड़े होने का एहसास जाग उठता। तभी वह उसके प्रति प्यार से भर उठती। यह बादल ही है जिसने उसे बड़े होने का एहसास कराया। उसके मासूमपने पर उसे निहारती-दुलारती।

बादल अन्य कुत्तों की भाँति नहीं था। वह खाने, दोस्ती करने में चूजी थी। बिस्कुट हो तो गुड डे या फिर मेरी गोल्ड। आइसक्रीम, मैगी, चाउमिन, बर्गर, फुल्की खाने का बेहद शौकीन। प्रिय से प्रिय खाद्य भी चन्दर यदि अवज्ञा से दे तो हरगिज नहीं खाता। अवज्ञा, अनादर की सूक्ष्म से सूक्ष्म अभिव्यक्ति को भी वह न जाने कैसे समझ लेता। बिना बहुत मनाए न मानता। टी.वी. भी अबाधित होकर देखता। डिस्कवरी, जियोग्राफिकल जितना पसन्द फेमिली ड्रामा उतना ही नापसन्द। अरुण की सारी पसन्दगियाँ बादल की बनती जा रही थीं। हिंसकता से दूर उसके चौकन्नेपन में गज़ब की फुरती। ग्रिल गेट खड़का नहीं कि भौंक के साथ मुआयना कर जाता। स्वाभिमानी, आज्ञाकारी जैसे अन्य मानवीय सद्‌गुणों को पकड़ता बादल। आश्चर्यजनक ढंग से एक जानवर का मानवीय होते जाना।

अरुण-प्रिया के बीच बादल कभी झगड़े की जड़ बनता कभी वही सुलह-सपाटे के तार का माध्यम बनता। कभी मोहरा अरुण बनाते कभी प्रिया। उनके टुन्न-पुन्न के ढेरों उदाहरण। अबोला की स्थिति में संचार माध्यम बादल बनता। रात के खाने के वक्त प्रिया, 'बादल जाओ अरुण से कहो डाइनिंग टेबल पर खाना लगा है।' बादल अरुण के पास, तब तक खड़ा रहता जब तक वह चल न देते।

ऐसे ही अरुण, संस्थान जाते वक़्त, 'बादल जाओ प्रिया से पूछो मेरा पेन-रूमाल कहाँ है।' जब तक प्रिया अरुण का सामान निकाल न दे तब तक़ प्रिया के पास से हटता नहीं। कुत्ते भाषा नहीं ध्वनि पहचानते हैं। उसका ध्वनि ज्ञान इतना विस्तृत और गहरा था कि मनुष्य से बात करने के समान लगता। विवेकशील मालिकों के झमेलों से निबटता- निबटाता युगल दोपायों के मध्य एक वफ़ादार-समझदार चौपाया। उन दोनों की दिनचर्या का उदय-उद्यापन होता बादल से।

एक बच्चे की आस जैसे हर पारिवारिक-पारम्परिक घरों में होती है प्रिया का ससुराल इससे अलग कहाँ था। उसकी सास साल पूरा होते न होते बाट जोहने लगी। झड़ाना-फुँकाना, पीर-मजार पर ले जाने का आग्रह करने लगी थी। पर बहूधर्म का खाका प्रिया अपने तरीके से खींचती रही। वह नहीं बता पा रही थी अपनी मंज़िल-मकसद। अपनी भूमिका का स्पष्टीकरण देने का उसमें साहस कहाँ था। दुधारू गाय और कमासुत बहू में उन्हें एक जैसी साम्यता दिखाई देती। बड़ी बहू को अपनी चौहद्दी में डाल वह कब की दादी बन चुकी थी। सामाजिक दबाव उसकी सास में बेचैनी पैदा कर रहे थे क्योंकि प्रिया को आये चार वर्ष से ऊपर हो गये थे। भला हो उन ख़बरों का जो उनके कानों में अब तक पड़ी नहीं थीं। कैरियरिस्ट वूमेन जब तक चले तब तक पारिवारिक लफड़ों से दूर ही रहती है, नहीं तो वह अब तक गुणात्मक उद्विग्नता की शिकार हो उठती। सास-प्रिया एक दूसरे को डील कर रही थीं। मेहमान सरीखी सास का मान रखना प्रिया खूब जानती थी।

अरुण पर पूरा-पूरा तो नहीं परन्तु उनके ऊपर किताबें पढ़ते-पढ़ते विचारधारा और वाद का असर आ गया था। जो जितनी ज्यादा किताबें पढ़ लेता है वह ईश्वर से दूर होता जाता है। उसका भाग्य से हटकर कर्म पर यकीन बढ़ने लगता है। अरुण इससे अछूते नहीं

थे। मित्रों की मध्यस्थता और पारिवारिक दबाव न पड़ता तो शायद प्रिया से शादी भी न करते। यूँ ही मित्रता का निर्वहन करते हुए ज़िन्दगी गुज़ारने की तमन्ना थी एक प्रयोग के तौर पर। हाँ उनकी प्रेम कहानी भी बड़ी दिलचस्प है वह फिर कभी। शादी से पहले अरुण ने ढूंढ़-ढूंढ़ कर एकाकी जीवन के यात्रियों को अपना प्रेरणास्रोत माना था। एक तो थी स्पोर्ट्स ऑफिसर शुभ बनर्जी। वह अपने जीवन को अपने ढंग से जी रही थी। उनका निजी परिवार, उसमें उनके क़िस्म-क़िस्म के नौ कुत्तों की जमात। आठ बाई आठ के बेड पर हर साइज-नस्ल के अपने कुत्तों के साथ सोती-आराम करती। किसी जिज्ञासु की जिज्ञासा को शान्त करती बनाए तर्क से, 'है कोई माई का लाल जो इनके जैसी वफ़ादारी दिखाये। निश्छल-निष्कलुष झरता प्यार। शादी करो तो पुरुष के पुरुषपने से हलाकान रहो। अपनी काबिलियत उसके जूते की नोक पर। बच्चे पैदा करो खुद को उसी के घर में होम कर दो। सयाने बच्चों की अपनी ज़िन्दगी-ज़मीन। आप रह गये तन्हा के तन्हा। कम से कम ये मेरे बिजली, तूफान, सुल्तान, सयाने, बेलन...(झटपट अपने सभी कुत्तों के नाम गिना जाती) मेरे ऑफिस से आने तक ये सभी मेरी बाट तो जोहते हैं। मेरी हर फिक्र को बेफिक्र की राह ले जाते हैं ये मेरे नौरत्न। भला मैं सबसे सुखी कि नहीं।' अपने कुत्तों के साथ एकाकी जीवन जीने की उनकी वकालत अरुण के कई सम्पर्कियों ने तो सुरक्षा-साथी-ममत्व को चौपायों में ही पाया था।

शादी से पहले अरुण को जानवर विशेषकर कुत्ता ज्यादा भरोसेमन्द लगता। परन्तु जब से प्रिया आयी धीरे-धीरे विचारों में पुनः बदलाव आ घुसा था। किसी की भी पूरी ज़िन्दगी एक ही विचार से व्यतीत नहीं होती। समय-वय-वाकया कुछ भी बदलाव के कारक बन बैठते हैं। परन्तु इस बार अरुण में विचारों की तब्दीली कुछ जल्दी ही हो गयी। उनमें स्थितियों से जूझने का माद्दा कुछ कम जो था।

अधीरता भी उनके अन्दर अनायास प्रवेश कर गयी थी। अपने आपको एकदम शिखर पर देखने की महत्त्वाकांक्षा उससे नीचे कुछ सोचने की, समझौता करने ही नहीं देती। शादीशुदा जीवन के अपने नियम-संयम। अब वह मियाँ-बीवी आपसी बातचीत में भी सतर्कता बरतते। जिस वैचारिक परिवर्तन से अरुण में व्यावहारिक परिवर्तन आ रहा था, प्रिया उसे अरुण की लापरवाही मान रही थी। प्रिया के साथ सावधानीपूर्वक की गयी असावधानी में अरुण डपट-झिड़क दिये जाते। प्रिया की आधी तिलमिलाहट शब्दों से बाकी अन्दर घुटन के रूप में इकट्ठा हो जाती। 'तुम मुझे किसी चक्कर-वक्कर में जरूर फँसा दोगे। ताकि मैं घर बैठूँ, निठल्ली का ठप्पा लगवाऊँ और तुम्हारी अम्मा की मंशा पूरी करूँ।' दुत्कार के बाद अरुण जितनी मासूमियत चेहरे पर ला पाते लाते। प्रिया के मूड को पढ़ते हुए क्षमायाचना की अवधि-काल का गणित अपने मन में तय कर लेते। इतना तो वह जानते ही थे मियाँ-बीवी की ठिठोलियाँ गाँठ कहाँ बनाती हैं। अरुण के विचार से शायद ग़लती से ही कोई सही कार्य हो जाये।

बादल के साथ रहते-रहते प्रिया के विचार में क्रान्तिकारी परिवर्तन आया था। परिवर्तन के बीज तो उसी दिन पड़ गये थे जब झूठी शान, सड़ी-गली सामाजिक व्यवस्था से उसको करारा चाँटा पड़ा था। बात उन दिनों की है जब उसके पिता वरदेखी के लिए निकला करते थे। कोई उनको गँवई कह कर अपमानित कर देता, उनका पहनावा धोती-कुर्ता तो था। एक ने तो पैसे की बोली ही लगा डाली, 'रेलवे से रिटायर हुए हैं तो क्या हुआ कमाई तो वहाँ भी होती है।' नये-नये आधुनिक ने तो यही पूछ लिया, 'क्या आपकी बेटी कुत्ता टहलाती है, अंग्रेजी फर्राटे से बोलती है। यदि नहीं, तो वह मेरे घर के स्टैण्डर्ड के लायक नहीं।' यह कुछ बानगी भर है। उन्होंने वरदेखी में इतना अपमान झेला था फिर कहीं जाने की हिम्मत ही नहीं जुटा पा रहे थे। ऐसे में अरुण का प्रस्ताव अप्रत्याशित था। यानी साक्षात्

भगवान दरवाज़े पर मदद को आतुर। उसके पिता ने ईश्वर की कृतज्ञता में क्या-क्या नहीं किया। अपना होनहार कमासुत बेटा हाथ से जाता देख अरुण के पिता ने अदृश्य दहेज़ (आवभगत और बरातियों की विदाई) की शर्त रख दी थी, जो उनके चादर के बाहर की थी। पिछला अपमान याद कर वह कहाँ-कहाँ से नहीं पैसा जुटाने में लग गये थे।

वह शादी में कर्ज़दार भी हुए थे। अपने तरीके से अदायगी भी कर रहे थे। केवल सात सौ की एक लम्बरदार की देनदारी बच गयी थी। वह आये दिन दरवाज़े पर आता। तगादा बाद में, पहले माँ-बहन ही तौलना शुरू कर देता।

उस दिन उसने बेटी को भी नाम दिया था। उसके पिता का ज़मीर छलनी हुआ जा रहा था। उस वक्त उन्हें कुछ न सूझा। झटपट अन्दर गये, गाभिन गाय खूँटे से खोलने लगे। वहाँ पहली विदाई में मौजूद प्रिया। तत्क्षण उसने पिता की हथेली पर सात सौ रखे, 'मारिए उस कुजात-कमीने के मुँह पर।' निरीह पिता के आँसू उसे अन्दर तक हिला गये थे।

सम्बन्ध कितने भी पारदर्शी हों परन्तु कहीं कोई कोना ऐसा होता है बातों को रखने का, जो भयवश इंसान छुपा ही जाता है। प्रिया ने भी अरुण से कुछ दिन छिपाए रखा। वह कैसे अपने पिता का अपमानित चेहरा अरुण को दिखाए। उन्हें वह अरुण के सामने दीन-हीन नहीं दिखलाना चाहती। लेकिन कब तक? ऐसी घटनाओं का बोझ सहना ही दुश्वार होता है। अपमानित-आहत प्रिया। अकेले लड़ना काफी कठिन होता है। लड़ाई में जितने हाथ हों उतनी ताकत बनती है। पहली मुफीद साथी अरुण को माना। अपनी व्यथा-वेदना को अक्षरशः अरुण के आगे उगल दिया। साथ ही बता भी दिया लड़ने का ढंग। बिना मातृत्व की प्रक्रिया से गुज़रे ही वह समाज की सड़ी-गली व्यवस्था से लड़ने की ठान चुकी थी। उसे हर घड़ी याद

आता अपने पिता का अपमानित चेहरा। एक बेटी के पिता होने की बेबसी। उसे याद आती उन वीर युवाओं की माँएँ। जिन्होंने घुट्टी में पिलायी थी अपने बच्चों को, ईमानदारी, वफादारी और निष्ठा। मंजूनाथ, सत्येन्द्र की शहादत उसे हर घड़ी झकझोरती। कोई भी सुखी नहीं चाहे वह बेटी का पिता हो या बेटों की माँ। ये सब उसे उद्वेलित करते रहते।

प्रायः उसके मस्तिष्क में द्वन्द्व चलता रहता। समाज से बाहर रह कर व्यवस्था से विद्रोह करूँ या भीतर रह कर। विरोध-विद्रोह के लिए पहले स्वयं को शक्तिशाली होना पड़ता है। ताकत बटोरने के लिए वह हरसम्भव प्रयास कर रही थी। कोई भी भावनात्मक कमजोरी उसके उद्देश्य में सूराख कर सकती है। सास की पूछताछ से बेपरवाह थी प्रिया। उसके भावनात्मक सम्बल थे अरुण और बादल। ऑफिस से आने तक इन्तज़ार करता बादल। वह दुलराता, अधिकार जताता, जिद करता। गुस्से, नकार, प्यार, अवज्ञा, आज्ञा जैसे ढेरों मानवीय भावों को समझता उसका चौपाया। हमें ही जानवरों को समझने में कितना वक्त लगता है परन्तु भाषा विहीन जीव हम मनुष्यों को कितनी आसानी से और शीघ्र समझ लेते हैं। जब से हम लोगों ने प्रकृति से दूरी बढ़ाई है तभी से संवेदनाएँ भी कुण्द होती जा रही हैं। जब तक परखा नहीं था, तब तक पालतू की प्रवृत्ति से अनजान था प्रिया, परन्तु अब वंश का विकल्प मान बैठी। इतना बड़ा निर्णय। घोर आश्चर्य। अपने निर्णय को अन्तर्मन में ही रख छोड़ा। जिम्मेदार प्रिया। सामाजिक जवाबदेही बनी रही। जो जिस बुद्धि स्तर का उसको वैसा ही जवाब। उत्तर-प्रत्युत्तर दे करके भी बेहद असन्तोष। परन्तु मेहमानों को कम, सास को खूब समझाना पड़ता, 'अम्मा अभी कहाँ उम्र बीती जा रही थी। कम से कम नौकरी तो सुरक्षित कर लूँ।' अम्मा भी कहाँ चुप लगाने वाली, 'अरुण की कमाई क्या पूरी न पड़े जो बच्चे जनने की छोड़ कुकुर-बिलार पाल-पोष रही है।' सास की भदेस भाषा के आगे प्रिया मौन लगा जाती। एक चुप हजार चुप।

ऐसा नहीं कि सास-बहू की ऐसी बतकही से अरुण अनभिज्ञ थे। रात के सोने के अलावा कुछ घण्टे तो वह घर में रहते ही थे। जिस खास बातचीत में उन्हें शामिल नहीं किया जा रहा, उसमें वह अपनी टाँग जानबूझ कर क्यों घसीटवाएँ। एक अम्मा ही नहीं, ढेरों शुभेच्छुओं, सन्देहियों की उत्सुकता-जिज्ञासा को शान्त किया जाता रहा। प्रिया के बचाव में अरुण ने भी कुण्ठा से उपजे तर्क ढूँढ़ निकाले थे। जो जैसा होता उसके लिए अरुण का जवाब भी वैसा ही होता। अमूमन वह आम बातचीत में, 'भला बताइए बच्चे पैदा करके हम लोग उनको कुछ देने की स्थिति में हैं क्या? इस दुर्लभ समय में क्या किसको उनका आदर्श बताएँ, क्या सिखाएँ-बनाएँ। आप चाहते हैं बेरोजगारों-बेकारों की संख्या में एक घर मेरा भी जुड़ जाये। या फिर बेटी पैदा हो तो दहेज़ जोड़ना शुरू कर दूँ। न भी जोड़ना चाहूँ तो भी टी.वी. के विज्ञापन 'कन्या बीमा पॉलिसी' आपका दरवाजा खटखटाते ही रहेंगे। इस बाजारवाद के दौर में समाज कहाँ है। सिर्फ दो ही कौमें रह जाएगीं क्रेता-विक्रेता की। तीसरी धीरे-धीरे स्वतः ही लुप्त हो जाएगी।' यह तो उनके तर्कों की एक बानगी भर है।

भरे पेट-तृप्त आत्माओं या फिर सताए हुओं को ही व्यवस्था से लड़ने की सूझती है। उनकी मजबूत पृष्ठभूमि, पारिवारिक जिम्मेदारी से मुक्त, मेधावी अरुण हमेशा व्यवस्था से खफा रहते। हर वक्त की नाराजगी ने एक सपने को जन्म दिया था। यदि प्रशासनिक सेवा में चयन हो जाये तो लड़ने की जायज (नाजायज भी) ताकत आ जाये। उन्होंने धुर किशोरावस्था में लक्ष्य पर आँख टिकायी थी। उनमें अखबारों-खबरों को पढ़ते-सुनते यह महत्त्वाकांक्षा उभरी थी। वह जानते परिश्रम-मेधा से सब कुछ हासिल किया जा सकता। उनकी प्रज्ञा लिखित परीक्षाओं तक दिखती। परन्तु हर बार साक्षात्कार में उनके व्यक्तित्व का सही मूल्यांकन नहीं हो पाता। आखिरी मौका भी अथक परिश्रम-प्रयास के बावजूद हाथ से फिसल गया। अरुण में

सबसे अच्छी बात यह होती थी वह हमेशा घेरे से बाहर आने को यथाशक्ति तत्पर रहते।

वह कहते अपना तो एक ही से इश्क हुआ आई. ए. एस.। वह नहीं तो कोई दूसरा नहीं। प्रतियोगी परीक्षा तैयारी नहीं तो उनके पास समय ही समय। बचे समय में वह मित्रों को ट्यूशन देने लगे। उन लोगों का भी वही सपना-विचार जो अरुण का। जिसे मनोयोग से पढ़ा देते चयन हो जाता। कोई पोस्टिंग के पहले कोई बाद में अरुण का मान-सम्मान एक छोटी-सी पार्टी के रूप में होता। अरुण भाव-विह्वल हो उठते। परन्तु सारी खुशियों के तुरन्त बाद उनकी अपनी असफलता हावी हो जाती। अरुण का प्यार प्रिया की तरफ से आधुनिकता की उस सीढ़ी पर नहीं चढ़ा था, जहाँ अरुण अपने कठिन समय को प्रिया के सान्निध्य से सरल बना लेते। उन्हीं एकान्त, घोर निराशा, हताशा, कुण्ठा के दौर में ही बादल उनका साथी बना था। किसी समय कुत्ते कारों बँगलों—अधिकारियों की शोभा रुतबा करते थे। परन्तु बदले समय में पैमाना भी बदल गया। दुर्लभ एकाकी जीवन जीने के बढ़ते चलन-हठ ने इंसान साथी की जगह जानवर को अपनाना शुरू कर दिया है। अरुण ने भी यही किया। उसी समय से बादल के खर्चों के लिए अरुण कोचिंग पढ़ाने लगे थे। तब से अब तक अरुण शहर के नामी कोचिंग संस्थान के संस्थापक-संचालक बन चुके हैं। उनकी कोचिंग से हर साल औसतन दस से पन्द्रह लड़कों का प्रशासनिक सेवा में सफल होना तय हो चुका था। परन्तु उनकी विफलता की व्यथा की अभिव्यक्ति भिन्न-भिन्न तरीके से फूटती।

एक नाजुक मिजाज कुत्ते की उम्र ही कितनी होती है। बादल की भी उतनी नहीं थी। काबिल डॉक्टर की दवाओं के बावजूद तीन दिनों के सर्दी-बुखार में ही वह चल बसा। बादल के असमय-अचानक जाने से घर में हर समय एक अजीब किस्म की उदासी-रिक्तता का

एहसास पसरा रहता। उन लोगों को उसमें एक अबोध बच्चे-सी स्निग्धता-सरलता दिखायी देती थी। विशेष भावों के समय ही बादल को उसके नाम से बुलाया जाता अन्यथा बेटा-भइया-गोलू-मोलू जैसे प्यारे नामों से बुलाते। वह घर का जीता-जागता मनोहारी खिलौना था। उसकी जगह-जगह बड़ी-बड़ी फोटो घर में टँगी हुयी थीं। उसकी यादों-क्षणों को समेटा गया था मोटे-मोटे चार एलबमों में। वह नहीं होते हुए भी हर समय, हर जगह मौजूद था। अकेलेपन से लड़ने का प्रिया-अरुण दोनों के मन में पारम्परिक-प्राकृतिक तरीका बीच-बीच में दस्तक देता। परन्तु मन की बात कोई किसी से नहीं कह पाता। प्रिया कुछ अधिक ही कड़क हो रही थी। मन की थाप को मतिभ्रम मान रही थी। अपनी कॉलेज की नौकरी, बचे समय में सामाजिक कार्यों में कैसा भी कोई भी व्यवधान उसे पसन्द नहीं।

सामने कोई बड़ा उद्देश्य हो तो, छोटी-मोटी समस्याएँ स्वतः हल हो उठती हैं। या फिर दृष्टिगत ही नहीं होतीं। प्रिया के सामने उद्देश्य था हर उस लड़की-स्त्री को जागरूक करना जो अन्याय-अपमान सह रही हो। ढेरों लड़कियों की पसन्दीदा टीचर थी प्रिया। यही उसकी ताकत-व्यस्तता। इसी से उसे अकेलेपन का एहसास कुछ कम होता। अरुण कुछ ज्यादा ही त्रस्त रहता। कभी-कभी वह सांकेतिक भाषा में कुछ कह जाते। परिचित-रिश्ते की घरेलू औरतों का दबाव कि हर साल पूरा होते न होते गोद में बच्चा आ ही जाये। उसके पास सलाह-नसीहतों का ढेर लगा था। अरुण के मन में इधर बीच अपना जीवन उद्देश्यहीन लग रहा था। कभी-कभी उनमें ख्वाहिश जन्मती। कुछ देर के लिए उसके क्रियान्वयन में भी लग जाते। वह एक ऐसा छात्र ढूँढ़ रहे थे जिसमें वह अपने को पा सकें। एक ऐसा शिष्य जिसमें उनकी आस्था-आत्मा बसी हो। उसे उस ऊँचाई तक ले जाने की आकांक्षा जिसे वह न छू पाये थे। अपनी नज़रों से परख-तौल रहे पर आत्मिक जुड़ाव आंशिक भी नहीं। बैच पे बैच निकल रहे थे

सफलता हासिल नहीं हो पा रही थी। एक विचार पर प्रायः कुछ ठहर से जाते। अपना खून हो तो शुरू से उसे अपने तरीके से ढाला जा सकता। कुछ दिनों के लिए सन्तान मोह के झूले पर झूलना शुरू कर देते। जानबूझ कर की गयी लापरवाही के लिए प्रिया से डाँटे भी जाते। परन्तु अब उसकी डाँट-डपट में वह ताप न होता।

चिन्तनशील अरुण जीवन से जुड़ी छोटी-बड़ी विषयों-घटनाओं को अपने चिन्तन में शामिल कर लेते। जिसकी जितनी जरूरत उतनी तवज्जो। एक मजमून सबसे अहम बनता जा रहा था। पशु-प्राणियों का मानवीकरण करना इंसानों पर से उठते विश्वास की बानगी नहीं है? अपने आपसे पूछते कहीं जानवर भी मनुष्य की जगह ले सकता है? मनुष्य के जीवन-काल में क्या एक कुत्ता जीवन-पर्यन्त साथ चल पायेगा? पशु तो सहजीवन के अस्तित्व को बनाये-बचाये रखता है। विकल्प तो नहीं हो सकता न? मानवीय सरोकारों के लिए संघर्ष न करना, भगोड़ा बनना क्या कायरता नहीं? मनुष्य पर से उठता विश्वास हमें किधर ले जा रहे। प्रगतिशील होने का यह भौंडा तरीका। अम्मा-बाबूजी भी यदि यही सोच कर चलते तो आज मैं कहाँ होता? मेरा अस्तित्व? हम सभी अपनी शक्तिहीनता-कायरता का दोष दूर नहीं करते शार्टकट अपना लेते हैं।

इंसान जब अपनी गलती कभी समझ ले तो मानो सुधार की प्रक्रिया वहीं से शुरू हो उठे। सत्ता-समाज को लेकर उनके ऋणात्मक अवयवों का ही असर था वह ऐसा मान चुके थे। पहला चरण बादल के कुछ फोटो दीवाल से हटा दिये गये। उन जगहों पर बच्चों के प्यारे-प्यारे पोस्टर टँग उठे। अड़ोस-पड़ोस के बच्चों से भी अरुण की दोस्ती हो उठी। टॉफी-चॉकलेट-बैट-बॉल उनके घर में। अपनी मंशा जाहिर करने का यही तरीका। अरुण जिस सोसायटी के अंग वहाँ अपनी बात सीधे तरीके से न रख पाने के कारण घुटन हो रही थी। उन्हें लगता अपरोक्ष रूप से प्रिया ही दोषी ठहरायी जाती होगी। अपने

पुरुष मित्रों के मध्य परिवार सीमित के उनके तर्क को किसी ने गम्भीरता से नहीं ही लिया। सीधे-टेढ़े बात प्रिया पर अटकती।

प्रिया भी सारे प्रहारों-उलाहनों से कहाँ अनजान। धर्मभीरु मध्यवर्गीय स्त्रियाँ उसकी सोच-संवेदना को चरित्रहीनता से जोड़ कर देख रही थीं। क्योंकि वह किसी के आगे (बच्चे न होने का) न जिक्र करती न ही उनकी सलाह की दीदे-जिगर से सुनती। कभी-भी ऊपर से बेदर्दी भरा जवाब तंग आकर दे डालती। ऊँह बच्चा पैदा करके किसने तीर मारा है। मेरे तो ढेरों बच्चे हैं। जिसे मानो वही अपना बच्चा।' ईर्ष्यालु औरतें हों या पुरुष सीधे-सीधे मुँह पर कहने का साहस किसी में नहीं होता। सभी पीठ पीछे ही एक-दूसरे की आड़ लेकर टिप्पणियाँ करते हैं। बदचलनी के ढेरों जुमले उसके कानों में पड़ते रहते। उसे तकलीफ होती। किन्हीं क्षणों वह कमजोर भी पड़ती। अपने आपको एक आम पारम्परिक औरत बनाने की ख्वाब बुनने लगती। यह बहुत देर तक नहीं चलता। कुछ ताने तो इतने कमजोर होते जो कान में जाने के पहले ही दमहीन हो जाते। परन्तु दो बाण उसके कानों को ठकठकाते रहते। पहला, ये कामकाजी औरतें छुट्टा की तरह जहाँ मरजी हो आयें-जायें, कुँवारी बन घूमती फिरें।' 'दूसरा, जरूर कहीं यार-वार भी होगा, नकेल डल जाने से तो मुसीबत खड़ी हो जायेगी न।' ऐसे तानों पर वह अपनी सफाई देकर और फजीहत नहीं करवाना चाहती थी। समाज की नजरों में वह कुलक्षणा, दायित्व शून्य दिख रही थी। आप गलत न हों, फिर भी लोग गलत करार कर देते हैं। इसको भुक्तभोगी ही समझ सकता है। अपने आपको सही साबित करने के लिए उसका जी तो तड़पता ही था। लेकिन... किन्तु... परन्तु... सोचते करते अपने निर्णय के उसी मुकाम पर आ ठहरती। उसे अपने पिता का चेहरा हर वक्त याद आता। इस समाज में लगभग सभी बेटियों के पिताओं का कमोबेश ऐसा ही चेहरा देखने को मिलता है। शायद यही कारण है कि

बेटा-बेटी की संख्या में भारी अन्तर आ रहा है। यही इनके हाथ में है।

प्रिया के मारक लेखों-व्याख्यानों से उसके कॉलेज की लड़कियाँ काफी हद तक समझदार हो रही थीं। यही प्रिया का सन्तोष था। उसे बादल याद आता, सास की नसीहतें जोर मारतीं। अरुण से कहती 'अम्मा बहुत दिन हो गये नहीं आयीं, अब तो उन्हें आ ही जाना चाहिए।'

प्रिया यह सोच कर बच्चा गोद लेने का विचार मन में ही दबा जाती कि अरुण विहँस कर कहेंगे, 'यह हायर सोसाइटीज का फैशन है। कोई मिशन नहीं।' प्रिया को माँ बनना एक झंझट लग रहा था। उसे उसके नुकसान पहले दिखायी दे गये थे। उसका दुखित मन यह भी सोचता बिना माँ बने स्त्री के सारे आयामों को न जान पाऊँगी। प्रिया के मन में था कि बादल जैसा ही कोई आ जाये तो क्या बात। अरुण तो बस अपने जैसा ही हो यही कामना सँजोये प्रिया से आमना-सामना करते। दोनों इतना थके होते विषय लम्बा नहीं खिंचता। सुबह की चाय पर दोनों साथ-साथ मेन हेडिंग देख कर पेपर रख देते बाद के लिए। वह दोनों जानते बहस लम्बी खिंचने की आशंका पर अहम आगे निदान पीछे हो जायेगा। साथ ही साथ पूरा दिन खराब होने का भी भय रहता। दोनों घर के इंटरनेट पर प्रश्न छोड़ अपने-अपने काम पर निकल जाते। शनिवार की शाम सबसे दुरुस्त लगती।

शनिवार की कई शामें तर्क-वितर्क में ही निकल गयीं। कोई भी गैर जिम्मेदारी का ठप्पा चस्पां नहीं करना चाहता था। सहमति का निष्कर्ष नहीं निकल पा रहा था। दोनों ही समाज-व्यवस्था की चोटों-थपेड़ों को आपसी बातचीत से सहलाते रहे। नो रिस्क नो गेन को मानते हुए शनिवार की शाम दोनों ही उद्देश्यपूर्ण विषय-कर्म की राह पर चल पड़े। यह मान कर कभी न कभी कोई न कोई पुरसकून मंजिल तो मिलगी ही...।

ठूँठ

प्राकृतिक उपहारों-आपदाओं पर अभी भी मानव का नियन्त्रण नहीं है, चाहे वह कितना भी विज्ञान-खोजी क्यों न हो जाये। चैत की कटिया, जिसमें निखालिस सूरज की तपन चाहिए। चैत के पहले सप्ताह में पानी-पत्थर, वह भी तेज बयार के साथ। वह अन्दर ही अन्दर खिसियाती, खेत में कुछ खड़ी, कुछ कटी फसल का सत्यानास हो जायेगा। साल भर की मेहनत-मजूरी सब बेकार। सब उन्हें समझांते, 'बुआ जो अपना है वह बचा ही रहेगा जो ऊपर वाले का है वह उसे ले ही लेगा, किसी भी बहाने से। तुम काहे अपना मूड बेकार करती हो।' उनकी मुँहलगी भतीजी उन्हें समझा रही थी। उसका पढ़ाई में मन लगता नहीं था इसलिए वह गाँव पर ही अपनी फुआ के पास रहती थी।

फुआ अस्वस्थ थी, फिर भी उनका सारा ध्यान खेत-खरिहान में लगा हुआ। वह खूब चीखती-हौहाती, खेत का काटा बोझ उठवा ल,

नाहीं ते मूस मेघ क कोई अतबार नहीं।' दो-तिहाई कटिया हो चुकी। उसका आधा हिस्सा ही थ्रेसर तक पहुँचा था। बाकी तो खेत में ही पड़ा हुआ था। जब तक उनके शरीर में ताकत-तुर्शी, वह कहाँ किसी को जोहती। खुद ही बहिरु को दिशा-निर्देश देकर यथास्थान अनाज रखवा देतीं। पर उन्हें इस समय घेरी क्षीणता पर अत्यन्त क्रोध हो रहा था।

उन्होंने अपना अब तक का जीवन मायके वालों के शासन में ही गुजार दिया था। वह बाल विधवा थीं। उन्होंने ससुरालियों को तो क्या अपने पति की झलक भी नहीं देखी थी। गौना आने के पहले ही वह विधवा हो गयी थीं। मायके को ही अपना घर-संसार मानते-समझते वह लगभग पचहत्तर पार कर चुकी थीं। उनके जीवन में वसन्त के क्षण अधिक थे या पतझड़ के, सच-सच कोई नहीं बता सकता।

उन्हें उनकी भतीजी ने आकर सूचना दी थी। आँधी में मजबूत पेड़ चररऽ की आवाज से धराशायी हो गया था। वह ठूँठ जिस पर हरियाली तो क्या पत्ती का भी नामोनिशान नहीं था, वह समूल तना खड़ा था। सारी छाँह दरवाजे पर नीम के पेड़ से थी, वह भरभराकर गिर पड़ा था। 'गिरना किसे था, गिर गया कौन!' फुआ सुन कर मन ही मन बुदबुदाई थीं। सोचने लगीं जिस ठूँठ को गिरना था वह नहीं गिरा, गिर गया हरिहर छाता, प्राण वायु बरसाने वाला। सब भगवान की माया है।

वय पचहत्तर की होने के बावजूद न आँखें कमजोर, न तन कमजोर, न बाल सफेद। बस था तो मन कमजोर, वह सात-आठ महीनों से। कभी-कभी घुमरी आती। एक वाक्य से वह रोज हलाल होती—'मरना किसे था, मर गया कौन!' उनकी मँझली भाभी अचानक सभी का साथ छोड़ कर चली गयी थी। वह खूब रोयी, जी भर रोती, हल्की होती, फिर भरती, फिर रोती। वाक्य जेहन में घुमड़ते—'जाना

किसे था, चला गया कौन!' बेटा-पतोह, बिटिया-दामाद, नाती-नतेउवा सभी रोने को हैं, मेरे पीछे कौन है जो रोयेगा। सच, मुझे ही जाना था। किसी के न रहने पर किसी का कोई काम रुकता है! मैं भी न रहूँगी तो क्या खेत-बारी, दुआर-जानवर न देखे जायेंगे। ऐसा तो तब भी किसी ने न कहा था जब वह विधवा हुई थीं। अब क्यों?

वह खाँटी बारह की उम्र में विधवा हो गयी थीं। पुनर्विवाह को अपनी हेठी-तौहीनी मान कर उनके भाई-पिता ने अपने संरक्षण में ही रखा था। यह उस समय की बात है जब अपने पूर्वी भारतीय समाज में स्त्री के पुनर्वास का विचार जन्म ही नहीं लिया था। विधवा होने पर सबसे पहला वार उसके केशों पर ही किया जाता था। उनके भाइयों ने भी वही किया। वह सामाजिक परम्परा से विलग कहाँ थे! फुआ के घने लम्बे काले केशों पर जब नाइन उस्तरा चला रही थी, वह खूब रोयी थी—बेआवाज आँसू— टप टप। भाभी ने समझाया था आदेशात्मक ढंग से, 'देखो बबुनी, राँड के बाल विचलन पैदा करते हैं। यही द्रौपदी के खुले केशों ने ही तो महाभारत मचवा दिया था। आप खूबसूरत नहीं दिखनी चाहिए। छोड़ दो सजने-सँवरने का खियाल। अपना माथा धोती से ढँके तोपे रहना।'

भाभी की कटु नसीहतें स्वयं उन्हें हिला गयी थीं। उनके अन्दर की स्त्री उन्हें धिक्कार रही थी। कौन लड़की या औरत गंजी होना चाहेगी! लेकिन वह भी जानती थी, ढर्रों को तोड़ना घर से निष्कासन की तैयारी करना। उन्हीं पुरुषों के आदेशात्मक सन्देश से ही तो नाइन उस्तरा लेकर आयी थी। और हिदायत दी गयी थी, 'तुम इसकी अन्तिम सांस तक आती रहना।'

उस समय फुआ का विद्रोही बाल मन उनसे पूछता, 'मुझे बदसूरत क्यों दिखना चाहिए? बाहर से आप सभी लोग मुझे बदसूरत बना दोगे, मेरे अन्दर की खूबसूरती को कौन रोक पायेगा! ज्यों-ज्यों उम्र जवानी की चौखट तक पहुँचेगी, प्राकृतिक खूबसूरती तन-मन से

महकने लगेगी। आप सभी नाकाम हो जाओगे, जवानी की सुगन्ध को रोक पाने में। कोई उस्तरा, कोई रंगहीन वस्त्र, कोई भी पहरा उसे न रोक पायेगी, जब तक मैं न चाहूँ। प्रकृति-प्रदत्त उपहारों को तो मुझे स्वीकारना ही पड़ेगा भले ही शान्ति कायम रहे या उसे नष्ट कर दूँ। मन तो कुलाँचे भरेगा ही। मन नियन्त्रण में करना है वह लड़ेगा, इस बदसूरत समाज से। नहीं, मैं इन्हीं भाइयों-पिता पर आश्रित हूँ। स्वतन्त्र ढंग से रहने की तो क्या, सोच भी नहीं सकती।'

जब भी उनके बाल एक इंच से अधिक होने लगते, तुरन्त नाइन उस पर उस्तरा चला जाती यह उनके दिल पर चलता। दिल के घावों पर वे दोनों विधवा बहनें आपस में ही मरहम रखतीं और बदसूरत दिखते रहने के अन्तर खोजतीं। समय ने उन्हें सब कुछ सिखा दिया था। फुआ की किस्मत परन्तु है तो बदकिस्मत ही, उनकी उनसे तीन महीने बड़ी उनकी चचेरी बहन भी उनसे कुछ ही दिनों के अन्तराल पर विधवा हो गयी थी। सुहागिन साथ-साथ हुई थी विधवा कुछ दिनों के अन्तराल पर। पूरे खानदान में सिर्फ वही दो बहनें पैदा हुई थीं। जो 'सौभाग्यवती' हो पाने के आजीवन सुख से वंचित हो गयी थीं। वह बहन कम सखियाँ सरीखा ज्यादा रहतीं। उनके सुख-दुःख भी लगभग साथ-साथ ही आये थे। किशोर वय तिस पर गंजी खोपड़ी को किनारीदार सफेद धोती से ढँके रहने का आदेश नियति मान वह दोनों सहतीं, उसी में अपने सुख को खोजती-बीनती आयी थीं।

पाँच-छह वर्षों में वह सयानी हो चली थीं। भाभी, काकी, ताई सभी मौका पाकर उन्हें संयम से रहने की हिदायतें देती रहती थीं। हमजोली लड़कों से बात करने की सख्त मनाही थी। उम्र के इस दौर में उन्हें सेहन से झाँकने की भी इजाजत नहीं थी। उन्हें दिशा-फराकत (नित्य कर्म) के लिए मुँह अँधेरे या सँझलौके में जाने की स्वीकृति थी। ताकि गाँव-जवार के मर्दों-मुसटण्डों की नजर न पड़े। बीच में ही कहीं महसूस हो जाये तो उसे दबा दें, शाम के सँझलौके का

इन्तजार करें। संयमित-सात्विक भोजन की हिदायत थी वह भी दोपहर को। बीच में कहीं इच्छा हो ही जाये तो गुड़-पानी से सन्तोष करना पड़ता ताकि वैचारिक शुद्धता बनी रहे। यदि कहीं फिर भी पेट चलने ही लगे, तो किसी हाँडी में फराकत हो लें और मुँह अँधेरे फेंक दें खेत में। इतना घिनौना काम, कौन न संयम से रहेगा! शुरू में विरोध करने पर विधवा परम्परा का पाठ सुना दिया गया था। घर के पुरुषों द्वारा तय मान्यताओं की देहरी लाँघना तो दूर, झाँका भी तो यन्त्रणाओं की प्रक्रिया शुरू होते देर न लगेगी। सबसे पहले, अपने ही बदचलनी, कुलच्छनी का दोष मढ़ देंगे। वह एक घटना को सुन कर बेहद भयाक्रान्त थी, जो उनकी माँओं ने उन्हें सुनायी थी, अपने पति-बेटों की सलामती के लिए।

'गाँव की ही एक बेटी को घाँटी देकर घर के पुरुषों के सम्मिलित प्रयास से सुलटा दिया था, जो घर में ही रहते-रहते किसी अपने से ही पेट से रह गयी थी। दो जानें गयी थीं। लोग कहते हैं पेट का शिशु अब जवान होकर ब्रह्म हो गया है। वह पुरुषों को ही खासतौर पर घेरता है। खासतौर से जिस घर में विधवा हों। लोग कहते हैं ब्रह्म की नाक बहुत तेज होती है।'

वह दोनों विधवाएँ (छोटी फुआ-बड़ी फुआ) आपस में ही सहेली बन बैठी थीं। अपने हिलकोरों-बेचैनी को आपस में ही बाँट लेती थीं। एक-दूसरे की राजदार-रहमवार थीं। खलिहानों से आये अनाजों को यथास्थान सुरक्षित रखना-रखवाना-बाँटना सभी कुछ उनके जिम्मे था, जब तक ताऊ-चाचा के खेतों को लेकर बँटवारा नहीं हुआ था। बँटवारे के बाद वे दोनों बहनें अपने-अपने हिस्से का काम करतीं और फिर किसी सुरक्षित जगह पर जाकर बैठ जातीं, जहाँ एकान्त की सुविधा, किसी के हस्तक्षेप की गुंजाइश न के बराबर रहती। आपस में ही हँसी-ठिठोली, सुख-दुख को दोपहरिया में बाँटतीं।

गर्मी के उन दो महीनों का इन्तजार बड़ी ही बेसब्री से करतीं जब उनके भतीजे-भतीजियों की स्कूल-कॉलेज में छुट्टी होती। वह

समय बड़ी ही बेफिक्री और बेलौसपने से गुजर जाता। छोटी फुआ ने अपनी इन्द्रियों को अपने वश में जिस तप साधना से किया था वह अलौकिक-अकल्पनीय था। मजाल है किसी पुरुष के पुरुषोचित मनोभाव जरा भी खूबसूरत बुआ पर पड़े हों। उनके चेहरे से जैसे दैवीय आभा फूटती हो। उनके वैधव्यता की मिसाल दूर-दूर तक गाँवों में फैली हुई थी। रतजगा जैसे पुरुष वर्चस्व के कटाक्ष का आयोजन हो। स्वागत-व्यवस्था में पूर्ण समर्पण, मजाक-मिथ्या आरोपों से दूर, दैवीय भावों से सराबोर फुआ का जीवन था।

अब तक वह पैंतीस-चालीस की वय को पार कर चुकी थी। न किसी की उँगली उठी थी ना ही किसी की तिरछी नजर पड़ी थी। घर के पुरुष छोटी फुआ से आश्वस्त थे। अब उलाहने-उपालम्भ की गुंजाइश न के बराबर थी। अब उन्हें खेत-खरिहान, बाग-बीरों में निरीक्षण की स्वतः स्वीकृति मिल गयी थी। जिस निष्ठा और पौरुष के बल पर पूरी खेती को बुरा ने सँभाल रखा था वह प्रशंसनीय था। घर के पुरुषों ने उन्हें स्वतन्त्र पुरुषार्थ की मूक इजाजत दे दी थी, उनका दिप-दिप करता व्यक्तित्व दिनोंदिन वन्दनीय होता जा रहा था।

घर में भाइयों के सलाह-मशविरे से टी.वी. भी आ गया था। धार्मिक धारावाहिकों के समय उनकी जुबान पर थे। पारिवारिक सीरियल तो शुरू-शुरू में परहेज से देखती। धीरे-धीरे वह कब अछूत बन गये नहीं पता चला। लाइट न रहने पर बड़ी फुआ के काम निबटते थे। नहीं तो टी.वी. के साथ उनकी नियुक्ति निश्चित रहती। शुरू-शुरू में बड़ी फुआ, 'अरे छोटकी दुपहरिया में सास-बहू के झोंटा नोचव्वक्त आता है, आज ताकना है तुम्हें।' वह दृढ़तापूर्वक 'नहीं' कह छुटकारा पा लेती। उनकी नकार में इतनी शक्ति थी, फिर दोबारा उन्होंने उनसे नहीं कहा।

नहीं मालूम वह गृहस्थ जीवन के मध्य रह कर भी गृहस्थीय आचरण से कैसे विमुक्त-विमुख थी! छोटी फुआ उस तप तक कितनी

साधना से पहुँची थीं कि उन्हें स्त्रियोचित इच्छाएँ, भावनाएँ परेशान नहीं करती थीं। यदि कभी करती रही हों तो उसे कितनी आसानी से पचा गयीं कोई आज तक जान भी न पाया था। चित्त को स्थिर करने की खूबी फुआ में कहाँ से कैसे पनपी यह तो खोज का विषय हो गया था। जो सम्मान-श्रद्धा सुमन छोटी फुआ को हासिल हुआ था, बड़ी फुआ उसे छू भी न पायी थीं। कारण, वह कुछ क्षण अपने लिए भी जीती थीं। नहीं जी तो छोटी फुआ। घर में हँसी-मजाक के रिश्तों की भरपूर फसल थीं। बड़ी फुआ हर समय हँसिया लिये तैयार रहतीं कब मौका लगे कि हँसिया चले। स्वाभाविक पैदा होने वाली इच्छाओं को दफन करने में उन्हें अपनी कितनी आन्तरिक ऊर्जा व्यय करनी पड़ी होगी यह तो वह स्वयं जानती होंगी या फिर शायद उनकी अन्तरंग सखी। परन्तु वह कभी कुण्ठित नहीं दिखायी दीं।

कहा जाता है, साध्वी स्त्री साधु पुरुष से कहीं शक्तिशाली होती है। इसलिए दैवीय शक्तियाँ ही होती हैं, दैव शक्ति नहीं। देवी ही शक्ति के रूप में पूजी जाती हैं। तप साधना से फुआ उसी दैवीय शक्ति की तरफ बढ़ रही थीं। फक्क गोरा रंग, बड़ी-बड़ी आँखें, चन्दन-रोली का टीका, सफेद धोती से ढँका माथा। उनकी संन्यासिन-सी सादगी ही आकर्षित करती थी।

सात्विक भोजन-विचार लिये वह अपना जीवन गुजार रही थीं। एक बार मुँहलगी चचेरी भौजाई ने मजाक कर दिया था, 'ऐ जीजी, रात में केहू आपके खोजत रहल।' तुरन्त बड़ी-बड़ी आँखें निकाल डपट दिया था। 'ढेर बेहयायी ठीक नाहीं बा, जा लइकन के देख-भाल कर।' उनकी प्रभावी उपेक्षा में इतना दम था कि फिर किसी ने हिमाकत न की थी।

वह हमेशा घर पर एक पहरेदार-जिम्मेदार सिपहसालार की तरह तैनात रहती थीं। बम्बई वाले भाई-भाभी के बड़े अनुरोध पर वह बम्बई जाने के लिए आसानी से कहाँ राजी होती, 'देखा बिरना बम्बई मैं पहुँच तो जाती हूँ पर मेरा मन यहीं टँगा रहता है। यह दुश्चिन्ता

मन-चैन उड़ा ले जाती है। हमको आप लोग यहीं पड़ी रहने दो। चिट्ठी-पत्री से तो हाल-खबर मिल ही जाती है।' प्रवासी भाइयों से बात करते समय वह बड़ी सतर्कता से हिन्दी बोलतीं। मनुहार पर वह बम्बई जातीं तो मुश्किल से एक पखवारा भी न पूरा हो पाता। उनके सगे चारों भाई अलग-अलग नगरों-महानगरों में धन्धे-पानी के चलते जा बसे थे। सभी उनकी जिम्मेदार मुखियागीरी से तसल्ली रखते। सभी बेफिक्र थे गाँव-गँवनार-जजमानों से।

अब उनकी उम्र का चौथा पड़ाव चल रहा था। नेम-धरम के बावजूद वह अस्वस्थ हो उठती थीं। जब शरीर क्षीण होने लगा तो मन में भी भय सताने लगा। कहीं खटिया ले लिया तो सेवा-टहल कौन करेगा। मेरे पीछे कौन है का प्रश्न जब जोर पकड़ता तो सब नीली छतरी वाले पर डाल निःफिक्र हो लेती। नहीं पचा पाती तो, बड़ी फुआ तो थी ही।

'नाहीं समझ आवत खटिया पर पड़ जाइब त के होई। केहू के नौकरी छोड़ के आवे क फुरसत कहाँ बा! ठीको नाही बा छोड़के आइल।' वह उनकी हाँ में हाँ मिलाती। अपनी विकलता वह कितनी बार फुआ पर जाहिर कर चुकी थीं। जब-जब कहती, फुआ, 'जाने दो अपने सबन के तो सालिगराम हैं ना।' अब जब भी वह अकेली होतीं बल्कि उनका प्रयास रहता न रहे, चिंताएँ फिर सताने लगतीं। इस चिन्ता से छोटी फुआ कुछ अस्वस्थ रहने लगी थीं।

खबर हवा की तरह बम्बई पहुँच गयी। वही भाई-भाभी सचमुच में इनके खैरख्वाह थे। बड़ी ही जिद से उन्हें बम्बई बुलवा लिया था। वहाँ डॉक्टरी जाँच में कमजोरी व ब्लड प्रेशर निकला था, वह भी हाई। उन्हें दवा के साथ-साथ हिदायत दी गयी थी, 'दवा तभी काम करेगी जब आप चिन्ता करना छोड़ देंगी।' पर ऐसा उनके लिए मुमकिन नहीं हो पा रहा था। दिमाग में अकेलेपन का कीड़ा जो रेंग गया था। उनके लिए अब किसी के पास समय न था। बस मनीऑर्डर भेज

दिया अपने-अपने स्तर से, कर्तव्य पूरे हुए। जो कभी भी भाइयों के आगे अपनी इच्छा-परेशानी नहीं बताती थीं तो अब कहाँ से साहस आता! अन्दर ही अन्दर मथती 'क्या चौथेपन में भी सहारा पैसा ही है?' उन्हें तो किसी मजबूत अवलम्ब की आवश्यकता थी, जो उनके अकेलेपन से उपजी क्षीणता असुरक्षा को बचाये। पर उन्होंने अपना नसीब तो स्वयं गढ़ा था। समाज मूक निर्देशक की भान्ति डटा था। भतीजे-भजीतियों का ढाढस बँधाना, 'फुआ हम हैं चिन्ता-फिक्र फेंक दो' उन्हें नाटक लगता। कह, वह जा उड़ते जिस ठीहे से आते।

साल में एक बार बम्बई दौरा उनका तय किया जा चुका था। समय उनके भाई की ही मरजी पर होता। वह समय जब-जब किसानों का सुस्ताने का होता है। जब वह बम्बई में होतीं उन्हें अप्रत्यक्ष तरीके से सुनने में आने लगता, 'बहिरू ठीक से देखभाल करता होगा कि नहीं, गाँव-घर की, जानवर की।' बच्चे भी सशंकित रहते। कहीं ऐसा न फुआ एक ही जगह दो-तीन पखवारे रह गयीं। लंच, डिनर का सत्यानाश तो चलेगा। कहीं पास-पड़ोस उनका इतिहास पूछ बैठा या वह कहीं स्वयं ही किसी से बता दें तो?' आपस में कुछ-कुछ ऐसा ही विचार-विमर्श करते। अपनी उस तौहीनी की ज्यादा गुंजाइश लगती, जिसमें भइयाओं की रूढ़ि-रुग्ण मानसिकता की, जिसमें विधवा के पुनर्वास की व्यवस्था नहीं है। बम्बई वालों को क्या पता, गाँव-देहात की परम्परा और मानसिक दायरा। मन को टोह लेने के बाद वह घर आने को जपने लगतीं। 'अरे फुइया' कह वह गले लिपट जाते कहते, 'क्या जल्दी है, कुछ डिशेज अपनी वाली बना के खिला दो तो जाना।'

उनके रोकने के आग्रह में ठण्डेपन को वह अनुभूत लेती। हद है दस-बारह दिनों बाद अपने नीड़ में वापस। वह जानती थीं मेरी यही नियति है जो स्वयं उन्होंने बनायी-सँवारी थी। विरोध जब से उन्होंने छेड़ा था या अपनी इच्छा जतलाना रोका था तभी से वह सबकी

प्यारी सम्माननीय और श्रद्धावान हो गयी थी। सहना उनकी मजबूरी और ताकत थी। इसी वजह से उन्हें बड़ी फुआ की तुलना में कहीं अधिक स्वतन्त्रता और पुरुषार्थ की आजादी दी जा चुकी थी। बम्बई की भागमभाग में उनका जी घबराने लगता था। साथ ही अपनत्व की शीतलता। उन्हें नियमित ब्लड प्रेशर की दवा खाने के साथ गाँव पहुँचा दिया गया था। वही लोग-लुगाई-सखी, गाँव। जिन्दगी का ढर्रा धीरे-धीरे खिसकने लगा था।

अचानक एक दिन बम्बई में खबर आयी। 'भाभी नहीं रहीं हार्ट फेल।' किरिया- करम घर पर ही होगा।' सभी जगहों से लोग गाँव पहुँच चुके थे। वही वाच्यार्थ, 'जाना किसे था चला गया कौन। बेचारी फुइया, इन्हीं का कष्ट भगवान हर लेत। अच्छे आदमी को भगवान भी पूछता है।' यह लाइन उन तेरह दिनों दिनों में नातेदार-पट्टीदार गँवनार के मुँह से अनगिनत बार निकली होगी। पहले घर के ही किसी खास आदमी से निकली बात अब हर किसी जुबान ने लोक ली थी। जितने मुँह उतनी बात कही जाती। यह शायद सान्त्वना जतलाने का उनका तरीका था।

सब अपने-अपने ठीहे पर जा चुके थे। सामाजिक औपचारिकताएँ पूरी हो चुकी थीं। रह गयी थीं फुआ, बड़ी फुआ। छोटी फुआ के साथ वह कुबोल भी थे। बड़ी फुआ के सिर के ऊपर से वह 'कहाँ गुजर गयी थी या उन्होंने स्वभावतः गुजर जाने दिया था। कुबोल के मामले में छोटी फुआ की याददाश्त बड़ी तेज थी। जितनी बार स्मृति, उतनी बार अन्तर्मन एक परत छिल उठती। ढेरों परतों का छिला मन अपने वास्तविक स्वरूप में कहाँ रह गया था! तन अभी बेअसर था। कई तरकीबें दिमाग में उमड़-घुमड़ रही थीं पर कारगर कोई भी न लगी थी। आठ महीने सोचते-सोचते एक बाण हाथ लग गया था। 'यदि दवाई खाना छोड़ दूँगी तो दिमाग की नस फट जायेगी।' यह डॉक्टर की हिदायत उन्हें अपने तईं मुक्ति का मार्ग लगा था। करीब दस

दिनों से उन्होंने दवा खाना बन्द कर दिया था। वही हुआ। जो वह चाहती थी। ब्रेन हैमरेज। इससे वह बेहोश हुई फिर नीम बेहोशी। दो दिनों तक जीवित रही। अन्ततः प्राण चले ही गये।

नीम बेहोशी में जाने तक खबर सब जगह पहुँच गयी। जीते-जी सभी ने दर्शन कर लिये। जिसने सुना वही पहुँच गया। सच्ची देवी के दर्शन करने। उन तेरह दिनों में मंथन चलता रहा था ब्रेन हैमरेज के कारणों का। सही पड़ताल बम्बई वाले भाई ने ही की थी। जितना भी उन्हें जानते थे, वही भाई। भेद खुला। दवा न खाने का। सुन सभी सकते में आ गये थे। ऐसी बेवजह, बेतुके समय पर बोली गयी बात वह अपने दिल से सटा लेंगी। कुछ भी कहने के लिए बोली गयी बात का इतना बड़ा दुष्परिणाम। उस बेतुकी कही का विश्लेषण बम्बई वाले भाई ने कुछ यूँ किया था।

'उस कुबोल से उन्होंने अपने आपको घर-परिवार के लिए अनुपयोगी बना लिया था। व्यक्ति वस्तु का अस्तित्व उसकी उपयोगिता में है। अनुपयोगिता में विद्यमानता का संकट घेरने लगता है। उपेक्षा का निर्मूल भय उन्हें सताने लगा था। सांसारिकता से मुक्ति ही अपने लिए उपर्युक्त व अपरिहार्य लगी होगी।'

भाइयों का पश्चात्ताप (किसी का कम किसी का अधिक) देख बड़ी फुआ सभी को समझातीं, 'नहीं उनका समय आ गया था। एक न एक बहाना गढ़ उठता है।' हमेशा से ही विपरीत परिस्थितियों में बड़ी फुआ टूटी-फूटी खड़ी हिन्दी बोलने लगती थीं।

सबको समझाते-समझाते उनकी समझ खाली हो गयी थी। 'हम भी चले जाते तो अच्छा था।' भयभीत भाई लोग उन्हें समझाने लगे, 'नहीं बहन, जाता वही है जो कमजोर होता है। बाहर से कितना भी स्वस्थ दिखने वाला तन-तना जरूरी नहीं अन्दर से भी मजबूत हो। मिसाल तुम्हारे सामने है नीम का पेड़। द्वार का छाता टूट गया। रह गया वह ठूँठ, जो अपनी मजबूती और पुराने होने का एहसास करा

रहा है। हरा नीम भीषण आँधी में भरभरा उठा, अन्दर से खोखला था शायद। नहीं लड़ा अपने अस्तित्व के लिए, समाप्त हो गया। ज्यादा पानीदार भी होना ठीक नहीं, ठूँठ के माफिक सूखा भी होना चाहिए।'

बड़ी फुआ हँस पड़ीं, 'ठूँठ....? ठूँठ तो छोटी भी थी, वर्षों-वर्षों पहले आगे-पीछे ठूँठ बने थे हम दोनों। तब किसी को हमारी सुधि कहाँ आयी? वह, जिसे छोटी का हरियाला समझते आये थे लोग, वह तो उसका प्रेम था जिसने बीज रूप में उसके ठूँठ पर बसेरा लिया था। जब तक जिन्दा रहा नीम का छितनार पेड़ बना जिन्दा होने का भ्रम फैलाये रहा। नीचे टटोलकर देखो तो वह भुरभुरा ठूँठ अभी भी मिल जायेगा। ठूँठ पर पला पेड़ कभी मजबूत हो सकता था? न वह जिन्दा थी, न मैं। हमें किस तेजाब ने मारा? एक प्रेत की मुक्ति हो गयी और एक तुम्हारे सामने हँस रहा है।'

उनका...लौट कर आना

उनके, यानी सुशील के आने की जब भी खबर होती, घर में एक उत्सव-सा माहौल हो जाता। पास-पड़ौस, नाते-रिश्तेदार भी इस खबर से आह्लादित हुए बिना नहीं रहते। उनका कमरा खासतौर से रंग-रोगन करा दिया जाता। साफ-सफाई का भारतीय ढंग उन्हें कभी पसन्द नहीं आया। जब वह भारत में थे, तो उन्हें यहाँ का रहन-सहन व्यवस्था वृत्तियों में खामियाँ ही खामियाँ नजर आतीं।

'ऐसी व्यवस्था मानसिकता में कोई कैसे सरवाइव कर सकता है। जब तब दीदी के पास अमेरिका नहीं जाऊँगी यहाँ कुछ हो नहीं सकता। यहाँ तो बुनियादी जागरूकताएँ तो आवश्यक समझी नहीं जातीं और प्राथमिक आवश्यकताओं कें लिए भी जद्दोजहद करनी पड़ती है।'

उनका मकान अल्लापुर की सम्भ्रान्त बस्ती में था। नम्बर दो की कमाई को, नम्बर दो की जमीन में खपाना सफेदपोशों के लिए सबसे

अच्छा और ईमानदार जरिया बना दिया गया है। जहाँ बरसात का एक लहरा पड़ा नहीं कि मय कूड़ा-कीचड़ पानी अन्दर। जमादारों ने दो दिन हड़ताल कर दी तो नालियाँ पन्नियों से चॉक हो गयीं तो घर के अन्दर पानी घुस आना, सड़कों पर पानी बहाते रहना आये दिन का किस्सा होता है। कॉलोनियों की छोड़ दें तो कमोबेश पर मुहल्ले की ऐसी ही स्थिति से सुशील इतना भन्नाते, कि उन्हें सब बेवकूफ कहने से भी नहीं चूकते।

जरा-सी तेज बयार चली नहीं कि मुहल्ले भर की पन्नियाँ, कागज के टुकड़े बरास्ते गेट लॉन में। खीझ-खिसियाहट में उनकी लवें सुर्ख लाल हो जातीं गुस्सा अपनी माँ पर उतारते।

'अम्मा कुछ तो मुहल्ले वाले, नहीं तो नगरपालिका वाले जीने नहीं दे रहे, रही बची कसर तुम पूरी कर दे रही हो। तुमसे कितनी बार कहा है खाना तेल-मसाले में मत पकाया करो सीधा-सा उबाल दो या भून दो। बीमार कर दोगी... बीमार।'

अम्मा का मूड जब अच्छा रहता तो अन्दर ही अन्दर उनके विदेशी प्रेम पर हँसती। नहीं तो पलट कर, 'नासपीटे...अमेरिका जा अमेरिका, तुम्हारा गुजर-बसर वहीं होगा। जब हमारा बनाया कढ़ी पनगोछवा याद आयेगा तब पछताना।'

देशी आबोहवा में देशी तरीका ही शरीर को मजबूत बनाता है। पनैल सब्जी और ब्रेड से कितने दिन चलेगा। तुम्हारी दीदी जब आती है तो दाल, दमालू, कढ़ी, कोफ्ता ही माँगती है। बड़बड़ाती अम्मा फिर रसोई में कुछ बनाने भूनने चल देती। उनका कहना कि चौका में आग नहीं बुझना चाहिए, बुझती है दरिद्रों के यहाँ पर।

'ठीक...ठीक है तुम यहीं पड़ी रहो। सड़ी-गली बदबूदार चीजें खाओ और खिलाओ। बतास वात पकड़े ही है, गठिया जब पकड़ लेगा तब मेरी याद आयेगी। विटामिन मरा खाना ही यहाँ पर ज्यादातर लोग खाते हैं। इससे तो अच्छा है कि भोजन किया ही न

जाये। मेरी बात आज नहीं कल समझ में आयेगी कल।' हमेशा ही वह ऐसा ही कुछ कह विषयान्तर कर देते। जब तक वह भारत में रहे भारत भारतीयता को ही कोसते रहे।

मोती लाल नेहरू इंजीनियरिंग कॉलेज से उन्होंने सिविल में इंजीनियरिंग पास की थी। परन्तु विदेशी आकर्षण, वहाँ के प्रति सकारात्मक नजरिया ही उन्हें यहाँ कोई रोजगार नहीं अपनाने देता। अन्ततः जिद्द पूरी करने की ठान ही ली।

रिश्ते बहुत आये। लड़की वही पसन्द की जो उच्च शिक्षित और शिक्षा रोजगारोन्मुखी हो। ताकि युगल की मेहनत-मशक्कत से गृहस्थी चले-बढ़े। अन्यथा इकलौती कमाई से गृहस्थी घसीटी ही जा पायेगी। कुछेक के बदहाल किस्से प्रवासी भारतीयों के उनके जेहन में थे। वह शादी कर अपनी दीदी के पास अमेरिका के खूबसूरत शहर लॉस एंजिल्स में जा बसे थे।

जब तक सुशील शिखा ने अपनी छत होने तक नहीं कमा लिया, वहीं दीदी के पास ही डटे रहे थे। कम संघर्ष करना पड़े हासिल ज्यादा हो ऐसी उनकी फितरत थी। कुदरत के साथ-साथ उनकी दीदी ने भी बड़ा सहयोग किया था। जब-तब प्रवासी भारतीयों से मुलाकातें, उनके संघर्ष को घटाती रही थी। अब वह दोनों कैलिफोर्निया के एक छोटे-से शहर में अपनी आमदनी के अनुरूप व्यवस्थित हो गये थे।

विलग हुए बिना प्रेम की गहराई को नहीं आँका जा सकता। उनके भारत भ्रमण से वह भी जल्दी-जल्दी साफ दिखायी दे रहा था। यह उनका दस वर्षों में चौथा राउण्ड है। पहला चक्कर ठीक आठ वर्ष बाद लगा था। उसका भी एक कारण था। पहले छत...वाहन. ..गृहस्थी बटोरना फिर आने-जाने का भाड़ा। साथ ही भारत में रहते हुए विदेशी उपहारों का आकर्षण इतना अधिक कि उसके बिना रिश्ता बेमानी है।

इस बार वह अपनी अमेरिका कैलिफोर्निया जन्मी दोनों बेटियों तनु-मनु को भी लाये हैं। शायद उनका जन्म दिन मनायेंगे, यहाँ,

भारत में, अपने लोगों के बीच। उन्हें वहाँ अपनत्व और आशीर्वाद की कमी हमेशा सालती रही थी।

वह यहाँ जब तक रहे शादी जैसी संस्था को ही नकारते रहे थे, खासतौर से इण्डियन कमिटमेन्ट। लिव टुगेदर में उनका अच्छा-खासा विश्वास था। शादीशुदा मर्दों को कोल्हू का बैल कहते। साथ ही अपनी खीझ कुछ ऐसे उतारते, 'जीवन में जवानी का आगमन गृहस्थी के पचड़ों में पड़ने के लिए नहीं होता, जवानी का मतलब तीन तिराहे आराम, आनन्द, अरमानों का तिराहा है।'

स्वतन्त्रता, स्वच्छन्दता उनके जीवन का अहम पहलू था। परन्तु वहाँ की असलियत से रू-ब-रू हो के पहले ही उन्होंने शादी करना उचित समझा था।

शाम के छह बज रहे हैं, अभी तक दैनिक कार्यों को सम्पन्न करनें में लगे हैं, उनकी डॉक्टरेट इण्डियन बीवी ने बताया। 'इस वक्त नहा रहे हैं।' आश्चर्य के साथ जिज्ञासावश पूछा। 'या... ।' संक्षिप्त-सा उत्तर दे रही थी, सुनने में अच्छा भी लग रहा परन्तु अजीब-सा भी। अभी तक तो खाँटी इंगलिश स्कूलों में या फिर इंजीनियरिंग कॉलजों में अमेरिकन बयार छन-छन कर पहुँच रही थी, यहाँ पर तो सान्द्र बयार बह रही थी। वह अमेरिकन रंग में पगी हुई लग रही थी। शादी के वक्त कमर तक लटकते बाल, इस वक्त बेतरतीब ढंग से ग्रीवा तक ही रह गये थे। मालूम होता था कुछ हिस्सों में कंघी की गयी, कुछ हिस्सों को छोड़ दिया। भारतीयता की झलक दिखाने की वह पूरी कोशिश कर डाली थी। अमेरिकी लहजे के शब्द उनकी जुबान से फिसलते रहे थे।

अब तक वह नहाकर आ चुके थे। नहाने के बाद उनकी काया बेहद गोरी और चिकनी लग रही थी। बिना सकारात्मक टिप्पणी के रहा नहीं गया। 'वाह आप तो अमेरिकन्स में खप गये होंगे।' 'अरे नहीं काले कितने भी गोरे हो जायें रहेंगे काले ही।'

उनका वह जवाब असलियत से भरपूर था। परन्तु नस्ली भेदभाव की पीड़ा, विवशता की रेखाएँ साफ झलक रही थीं। उनका गोरापन और शारीरिक संरचना वहाँ पहुँच कर सब बेमानी हो गये थे। उन्होंने वहाँ रहते और नौकरी ढूँढ़ते हुए जाना था। उस विवशता पर उनका वश नहीं चल पा रहा था। उपेक्षा-उलाहना सहना उनकी शख्सियत में शामिल ही नहीं था। इलाहाबाद में कुछ घोषित-अघोषित बिजली कटौती के कारण पानी की किल्लत हुई थी। शायद शाम का सुरक्षित समय ही नहाने-धोने के लिए चुना था। मैं बैठा-बैठा यही सोच रहा था तभी मुस्कराते हुए नमूदार हुए। अभिवादन में उन पर अंकल सैम का असर नहीं हुआ था। 'सुशील जी इस समय घोर ठण्डक में, वह भी शाम के वक्त नहा रहे हैं, ठण्ड लग जायेगी।' अपनत्व जताने की सटीक वजह नहीं मिल पा रही थी।

'अरे भइया, यह तो मेरा रूटीन ही है।' उनके आत्मीय सम्बोधन से मुझे अपनत्व जतलाना बौना लगा था। 'तो क्या आप वहाँ शाम को नहाते हो।' चाह कर भी उन्हें 'तुम' नहीं कह पाया था। 'नहीं-नहीं, भारत से कैलिफोर्निया के मध्य बारह घण्टे का समयान्तराल है। दस दिनों के लिए रूटीन नहीं बदलना चाहता। यहाँ पर शाम है, तो वहाँ भोर हो रही होगी। वहाँ पर इस समय नहाया और ऑफिस चला गया।' दिनचर्या के लिए उनके मन में न उलाहना था न उकताहट।

उनकी बच्चियाँ ही नहीं एडजस्ट हो पा रही थीं। बारह घण्टे का अन्तर उनकी दिनचर्या पर हावी था। आदतन दिन में सोना चाहती, रात में जागने का कोई औचित्य नहीं था, ना ही उचित था। सारी दिनचर्या अमेरिका की भारत में कहाँ सामंजस्य बिठा पाती। उनींदेपन से बच्चियाँ सहज नहीं दिख रही थीं। उनसे बार-बार कहा जाता आगन्तुक को अभिवादन हाथ जोड़ कर करो, पर वह कुछ समझ नहीं पा रही थीं। अमेरिकी ढंग सुशील को यहाँ पर पसन्द नहीं, भारतीय

ढंग की उन्हें समझ नहीं। शिखा को इन व्यर्थ की बहसों में कोई रुचि नहीं थी। इससे वह काफी नाखुश और चिड़चिड़ी-सी लग रही थी।

'तनु-मनु को लाने में यही समस्या है। मैं और शिखा तो टाइम मैनेज कर लेते हैं। जब तक ये रूटीन बदलेंगी तब तक हमारी वापसी हो जायेगी।' इस वक्त एक पिता की जिम्मेदारी उनमें साफ दिखायी दे रही थी। जिसको कि न चाहते हुए भी उन्होंने बखूबी ओढ़ा था।

'शादी...बच्चे...ओफ्फ...नो...नेवर। इण्डिया में ही सारे बन्धन हैं। सभी एक दूसरे के चक्कर में परेशान रहते हैं। अपना निजी ढंग कुछ भी नहीं होता। आप पर हमेशा दूसरों की सोच लादी जाती है, सूट करे या न करे।' ऐसी बयानबाजी वह अपनी अम्मा के आगे करते रहे थे। ऐसा तब होता जब कोई उन्हें व्यवस्थित होने के लिए टोकता। मैं उनकी फिर वापसी की उस इच्छा को ईमानदारी से जानना चाह रहा था, जिसे उन्होंने पिछले वर्ष जाने से पहले कहा था। 'जा तो रहा हूँ कैसी भी हो इण्डिया, है अपनी कन्ट्री कमा के वापस यहीं आ जाऊँगा और आकर अपना स्कूल खोलूँगा।'

उनकी इण्डिया वापसी पर मैंने सोचा, शायद समय के साथ-साथ उद्देश्य-ऊष्मा परिवर्तित हो जाती है। उन्होंने अमेरिकी जीवन को भी बड़ी ही तटस्थता से देखा था। इन दस वर्षों में उन्हें यकीन हो चला था, सभ्यता-संस्कृति एवं समय की भिन्नता कोई अर्थ नहीं रखती। यहाँ भी वे ही इनसान हैं उनकी आदतें वही हैं, वही कुण्ठा, वही त्रास, वही अशिक्षा-गरीबी। अशिक्षा-गरीबी से उत्पन्न असमर्थता अव्यवस्था की जलालत और जहालत।

एक वाकया जिसे वह पिछले बार आये थे तो सुना गये थे। उनकी दीदी के ससुर आये थे, ऐसा मान कर कि अमेरिका आबो-हवा में दुरुस्त हो जाऊँगा साथ में अच्छे काबिल डॉक्टरों से इलाज भी हो जायेगा। उन्होंने अपनी व्यस्ततम जीवन शैली में अपने बच्चों से

सहयोग माँगा था। बच्चों का टका-सा जवाब, 'मॉम इट्स योर प्रॉब्लम, आइ हैव नो टाइम फॉर ओल्ड एण्ड बोगस पर्सन। इट्स योर प्रॉब्लम एण्ड यू गुड मैनेज इट।' सुशील का मन भविष्य की आशंका से काँप गया था, उस अमेरिकी दर्शन से जिसमें भोग और भोग के अलावा न कुछ वह जानता है न जानना चाहता है। अमेरिकी जीवन शैली के पंजों के नाखून भारतीयों को भी लहूलुहान कर रहे हैं। मैं कितने दिन इससे बचा रह पाऊँगा।

शिखा उनकी पत्नी ऑरगेनिक कैमिस्ट्री से डॉक्टरेट थी। जाहिर है अच्छी नौकरी होगी, पैसा भी अच्छा ही मिलता होगा। 'शिखा आप वहाँ पर लैब में हो या टीचिंग जॉब में', मैंने चुप्पी तोड़ने के लिए बात निकाल ली थी।

'यहाँ से सोच कर तो यही गयी थी लेकिन कैमिस्ट्री के लिए वहाँ जॉब काफी कम है। जो हैं भी वह वहीं के लोगों को प्राथमिकता दी जाती है। यहाँ से गयी थी, कमाना तो था ही कम्प्यूटर वर्क कर रही हूँ।' वहाँ पर रहने की बेबसी, नस्लवाद की पीड़ा ये सब उनका चेहरा बयान कर रहा था।

वह दोनों पति-पत्नी दो-दो शिफ्टों में काम करते। तब कहीं जाकर इण्डियन स्टेटस हासिल कर पाये थे। सप्ताहान्त में ही वे दोनों एक-दूसरे को देख-बोल पाते। बच्चियाँ आया के भरोसे पल-बढ़ रही थीं। लेकिन सुशील पक्का इरादा कर बैठे थे, बेटियाँ अब यहीं इण्डिया में ही पढ़े-बढ़े।

'सुशील जी, कल आपकी रवानगी है यहाँ पर सेटेलमेन्ट का इरादा क्या छोड़ दिया है?' मौका देख सुशील से पूछ लिया।

'हाँ...हाँ यही समय की माँग है। तनु-मनु को अलबत्ता यहीं पर रखूँगा, अम्मा के पास। यहाँ के अगले शैक्षणिक सत्र से, तब तक बेटियों को अच्छी तरह से कन्वेन्स कर लूँगा।'

'परन्तु बच्चियों को ही क्यों यहाँ पर रखना चाहते हैं। छोटी हैं, रखने का इरादा मैं कुछ समझ नहीं पा रहा।'

'बचपन में ही वह इण्डिया में एडजस्ट हो पायेंगी। अन्यथा उन्मुक्त जीवनशैली की आदी हो जाने पर यहाँ पर हरगिज तैयार नहीं होंगी। दीदी के बच्चों ने तो इण्डिया प्रस्ताव पर आत्महत्या तक की धमकी दे डाली थी।' कहते हुए सुशील काफी परेशान से लग रहे थे।

'परन्तु क्या यह उचित और सही होगा?' मैंने पूछा।

'वहाँ की सतही संकल्पहीन संस्कृति में बच्चियाँ न तो इण्डियन ही रह पायेंगी ना ही अमेरिकन बन पायेंगी। हमारी छतरी इतनी मोटी नहीं कि इन्हें सांस्कृतिक प्रदूषण से रोक सके। इस उम्र में अब हम दोनों पति-पत्नी यहाँ पर आर्थिक रूप से खड़े हो नहीं सकते, सड़क पर आ जायेंगे। जब तक शारीरिक क्षमताएँ हैं वहीं रहूँगा। तनु-मनु को ही मानसिक रूप से तैयार कर रहा हूँ। जो अनजाने में भूलवश कुछ जिद्दवश मैंने गँवाया, मेरी ये नन्ही बेहद बौद्धिक बेटियाँ न गँवायें।' कह कर एक लम्बी साँस ली थी।

सजी-सँवरी गुड़िया जैसी बच्चियाँ अपने डैडी का मुँह ताक रही, शायद हिन्दी बिल्कुल भी नहीं समझ पा रही थीं। वह समझती भी कैसे। भारतीयों में अमेरिकियों, के समानान्तर रहने की ललक जो ठहरी।

इस बार वह अपने निर्णय और समस्या निराकरण पर काफी गम्भीर लग रहे थे। अपनी मिट्टी से दूर रहने पर उनमें काफी परिपक्वता आ गयी थी हम लोग उनकी सद्इच्छा संकल्प को शुभकामनाएँ देकर आ गये थे।

खोल वाली दीदी

आदतन उनके पाँव पग दर पग बढ़े चले जा रहे थे। अपनी सड़क, अपना मुहल्ला वही फुटपाथिये! रोज की आवाजाही से सड़कें अपनी हो गयीं फिर भी उन पर अजनबीपन का एहसास बाकी था। पता नहीं बम्बई का मौसम कब अपना हो जाता कब बेगाना। उलझन-बेचैनी बता रही, कि मौसम में आर्द्रता बढ़ गयी थी। देह से श्वेद-प्रवाह की निकासी कुछ ज्यादा ही गतिशील थी। बरसात के लक्षण लग रहे थे पर बरस नहीं रहे थे। उस समय उनका मन भी आकुल-ओदा! बम्बई की चिल्ल-पों भी उन्हें परेशान नहीं कर रही थी। वह भी उनकी अपनी हो गयी थीं। उस दिन उनके कानों के प्रवेश द्वार से टकरा कर वापस चली जा रही थी। लगता मार्ग अवरुद्ध था। दिमाग की अतिक्रियाशीलता से उनकी नसों में चटखन हो रही थी।

दीदी के दो बच्चे थे। समय के साथ सचेत उनके पति। ईश्वर की कृपा पहले बेटा हुआ फिर बेटी। दीदी का नित्यप्रति बेटी के घर

वरली से वाडा की चाल तक जाना होता था। लगभग दस घण्टे की मुस्तैद ड्यूटी निभा कर वापस लौट रही थीं। तभी बाइक के कान फोड़ू हॉर्न ने उन्हें झिंझोड़ दिया था। वह उससे लड़ते-लड़े बची थीं। यदि उनकी मनःस्थिति रोज वैसी ही उथल-पुथल भरी होती तो अब तब की आवाजाही में वह बम्बई के किसी अस्पताल में विश्राम करती मिलतीं।

'ये भइयानी लोग हमें जेल भिजवाएगा। बाइक वाले की खिसियाहट शब्दों को चबा-चबा कर बोलने से साफ झलक रही थी।

बनारस से बम्बई पहुँचते हुए उन्हें अच्छी तरह पता चल गया था कि भइया- भइयानी विशेषण सम्मानित नहीं है। आये दिन उन्हें भइयानी के उपनाम से दो-चार होना पड़ता ही था। पर पता नहीं उस दिन उन्हें क्यों इतना नागवार लगा था। क्रोध और अपमान के भावों से निस्पृह, तटस्थ किसी बम्बइए के तीखे ताने से न उबाल आया न अफसोस था। बीस वर्षों में वह भरसक अपनी ओर से कोशिश करती आयी थीं पर भइया-भइयानी से मुक्ति नहीं मिल पाती, उन्हें भी भइयानी विशेषण से कहाँ निजात मिली थी। सारे प्रयास अकारथ। शरीर को जैसे किसी ने पंक्चर कर दिया हो, तन्वंगी काया बेहद वजनी हो चली थी। दोनों पाँवों में जैसे जाँत के एक-एक पाट बाँध दिये गये हों, जिसे घसीटना उनकी मजबूरी थी।

तीसरे माले पर उनकी खोली (कमरा) थी। सौभाग्य से दरवाजा खुलवाने की जहमत नहीं उठानी पड़ी। बरामदे में ही इन्तजार करती बहू विनती मिल गयी। चाल- ढाल रंगत देख विनती किसी अनचाही घटना का अनुमान लगा चुकी थी। फटाफट ग्लूकोज पानी पीकर उन्हें कुछ स्फूर्ति आयी थी। चाय से दिमागी नसें भी कुछ चुस्त हुईं। दीदी को जरूरी-गैरजरूरी खिदमतदारी उस वक्त बोझिल लग रही थी। भंगिमाओं से ही विनती दीदी को अकेला छोड़, किचेन में काम निबटाने चली गयी।

अकेले पड़ते ही नसीहतजदा पति याद आने लगे, 'देखो शीला बेटी दी है, बेटा पाया है। विदा करते वक्त रोया मत करो, अपशकुन होता है।' घर के अन्दर-बाहर के निर्विरोध अध्यक्ष विवेक ने जिस आशय से कहा, वह केवल अपने तईं था, दीदी उसमें कहीं फिट नहीं बैठतीं। विनती खोली के पार्टीशननुमा रसोई से बार-बार झाँक लेती। काम से आधा तीहा निबट सास के पास पहुँची। कभी सिर सहलाती, कभी हाथ। बिन कहे-बिन पूछे दीदी समझ गयीं कि बहू कुछ कहना चाहती है। दोनों चुप रहीं। विनती के मन में डर था, लाख ननद की खैरख्वाही करें, रिश्ता नजदीकी और नाजुक है, कहीं मम्मी यह न समझ लें कि मुखालफत करके माँ-बेटी में दरार-दूरी डालना चाहती हूँ।

दीदी जानती थीं कि विनती से कलेजा खोलना अपनी भद्द पिटवाना है। वह जब-तब टुकड़ों में याद आ ही जाता। एक वाकया, 'सुनो मम्मी, भारत चाहे विश्व-विजेता हो जाये पर यह मानसिकता नहीं बदल सकती, लोग अपनी जायी बेटी और लायी बेटी को नदी के दो पाट समझते हैं। नदी की धारा दिखना समझना तो आधुनिकता है जो वह होना नहीं चाहते।' उस वक्त मूड अच्छा था, दीदी मुस्करा कर रह गयी थीं, अन्यथा उनका मुँह बन्द रहे! अमूमन उघटना शुरू कर देतीं। उसे कहाँ अच्छा लगता, उसकी सास अपनी बहू का तो अधेला मदद न करे, बेटी के घर निजी कर्मचारी की तरह सन्नद्ध रहे।

दीदी ब्लड-प्रेशर बढ़ा है, (जो अब हमेशा कुछ न कुछ रहने लगा था) का बहाना कर सिर ऊपर पेट नीचे कर फर्श पर बिछे गद्दे पर लेट गयी थीं। वही गद्दा उनका सोफा, कुर्सी सोना, बिछौना था। उस चौदह बाई बीस की खोली (कमरा) में किचेन बाथरूम सब था। बेटा-बहू, सास-ससुर सभी थे। दशा-मनोदशा, उस कमरे में एक दूसरे से न छिपाना आसान, न उघटना आसान। काम, साइड काम के चलते घर के दोनों पुरुषों का आगमन प्रायः रात में ही होता था।

कमरे में दो ही स्त्रियाँ थीं। एक व्यथित, एक आतुर, कुछ जानने के लिए। व्यथित अवस्था में दीदी। एकदम जड़ हो गयीं। न रो पा रही थीं, न कुछ सोच पा रही थीं। एक तीव्र वेदना आग की लपट की तरह उनके मन से निकलकर मस्तिष्क तक पहुँच रही थी। उन्होंने दोनों हाथों से कनपटियों को पकड़ रखा था लेकिन पीड़ा बढ़ती ही गयी। शरीर जैसे चुसा आम, कान सुन्न, कभी लगता आधे भाग में लकवा मार जायेगा।

शिक्षित, शहराती विनती उनकी देह-दशा को देख पिछली वाकयातों की टुच्ची जानकारी से आशय लगभग पा चुकी थी। परन्तु असहाय सी देख रही थी। पति की आये दिन की बेरुखी ने दीदी को स्वाँग करने का शऊर सिखा दिया था। वह कभी सफल-असफल होती रही थी। इस वक्त घर में विनती और वह। कुछ भी नाटक नहीं सब असलियत था। उन दोनों का नितान्त निजी घेरा जिसमें उनकी उछल-कूद, दौड़ना-थमना पर अपना अधिकार। उन्हें वह ताज़ा विष-बाण सने शब्द बार-बार घायल कर रहे थे।

'खाने को देशी घी मयस्सर नहीं, भगवान के आगे दीये जलाये जा रहे। पापा का ख्याल करती नहीं, मुझे तो इन फालतू खर्चों से बख्श दीजिए...प्लीज मॉम!'

बेटी के आगे दामाद का ऐसा दम्भी-दुस्साहसी बोल सुन दीदी दंग रह गयीं। सफाई देने की भी ताकत जाती रही। उस वक्त मुँह की जगह आँखों के कोर बोलने लगे थे। आँखों की भाषा कोई समझ न ले, काम की व्यस्तता का नाटक करने लगी थीं, जैसे तानों का कोई मलाल ही न हो। दामाद के प्रायः छुटपुट कटाक्ष-कुबोल आदतन पर झटकते आयी थीं। कहते पूजा-पाठ सब ढोंग-धतूरा, दकियानूसीपना। टोका-टोकी तो वह सहती रही थीं, अब तो सीधे-सीधे उनकी आस्था पर प्रहार किया था।

बेटी का घर सुख-समृद्धि से अटा रहे, ऐसी सांस्कृतिक सद्इच्छा से वह नवरात्रि तक दिया-अगियार करने की मन्नत पूरी कर रही थीं।

परन्तु उनका दामाद जौनपुर से बम्बई पहुँचने के बाद बौद्धिक संगति और किताबों से वैचारिकी के उस स्तर पर पहुँच चुका था जहाँ से पूजा-पाठ कर्मकाण्ड उसे बकवास लगता था। भइया टाइटिल की टीस की मुक्ति का प्रथम मार्ग भी उसने अकर्मकाण्ड ही चुना था। इसीलिए घर के अन्य लोगों को उसका आचरण पच नहीं रहा था। यह उसकी कुण्ठा की निजात का गलत तरीका था। नवरात्रि में वह केवल ग्रुप डांडिया ही पसन्द करता था। यहीं बम्बई में ही उन्होंने रैपीडेक्स से अंग्रेजी सीखी थी। हिन्दी-अवधी बोलना काफी कम कर दिया था। कहते, 'नवरात्रि मीन्स नव दुर्गा ओनली डांडिया, प्लीज मॉम फील मत करना।'

उस वक्त तो हिन्दी भी उनकी समझ से परे थी। भावनाओं की जब्ती बचपन से ही दीदी में आ घुसी थी। उस वक्त दम्भी-शोषक दामाद से क्षमा-याचना जैसे उम्मीद मुश्किल बेमानी थी।

आत्मिक-पीड़ा का तनाव कुछ अलग किस्म की तकलीफ देता है। उनके पैरों की नसों में जबर्दस्त तनाव था। कभी लगता जैसे एन्जाइना पेन हो रहा हो। शायद अबकी बार हार्ट-अटैक पड़ ही जायेगा। वह धीरे से बुदबुदाती 'काश पड़त्र ही जाता।' ऐसे समय में उन्हें तीखी बातें कुछ ज्यादा याद आतीं। मर्दपने के एहसास से लबालब पति की धमकी, 'देखो मेरे फर्ज की हदें तुम नहीं तय कर सकती। शान्ति से रह सकती हो तो रहो अन्यथा गाँव चली जाओ। अम्मा-बाबू को तुम्हारी ज्यादा जरूरत है।'

'और बच्चे'? उन्होंने थोड़ा निडर होने का दिखावा किया था।

'तुम बच्चों की चिन्ता मत करो, क्षमा बेन देख लेंगी।'

एकदम सपाट-स्पष्ट ढंग से पति को पहली बार सुना था।

क्षमा बेन का अस्पष्ट पारिवारिक हस्तक्षेप सब कुछ वह देख सह-सुन रही थीं। न उनमें साहस-शक्ति थी, न शब्दों का जाल कि रोक सकें। लगभग अपना मायका जाना उन्होंने बन्द कर दिया और

वह दबक गयी-सी थीं। अपनी प्रासंगिकता बनी रहे, इसलिए पहले भाषायी पकड़ ही मजबूत करने लगीं। मौक-बेमौके, बात से बात निकालतीं और बोलतीं—

'ऐ, जी आपको सींगदाना खाने का।' उनके इनकार में सिर हिला देने पर अगली पेशकश। 'पेरू (अमरूद) में नोन बुरूक कर दूँ।' फिर वही नकार और स्वीकार का सामना। जब वह पलट कर कभी बम्बइया हिन्दी में ही जवाब देते तो कुछ देर के लिए वह वैसी भाषा नहीं बोलती थीं। फिर अपनी बनारसी से ही सारा संवाद करती थीं। जैसे ही एहसास होता फिर वही बम्बइया हिन्दी। विवेक मूड में होते तो उनकी भाषा पर बच्चे क्या, परायों के आगे भी टाँग खींचने से बाज न आते।

वह बनारसी ढीलम-ढाल तो उतार फेंकने में कामयाब हो पायीं, लेकिन बम्बइया कायाकल्प नहीं हो सका था। यह इतना आसान भी नहीं था, वह भी दीदी जैसी घरेलू महिला के लिए। दो बच्चों के होने के बाद ही उन्होंने बम्बई का मुँह देखा था। इतना आसान कहाँ होता है अपनी जड़ों से कट पाना या काट देना। उनकी भावनात्मक असुरक्षा और आर्थिक पराधीनता ने उनके स्वनिर्णय के अधिकार को भी समाप्त कर दिया था, साथ ही लटपट आत्मविश्वास स्वतन्त्र चेतना भी बहा ले गया था। साड़ियों की तहों के मध्य सँजोयी जब-तब वह अपनी बी.ए. की डिग्री देखतीं और फिर उसे वैसे ही जरूरी कागजात समझ रख देतीं।

उनकी निशिचर्या-दिनचर्या विवेक ही तय करते। बेटी-बहू के रिश्तों का संचालन भी विवेक के दिशा-निर्देश पर होता। पुरुष वर्चस्व की मिसाल विवेक बन गये थे। वह मानसिक रूप से पंगु बनती जा रही थीं, अपनी असुरक्षा बोध के बीच।

बेटी के घर सुबह से शाम तक की उनकी निर्बाध ड्यूटी थी। खाना, कपड़ा, साफ-सफाई से लेकर नाती को स्कूल भेजने-लाने तक

की जिम्मेदारी थी। अपनी खोली तक लौटते-लौटते थक कर चूर हो जाती थी। थकान-अवसाद न बने बेटी-दामाद की सेवा सीधे भगवान का डेरा जब-तब बोल कर विवेक भावनात्मक मरहम रख देते।

थकी-पस्त सास का विनती कभी सिर दबाती, कभी पैर, कुछ कहने की हिम्मत बटोरती जाती। उसका जाती अनुभव था, आत्मनिर्भरता से आत्मसम्मान आता है। लेकिन पति-दामाद से पीड़ित दीदी नकारात्मक सोच वाली होती गयी थीं। अपनी सास के लिए उसकी ऐसी ही राय बनती जा रही थी। कुछ कहने की हिम्मत बटोरते हुए कहा था उसने–

'मम्मी जी, ननदोई जी कभी भी आपको सम्मान की दृष्टि से नहीं देखते। महाराष्ट्रियन बाई समझते हैं या कहिए ऑनरेरी सर्वेन्ट', वह सर्वेन्ट तो समझ गयीं पर ऑनरेरी शब्दार्थ उनकी समझ से परे था। शरीर में सुस्ती-संताप न होता तो अब तक बहू से एक झड़प-झौं हो ही जाती।

'नाक्की रे (न रे) पाहुन मेरा ख्याल करेला है। ऐसे में विनती का मुँह बन्द हो जाता, दिमाग की एक खिड़की और खुल जाती।

उनका दामाद उन्हें छोटी-छोटी सहूलियतें सामान-उपहार से लैस रखता था, जिसे सीधी-सादी दीदी प्यार समझती थीं, बहू सम-सामयिक मौकापरस्ती। विनती दामाद के पैंतरों की मूक द्रष्टा थी। दीदी ने पहले सहना फिर स्वीकारना सीखा था। उसमें तो अपना पूरा व्यक्तित्व ही बदलना पड़ता। विनती अक्सर इस बात पर सोचती बेटी की नौकरी के सभी हिमायती, बहू के लिए स्वतन्त्रता-संयम की इतनी कड़ी परीक्षा कि माँ के यहाँ बोरीवली भी जाना हो तो सास रूपी दरवाजा, ससुर रूपी सदर दरवाजा पार किये बिना मोहलत नहीं थी। कोई खिड़की आज तक नहीं बना पायी चौदह बाई बीस के कमरे में वह। उनकी दीवारों, उनके दरवाजे, उनका दिया एकान्त का क्षण, उनका दिया पति, मेरा क्या?

अपमान, क्रोध, कातरता दीदी के पोर-पोर से चू रही थी। उनका दिल अन्दर से भर-भर आ रहा था। पाँच सौ का नोट, विनती के ताने 'सर्वेन्ट' बार-बार दिमाग को चोटिल कर रहे थे। जरूर सर्वेन्ट ही समझते हैं, तभी तो पाँच सौ का नोट थमा दिया। उस वक्त उन्हें बहू ही सबसे करीबी लग रही थी। उनके दुखों की रेखाएँ पढ़ने-समझने वाली।

'सुनो बहू, पाहुन ने मुझे पाँच सौ रुपये पगार के दिये थे कहते थे अभी पाँच सौ, फिर हजार कर देंगे। रिश्ते की आड़ में पैसों की भांजी नहीं मारूँगा। महाराष्ट्रियन बाई बच्चों को स्कूल ले आने-जाने का हजार लेती हैं। आप तो अपनी हैं पगार बाद में बढ़ा दूँगा।' उन्होंने हू-ब-हू वैसे ही कह डाला। बात इतनी जल्दी कैसे खत्म हो जाती। गला बताते-बताते खरखराने लगा था। एक गिलास पानी पी फिर...।

'बहू मैंने पाहुन के हाथ से रुपयारूपी अपमान का परवाना ले तो लिया, फिर वहीं टेबल पर रख भी दिया था। उसकी नादानी समझ बात दबा दी। इस बात को गुजरे एक सप्ताह भी न हुआ होगा कि भगवान का दिया-बाती करने से रोका। वह भी भद्दे-बेहूदगी भरे ढंग से। उनका दो-तिहाई खर्चा तो लगभग हमीं सँभालते हैं। तेरे पापा से शिकायत करूँगी तो 'पगली ही, कहेंगे' और हँस कर टाल देंगे' इतना कहते-कहते उनका मुँह नहीं, अब आँखें बोलने लगी थीं। गला रुँध गया। शरीर पीड़ा, तिरस्कार से थरथराने लगा था। अपनी समझ से उनका दामाद पूरे तरीके से बम्बइया संस्कृति में रच-बस जा रहा था, पर उसका अधकचरा, अशिष्ट, अशोभन ढंग किसी को पसन्द नहीं आ रहा था।

विनती तुरन्त गयी थरमस से चाय ले आयी, दीदी पीकर प्रकृतिस्थ हुई। सास-बहू के माध्य ढाँकना-तोपना खत्म हो चला था। वह चुका गुबार शरीर को शिथिल कर गया, वह कभी दीदी के बालों

को, कभी माथे को सहलाती। दोनों के मध्य बेआवाज सन्नाटा। लेकिन दिल के तार आपस में एक सुर बोल रहे थे। वे दोनों ही शोषण-सताने की शिकार थी। वे दो, पीड़ा एक, ने दोनों को मन-मस्तिष्क से नजदीक ला दिया था। दीदी शान्त, विनती का मन-मस्तिष्क अशान्त। असन्तोष-अवसाद एवं आत्महन्ता प्रवृत्तियों पर अंकुश लगाने की कवायद शुरू हो चुकी थी।

पुरुष सत्ता ने औरत को कसने-बसने के लिए भयानक मकड़जाल बुन रखा है। शोषित को जब स्वशोषण ही तर्कसंगत लगने लगे तो वही उसका चरम होता है। संयुक्त परिवार का मान-सम्मान, अपमान भी साझा ही होते हैं, कुछ भी विलग कहाँ? विनती के झंझावात में खलल पड़ी थी, दीदी की आवाज से।

'सुन बहू, तेरा खसम मेरा चीन्ह (निशानी) है, उसे मैंने खून-पसीने से सींचा- सँजोया है– नौ महीने ढोती फिरी, गू-मूत में लेटी-पसरी और अब कमासुत भी है। उसका तनिक तरेरना, तल्ख आवाज का मलाल नहीं। परन्तु पाहुन का तो पैर पूजा है, सम्मान दिया है, वह मेरा मेहमान है, उसे मेरी फजीहत का क्या अधिकार' बोलते-बोलते जबड़ा भिंच गया था। तभी विनती को मौका मिल गया।

'मम्मी हम पुरुषों द्वारा तयशुदा सामाजिक बँधनों में बँधकर ही पाहुन को सिर-आँखों पर बिठाते हैं पर होता वह आम इंसान ही है। सच कहूँ तो इतनी आवाजाही पर अधिकार स्वतः जन्मने लगते हैं। दिये अधिकार, लिये अधिकार में प्यार तिरोहित होने लगता है। यहाँ वही हो रहा है। मेरी बड़की माई (दादी) एक कहावत कहती थी, जो साले-जीजा के मध्य तुकबन्दी है–

'जीजा–ससुराल सुख की सार। साला–जब रहे दिना दुइ चार।

जीजा–जब रहे माह पखवार, साला–हाथ में खुरपा बगल में खार।'

मम्मी, हर रिश्ते की मर्यादा होती है, उसे उसी अनुरूप मानना चाहिए। बिन माँगी सलाह और मदद, बेमुरौवत ही होती है। तो मम्मी, अयोग्य को अतिरिक्त सम्मान बेफिक्र-बेखौफ बना डालता है।' सुनते-सुनते दीदी कहीं और खो गयी थीं।

उस वक्त उन्हें अपनी बचपन में खोयी माँ याद आ रही थी, जिसकी धुँधली यादें ही चेतना में थीं। छुटपने में माँ का अभाव अतिसंवेदनशील दीदी को कठोर नहीं कारुणिक बना गया था। बच्चों के प्रति अतिनिष्ठा, निष्कलुष प्यार उनके अभावग्रस्त बचपने की परिणति थी। इसी का गाहे-बेगाहे फायदा विवेक उठाते रहे थे। शब्दों और पैसों का जाल फेंक कर। बच्चे भी पिता के ही थे। बच्चों की अंग्रेजियत वाली पढ़ाई का बहाना और स्कूली टीम-टाम के चोंचले ने ही तो बनारस से बम्बई का मुँह दिखाया था। इतने वर्षों में वह अच्छी तरह जान गयी थी कि विवेक अपने स्नेह, सुख-सान्निध्य की खातिर बम्बई नहीं लाये। वैसे तो बच्चे आया के सहारे रह ही रहे थे। यही एहसास उनके रोम-रोम से रिसता रहा था।

अपनी बेटी का तटस्थ आचरण उन्हें झकझोरता। जब तक स्त्री माँ नहीं बनती स्त्री का विराट रूप नहीं देख पाती। वह तो माँ बन चुकी थी, फिर क्या गहन स्वार्थ ने उसे गांधारी बना दिया था। क्या जीभ कट गयी या तालू चिपक गयी। मेरा इतना अपमान...। मेरा अति लाड़, विवेकहीन औलादों को तलछटी नैतिकता परोसता रहा, जिसमें काई, जीवनीय-मृत अवशेष और कीचड़ होता है और नजदीकी रिश्ते भी उच्छृंखल हो जाते हैं।

पति के आने से दीदी की तन्द्रा टूटी थी। चेहरा मलिन पपोटे सूजे-सूजे से, झुर्रियाँ कुछ ज्यादा ही उभर आयी थीं। आदतन वह दीदी के प्रति लापरवाह। दीदी रोना चाह कर भी नहीं रो पा रहीं। सब कुछ यथावत पर बहुरिया को धीरज कहाँ। चाय-पानी देने के साथ ही धैर्य छूट पड़ा। बिना लाग-लपेट के, 'पापा, ननदोई जी से कह

दीजिए, मम्मी का लौटानी शरीर, अब वह फुर्ती फरहर नहीं रही। दिनभर की खटनी और आवाजाही से शाम तक सिर घूमने लगता है और उन्होंने हथेली पर पगार रख कर हम सब की तौहीनी की है। पापा हम महाराष्ट्रियन नहीं हैं, हमारी जड़ें-जुड़ाव कहीं और हैं, रिश्ते की मिठास-मिलाप इसी में है कि पारम्परिक मर्यादित आचरण हो। यह हमारे अपमान की पराकाष्ठा है।'

अन्दर का सब बाहर आ गया था। दीदी इस विस्फोट से विचलित डरी-सहमी थीं। कहीं दिन भर के दफ्तरी तनाव का निशाना मैं न बन जाऊँ। वातावरण में निस्तब्धता!

विनती की गुस्साई-गुर्राहट भरी आवाज, पत्नी की चुप्पी, पहली बार विवेक थर्राए-डगमगाए थे, बहुत कुछ सोचने को विवश हुए थे। दामाद की ओछी हरकतों-हर्फों को विवेक ने बेटे के जरिए सुना जरूर था, पर स्वार्थी प्यार, असुरक्षा की भावना ने कान नहीं दिया था। रिश्ते जब स्वार्थी दिमाग से खींचे-नोचे जाते हैं तो उनमें स्नेह-सम्मान की गरीबी रहती ही है। गिरती वय, लटपटाता शरीर, झूठा दम्भ, दोहरा व्यक्तित्व-मानदण्ड इंसान को किस कदर मतलबपरस्त कर देता है, इसकी सबसे अच्छी मिसाल विवेक बन गये थे।

माथे को झटका, अपने आप से डरे थे रोजी-रोटी की जुगत में विस्थापन एक अकेला करता है। महानगरीय आकर्षण-अवसर कुटुम्ब के कुटुम्ब तैयार कर देता है। विवेक की तीसरी पीढ़ी थी बम्बई में। स्वतन्त्र निष्पक्ष रूप से सोचने को विवश हुए थे। बम्बई में रहते हुए उन्होंने अपनी उस प्रगतिशील विचारधारा की समीक्षा की जिसमें बेटा-बेटी इकहरे मानदण्डों पर पाले-पोसे जाते हैं।

दृढ़चेता बहू की चुनौती, बीवी की मौन सहमति। पहली बार पत्नी की आँखें याचक की भाँति फैली हुई सी दिखी थीं। स्थितियों ने विवेक को कुछ निर्णय लेने के लिए उकसाया था।

'बेटी के घर' तुम अब मौके-मौके पर मेरे साथ माँ के ओहदे के साथ जाना और बाकी परेशानियों का समाधान तुम मुझ पर छोड़ दो।'

अपनी तरह से विवेक ने शान्त-संयत हो समस्या का निराकरण एक झटके में कर दिया था। जान गये थे घर की दोनों स्त्रियों की दृढ़ता, संकल्प भरा विरोध मेरी चूलों को झकझोर देगा। मनसब भूल-सुधार के तहत विवेक ने ऑर्डर फरमा दिया था—'विनती, कल तुम्हारी मम्मी को होल चेकअप के लिए वी.टी. रेलवे हॉस्पिटल ले जाऊँगा, जरा समय से नाश्ता वगैरह तैयार कर देना। कल हॉफ टाइम छुट्टी लूँगा।'

दीदी को अपने कानों पर विश्वास नहीं हो रहा था कि यह सच है या किसी घरेलू सीरियल का कोई संवाद। जिस यान्त्रिक ढंग से कहा गया था, उसमें अपनापन कहाँ था, नहीं मालूम, परन्तु औपचारिकता भरपूर थी। उनके सम्बन्ध मन से नहीं सम्पत्ति से टिके थे। दीदी तो बरसों पहले ठूँठ गाय हो चुकी थीं, जबसे विवेक ने बारी-बारी से निर्धन पिता-भाई का वक्र दृष्टि और वाणी के अल्प विराम से अनादर किया था। लेकिन बहू जबसे निज स्वार्थ के चलते दीदी का दाहिना हाथ बनी, उनमें आत्मबल बढ़ा था, तपाक से टिहूँकी थीं।

'जब जवानी में साथ न ले गये, तो चँदियाये बालों में क्या भय? निपट अकेली गयी हूँ, चाहे टखने की हड्डी चटखी या फिर अलंग मारा था। जब जरूरत समझूँगी चली ही जाऊँगी। समान-भाव से बेटी-बहू देखो, बुढ़ापा आराम से कट जायेगा।'

उचट कर कुछ रुआँसी-सी हो गयी थीं, गला रुँध गया था। अपनी मजबूती का एहसास करातीं सामान्य दिखने के लिए खराश का स्वाँग करने लगीं। फिर खोल चढ़ा लिया...।

हिजाब

पता नहीं कहाँ से नफा नामक चीलर उनके शरीर में प्रवेश कर गया था। वह अपने परिवार के एकछत्र मुखिया थे। कहते हैं चीलर आदमी के पड़ जाये तो आदमी मालामाल हो जाता है या फिर दरिद्र। लेकिन नफा हो या नुकसान चीलर तो हमेशा गन्दगी से ही जन्मता है और वह धन से लबरेज हो जाता है। यह विरोधाभास कैसे? वह उस गन्दगी से उपजे कीड़े में हमेशा अपने लाभ की सोचते थे। कहते हैं कि फौरी फायदा उन्हें हो भी जाता था। बाद में भले ही नुकसान हो जाता था। लेकिन लाभ की दूसरी युक्ति सोचने से वह नहीं चूकते।

देवरिया में राज नरायण सरकारी मुलाजिम थे। उनको भगवान ने तीन पुत्र दिये। ग्रामीण मानसिकता में लड़के की आवाज फूटी नहीं लड़की वाले आने लगते हैं। आपसी कहा-कही में बतियाते हैं 'लड़का जवान हो रहा है।' उनके यहाँ भी आने लगे थे। बार-बार

की असमय वरदेखुवारी से उनकी पत्नी आजिज आ गयी। संकोच हटा दिया था पत्नी ने, अबहीं शादी न किहल जाई, कुछु पढ़ल-लिखल जरूरी बा न। राज नरायण के नायकत्व का भाव सिर चढ़ कर बोलता। 'बउरही नफा की सोचल कर-नफा, बम्बइया पार्टी हौ, बिजनेस करेलन खूब लिहल-दिहल करिहैं। और तुहूँ त पतोहिया से हाथ-गोड़ मिसवइबू।' कह कर शरारत भरी मुस्कान मार दिये थे। इतनी-सी बात पर भी वह लजा-सी जाती थी। ऐसा पुरबिया लोगों का अनुभव कि कलकत्ता वाले हों या बम्बई वाले बिन माँगे घर हमेशा भरते रहते हैं। उनके रिश्तेदारों-पट्टीदारों के अनुभवों से उनमें ऐसी अवधारणा बन चली थी।

पहलौठी की औलाद हो या बड़ी बहू का बड़ा प्यार-दुलार, मान-सम्मान होता है। बार-बार की अवनी-पठौनी में भी बहू को गौने जैसा ही बिदाई-मिलना मिलता है। राज नरायण का बेटा किसी का दामाद था। दामाद बेहिल्ले का हो तो बेटी के पिता के लिए इससे बड़ा दुःख और क्या हो सकता है? आवारा-निकम्मा होता देख बहू के पिता ने नौवीं पास दामाद को बम्बई में कई जगह नौकरी दिलायी। दामाद में ड्राइंग का हुनर इतना काबिले-तारीफ था कि इसी बल पर बहुत जगह नौकरी लगी। परन्तु दामाद को जो मजा मेहरारू के जाँघ में और महतारी के कोरा में, खटने में कहाँ। 'राज नरायण का बेटा जब भी बम्बई से लौटता तो अगाध प्रेम की रट, 'हे माई जब सोइले तब तू सपना में आवेलू ऐही खातिर नौकरी छोड़ के चल अइनी,' कहते-कहते माँ की गोद में सिर रख आँचल से चेहरा ढँक लेता। माँ भी भाव-विभोर, निश्छल प्रेम जान वह कह उठती, 'जायेदा, जैसे कुल्हिन बड़न तुहूँ के खियाइब-पहिराइब। अपढ़ माँ की अनुकम्पा उसे अव्वल दर्जे का आवारागर्द और गैर जिम्मेदार बना रही थी। राज नरायण सोचते यदि बहू पढ़ी-लिखी होती तो उनके लड़के को समेट लेती। यह सोच भी उनकी अपनी नहीं थी। वह तो कुछ उच्च-शिक्षित नाते-रिश्तेदारों की सीख थी जो उन्हें सोचने पर मजबूर कर रही थी।

सोच लिया था जब तक दूसरा बेटा नौकरी-चाकरी न करेगा, तब तक ब्याह न करूँगा। नहीं तो पहले वाले की तरह बेटा, बहू और साथ में दो-दो बच्चे भी पालूँ।

राज नरायण के पास खाली वक्त की कमी नहीं थी। उन्हीं घड़ियों में वह सोचते और भय भी खाये रहते, कहीं यह नफा सोच का चीलर नौकरीशुदा दूसरे नम्बर के लड़के में न पड़ गया हो। इसलिए वह इस बार बड़े ही सजग और सतर्क होकर अपने दूसरे बेटे के शादी सम्बन्धी अभियान में सरक रहे थे। वह दूसरे शहर में नौकरी कर रहा था। इस बात से डरे रहते कहीं उसे उनका भी बाप मिल गया और फुसला लिया तो? उनकी सारी की सारी प्लानिंग धरी की धरी रह जायेगी। उन्होंने पूरी नाते-रिश्तेदारी में फैला दिया था इस जुमले के साथ, 'अब हम दुसरका के शादी करब, निक पढ़ल-लिखल लड़की होवे क चाहीं, साथे म उहौ चाही...।'

किसी का भी लड़का सरकारी नौकरी में हो तो लड़की वाले टूट ही पड़ते हैं, यह बहुत पुराना चलन है। वह बातचीत से लड़की के पिता का स्टैण्डर्ड भाँप लेते, चतुर-सुजान जो ठहरे। उसी के अनुसार आवभगत करते। जहाँ जान लेते बात आगे नहीं बढ़ेगी, उसे गुड़-पानी ही पिला कर भेज देते। रोज अपनी डायरी में नोट करते मिठाई-मठरी का खर्चा। पत्नी के आगे बड़बड़ाते, 'मय सूद के वसूलूँगा'। एक से एक रिश्ते आने लगे थे। वह हर आवन रिश्ते का ब्यौरा बेटे तक पहुँचाना अपना फर्ज समझते थे।

ऐसी रूढ़ि कि सच्चा पत्नी धर्म वही होता है जो पति के विचारों को ही अपनी प्रवृत्ति माने। यदि वह अपने विवेक का उपयोग करने या स्वेच्छाचारी बनने की सोची भी तो रानी-महारानी से चाकरनी का दर्जा दे देने की धमकी-धौंस देने से नहीं चूकते। साहस हो या दुस्साहस दोनों के लिए शक्ति सामर्थ्य चाहिए, जिसका कि उनकी मातृविहीन पत्नी में अभाव था। पत्नी में निष्ठा-आस्था चौबीस कैरेट

जैसी शुद्धता होनी चाहिए, ऐसी ये आम पतियों की आकांक्षा रहती ही रहती है। इसका पालन उनकी पत्नी बखूबी कर रही थी। वह अपनी शातिर-सोच के चलते पत्नी में विद्रोह-विरोध की भावना को ही नहीं पनपने देते थे। परिवार में अपनी मजबूत स्थिति के चलते यदि अंकुरित होते भी तो फूटने के पहले ही उन्हें भनक लग जाती और वहीं उसे वह मसल कर रख भी देते थे, 'अनपढ़ गँवार दिहातिन' या फिर 'घरे माँ रहेलू तू का जाना', के दिल भेदी वाक्य स्वाभिमानी पत्नी को भेद जाते और वह चुप हो जाती।

पत्नी का बड़ा मन था कि रिश्ता वहाँ हो जाये, जहाँ बाप पेट्रोल-पम्प लड़की के नाम लिख रहा है। शर्त यह कि लड़का घरजँवाई रहेगा। पत्नी अपनी दलीलें देती, 'पतोहिया क ह त बेटवा क ह, बेटवा क ह त हमार ह। ऐके पिटिरौल पम्प से हमार ममिया भाय तीन ठो क लिहलन' त मझिलकौ कै लेई।' राज नरायण पत्नी की इस कुसलाह पर डपटते, 'चुप्प बेकूफ गोसाईं के बिटिया हऊ तू, का जाना मनई क नेत। बेटवा ग तौ पम्पवौ गा। अपमान से जन्मी खिसियाहट में वह वहाँ से काम का बहाना करके उठ जाती।

एक दिन राज नरायण की पत्नी बड़ी प्रफुल्लित-उल्लसित-सी पति के ऑफिस से आने का इन्तजार कर रही थी। आते ही न चाय न पानी, 'आज हमार भतीज आइल-रहल। कहत-रहल बुआ एगो लड़की बैंक म बा, बाप रिटायर हौ। दहेज ठीक-ठाक मिलिए जाई, काहे कि एक ही बिटिया ओकर बा। यदि नहियो मिल त लड़की सोना का अण्डा देय वाली मुर्गी हौ। जब चाहीं तब अण्डा मिली।' बात राज नरायण को जम गई थी। यहाँ पर उन्होंने अपनी अन्य अदृश्य शर्तों से समझौता कर लिया था। उन्हें इस बात की पक्की खबर थी कि लड़की वाले सीधे बेटे के पास ही कुण्डली-फोटो लेकर कई बार पहुँच चुके थे। भयभीत राज नरायण शंकाग्रस्त हो उठे कहीं ऐसा न हो शादी में सुस्ती देरी होते देख लड़का ऑफर एक्सेप्ट कर

ले। कितनी भी चतुरा होगी बहू या बेकूफ तो भी बहू की कमाई बहू की ही रहेगी। पूत की कमाई तो हमारी ही रहेगी। ना देई त बेटवा के नटई धर के तो लेइब। शादी हो गयी, लेकिन मनमाफिक विदाई-व्यवहार न पाने की असन्तुष्टि थी। परन्तु पत्नी का ढाढ़स 'सोने का अण्डा देय वाली मुर्गी है' ढाढ़स बँधा देता।

शिक्षा इंसान को जागृत व सभ्य करती है साथ ही आत्मविश्वास भी बढ़ाती है। और तो और मजबूती भी लाती है। पर स्त्रियों के मामले में हमेशा यह सच नहीं होता है। उनकी मझली बहू राज नरायण की मंशा जान गयी थी। उन्होंने अपनी मंशा को क्रियान्वित भी करना शुरू कर दिया था। उसने सभ्य-शिष्ट तरीके से सास की मार्फत अपनी बात कई बार पहुँचायी थी, 'अम्मा हमारे भी खर्चें हैं हमें भी अपने ढंग से जीना है हम आप लोगों की जिम्मेदारी से मुकर नहीं रहे पर हमें भी स्वतन्त्र ढंग से ख़ाने-रहने तो दीजिए।' ऐसी बातें तो राज नरायण को सुनायी ही नहीं पड़ती थी। बहू कामकाजी स्त्री से घरेलू स्त्री बनती जा रही थी या यूँ कहें सबल बहू से एक निर्बल बहू जो घर को ही सजाने-सँवारने और शान्ति से रखने को ही अपना धरम मानती। बहू नौकरी छोड़ घरेलू स्त्री बन गयी थी। पति की कमाई पर पूरी तरह निर्भर यानी आत्मनिर्भर से परनिर्भर।

वह यह तो चाहते थे बहू स्वावलम्बी तो रहे पर स्वतन्त्र न रहे। पाबन्दी का कोड़ा मेरे हाथ रहे। उनकी रायशुमारी जाने बिना ही, बेटे की मौजूदगी में बहू का नौकरी छोड़ना, उन्हें लगा जैसे आसमान से नीचे गिर पड़े हों। उन्हें शत-प्रतिशत यही अनुमान हो चला था। पढ़ी-लिखी लड़की ने मेरे भोले बेटे पर अपना माया-चक्र चला दिया था। नहीं तो क्या मजाल बेटा बहू के सुर में सुर मिलाये।

यह नफा नामक चीलर उनकी प्लानिंग पर पानी फेर गया था। चीलर भी किसी को मालामाल करते हैं सिवा कंगाली के। लेकिन यह लोगों के खुशफहमी में जीने की कल्पना है। जब कभी विवेक

जागता तो मन को धिक्कारते। कीचड़ में कमल खिलता है, कमल, पर लक्ष्मी जी का वास है, यानी कि पैसा। अरे यह सब पुराणों की ही शोभा बढ़ाता है।

लेकिन अभी तक नफा नामक चीलर की उम्मीद उन्होंने नहीं छोड़ी थी। उनकी आशा तीसरा बेटा जो ठहरा। पत्नी भी साथ छोड़ चली। अकेला असहाय बुढ़ापा कैसे निबटेगा यही सोच उन्हें यानी राज नरायण को परेशान किये जा रही थी। तिकड़मी दिमाग में फितरतों की बाढ़ आने लगी थी। उसकी कई धाराओं में इसी धारा में उनकी बहने की इच्छा और जरूरत उन्हें सटीक लगी थी। पेंशन है ही कोई स्वजातीय गरीब कन्या मिल जाती तो अच्छा था। अन्यथा विजातीय ही हो परन्तु हो गरीब ताकि निठल्ले बेटे-बहू पर पेंशन का और मेरा दबदबा रहे नहीं तो इस बुढ़ापे में मेरी क्या अहमियत? बेटे के बेकारीपन की वजह थी। अचानक बेकारी, बेकारी से काम फिर अनएम्प्लायमेन्ट। रोजगार की अस्थिरता उसके जीवन में बनी हुई थी। देवरिया से बाहर उसे वह भावनात्मक दबाव डाल कर जाने नहीं देते थे। ऐसे में आय और व्यय में बहुत उतार-चढ़ाव आते रहने से मितव्ययिता और सूझ-बूझ से खर्च करने की उसकी आदत छूट गयी थी। अच्छे दिनों में भी जब पुनः रोजगार मिल जाता है तो नियन्त्रित तरीके से धन खर्च करने की आदत छू-मन्तर हो जाती। बेरोजगारी के दिनों में जिन बचनाओं को सहना करना पड़ता उसकी तो मनोवैज्ञानिक रूप से क्षतिपूर्ति निरन्तर उन मानसिक मरीचिकाओं से होती, जी-भर कर ऐश करते समय जिनके साथ वह अपने होने की कल्पना करता। अन्ततः ऐसी स्थिति में उनके तीसरे बेटे का पूरे माह का वेतन एक सप्ताह में ही समाप्त हो जाता था। फिर वह अपने कहलाऊ पिता राज नरायण पर आश्रित हो जाता। उसकी इस आदत पर उन्होंने न कभी टीका-टिप्पणी ही की ना ही नाराज-एतराज किया।

सफेदपोश राज नरायण को इस बात की भनक लग गयी थी। उनका बेटा खूबसूरत जवान महरिन पर मर रहा था। मन को समझा लेते, बाहर मौज-मस्ती करेगा तो बदनामी होगी। चारदीवारी में कौन जान पायेगा। नाक भी बची रहेगी। इश्क-मुश्क की गन्ध-सुगन्ध कहाँ कैद रह सकती थी। बात मुहल्ले में फैलने लगी थी। बेटा को समझाया, महरिन को डपटा पर सब बेअसर ही रहा। बुढ़ापे में अन्दर ही अन्दर भय भी खाते थे। कहीं बेटा नाराज हो गया तो और वह काम छोड़ गयी तो सब-से हाथ धोयेंगे। अलग हुई बड़ी बहू ने नसीहत भी दी थी, 'बाबू रउवा हमरे चूल्हा मा खाना खाईं, छोड़ी उनहन के बदनामी होखऽऽऽत। बाद में आप ही के पोता-पोती के बियाहे म दिक्कत होई। खबर लगने पर दूसरे बेटे की बहू ने भी अपने तरीके से समझाया था, 'बाबू जी शादी-ब्याह में धन-पैसे, जाति-धर्म का स्तर ना सही परन्तु शिक्षा का स्तर तो देखना ही चाहिए। घर में एक भी अशिक्षित सदस्य हो, वह भी परम्परा वाहक हो तो सोचिए आगे का भविष्य कैसा होगा?' परन्तु उन्हें ऐसी गूढ़ बातें निजी फायदे के आगे कहाँ समझ में आतीं। दोनों बेटा-बहू के भारी विरोध के बावजूद विजातीय गरीब, अशिक्षित मजदूर कन्या को बहू स्वीकार लिया था। कन्या भी मन-तन से मालामाल हो गयी थी और मजदूरी से भी छुटकारा मिला था। राज नरायण भी सन्तुष्ट हो गये थे। सुश्रुषा को कन्या रूपी बहू जो मिल गयी थी। अपने से भिन्न जाति की निर्धन लड़की स्वीकारी थी, कुल का नाम दिया था, वह कृतज्ञता के बोझ तले दबी रहेगी तभी तो उनकी हेकड़ी चलती रहेगी।'

अशक्त बुढ़ापा इंसान में निराशा भरने लगता है। निराशा ज्यादा दिन साथ निभा दे तो हताशा घर करने लगती है। राज नरायण इससे अछूते नहीं थे। समय गुजरने के साथ-साथ तीसरा बेटा भी दो बच्चों का पिता बन गया था। राज नरायण की चिन्ता दिनोदिन बढ़ती जा

रही थी। बुदबुदाते, 'मैं अस्सी-पचासी के बीच रन कर रहा हूँ, मेरे बाद इस अलहदी बेटे के बच्चों का क्या होगा, जो अभी अबोध असहाय हैं।

उन्होंने हमेशा ही लाभ का सरल शार्टकट ढूँढ़ा था। दोनों बेटे-बहुओं की उपेक्षा से उनका शरीर दुगुने वेग से छीज रहा था। उन्हें अब अपनी जिन्दगी में ज्यादा गुंजाइश नहीं महसूस हो रही थी। नजदीक रहता बेटा उन्हें अब बोझ लगने लगा था। पोतों का बोझ उन्हें तोड़ रहा था। मरने के पहले कुछ उपाय कर लेना चाहते थे। फिर वही सरल और निर्मम रास्ता सूझ गया था। अति फिक्रमन्दी से जर्जरित काया में ताप घर कर गया था। दोनों न सही एक ही पोता कोई गोद ले लेता तो राहत मिलती। मेरे मरने के बाद तंगहाली में बहू खून-पसीना करने लगेगी तो यदि कहीं मासूमों को भी इसी में लगा दिया तो उनका भविष्य, यह भीषण समस्या उनके सामने मुँह बाये खड़ी थी। लिहाजा परिचितों शुभचिन्तकों में एक बात चलानी शुरू कर दी थी। उनसे कहते, 'बहुत से निस्सन्तान दम्पति हैं जो लाख उपायों के बावजूद औलाद से महरूम हैं और अनाथालय की बेरहम-उबाऊ प्रक्रिया में वह गुजरने से परहेज तथा अपमान दोनों ही समझते हैं।

वह अलगरजी जरूर थे परन्तु असामाजिक नहीं थे। उन्हीं के एक खास मित्र ने एक निस्सन्तान दम्पति को भेज भी दिया था जो संयोगवश समृद्ध भी थे। यह जान कर कि वह ठाठ वाले हैं, नफा का चीलर फिर कुलबुलाने लगा था। मन ही मन गणित बैठाने लगे थे। पोते के बदले कुछ चल-अचल मिल जाता तो मेरा वर्तमान-बेटे का भविष्य निश्चिन्त हो जाता। लेकिन चौथेपन की लाचारी ने आत्मविश्वास डिगा दिया था। जर्जर काया मन को धिक्कारती माँगूँगा नहीं उनके द्वारा अस्वीकार की स्थिति में मित्रों के मध्य बदनामी और बेरुखी दोनों का सामना करना पड़ सकता था। जीवन

के अन्तिम समय में कलंक की सोच रूह काँप उठी थी। कभी भी सिर से पानी ऊपर न गया था। हमेशा ढँकी-तोपी में जी आये थे। अब भी कुछ-कुछ वैसी ही युक्ति सोच रहे थे।

सभ्य सुशील एक जोड़ा उनके सबसे छोटे पोते, जो मात्र छह माह का था, को पसन्द कर गये थे। उन्होंने बड़े पोते को सयाना मान अस्वीकार कर दिया था। एक सप्ताह बाद मय तैयारी के साथ आने की बात कर गये थे। एक पखवाड़ा बीत गया। नहीं आये। चिन्ता स्वाभाविक थी। दौड़े-लपके, गये परिचित के यहाँ। जो सुना उससे अवसन्न से हो गये थे और मित्रों को जब पता चलेगा तो उघाड़ हो जाऊँगा।

वह बेटे की नग्नता की थर्राहट से क्रोधाग्नि में जल रहे थे। सोचा कहीं क्रोध में मामला हाथ से न निकल जाये। वह बेटे को समझाने की मुद्रा में बोले, लेकिन आवाज की तल्खी पर नियन्त्रण न रख पाये थे, 'नीच कमीने तुम्हारा जीवन तो नहीं सुधरेगा पर अपने जन्मे की तो सोच, उसकी जिन्दगी बन जायेगी। तू गया और दो लाख की डिमांड कर आया। कहता है मैं अपना बच्चा भी दूँ, और कुछ नफा भी न हो, अबे गधे फौरी नफा की क्यों सोचता है।'

'बाबू जी कल किसने देखा है। नियति बदलते कितनी देर लगती है, अपने खून का भी भरोसा नहीं करना चाहिए।' बेटे के इस अप्रत्याशित घुड़की भरे जवाब से उन्हें काठ-सा मार गया था।

सहज होते ही वह चिन्तन करने लगे थे। पशु भोजन की तलाश तभी करता है जब उसे भूख लगती है। प्रारम्भिक स्थिति के जीवों में आत्मसुरक्षा की भावना अपने निज की रक्षा से आगे नहीं जाती। उनमें आत्म तत्त्व प्रबल होने के साथ, वे आत्मकेन्द्रित भी होते हैं। दूसरे वर्तमान तक ही सीमित रहते हैं। वे वर्तमान से हट कर किसी भविष्य की कल्पना कर ही नहीं पाते। तो क्या उनका बेटा पशु बनने की राह पर चल रहा था बल्कि जानवर ही हो गया था।

अपना पूरा जीवन-चक्र उन्होंने खंगाल डाला था। उनके ही हमा-हमी के विचार तो उसमें जड़ें भी गहराई तक समाये हुए थे। बच्चों का अभिभावकों से वैचारिक रूप से मेल खाना शायद यही संस्कार है। बदलते समय में जैसे-जैसे निजत्व की भावना का फैलाव होता गया पारिवारिक व्यवस्था चरमराती गयी। व्यक्ति स्वर्ग में गिर कर नरक में पहुँच रहा है। सीधे शब्दों में कहा जाय तो उनका अपना बेटा ही अपने जन्मे का सौदा कर रहा था। इससे बढ़ कर नैतिकता का पतन और क्या हो सकता है। उनकी तरह वह भी निजत्व की भावना से ऊपर नहीं उठ पा रहा था। उन्होंने भी तो पूरे जीवन-काल में यही किया था। तो अब क्यों वह उनका सम्मान करने लगेगा। भावी पीढ़ियाँ तो अपने हितों की रक्षा करने वाले को नहीं, अपितु अपने सुखों का परित्याग करने वालों का आदर करती है तो उन्हें यह मलाल क्यों था कि उनका बेटा अनैतिक-अपराध के गड्ढे में जा रहा।

वे नैतिक कंगाली के भँवर में फँस चुके थे। निजात पाना आसान नहीं लग रहा था। यहाँ से उन्हें सिर्फ डूबना ही दिखायी दे रहा था। वह सोचने से परे की अवस्था में जाना चाहते थे यानी पलायन ताकि भावों की भीतरी तहें शान्त हो सकें। कायरों, डरपोकों की भाँति जीना और उस पर साहसी-शराफत का लबादा ओढ़े रहना ही उनकी नियति बन चुकी थी।

विडम्बना

'बिन माँगे मोती मिले माँगे मिले न भीख'। जब वे इस पंक्ति का मनन-पाठन करते सोचने कितने चिन्तन के बाद लिखा गया होगा। इसके गूढ़ अर्थ को समझने की खूब कोशिश करते। जिसको योग्य समझते उससे भी पूछते। पर जितना भी सन्तुष्ट हो पाते अपने तरीके से सोचे गये अर्थ से ही होते। जीवन की कितनी खोजबीन, खँगाल-पछार हुआ होगा तब जा कर आठ आखर से यह पंक्ति बनी होगी।

यह पंक्ति उनके पचपन साल के जीवन में न जाने कितनी बार उनकी स्मृति से गुजरी थी। लेकिन वे अपनी जान अब तक इसके वास्तविक अर्थ से परिचित नहीं हो पाये थे। ऐसा उनका मानना था। लेकिन उन्होंने अपने सहकर्मियों-मित्रों-सहचरों के मध्य कभी गम्भीर रूप से इस पर चर्चा या वार्ता कभी नहीं की थी। अपने में ही अर्थ गढ़ते-गुनते रहते थे।

होश सँभालते ही उन्हें इस बात का एहसास हो गया था कि मेरा कुल-खानदान और जीवन केवल भीख माँगने के लिए ही है। उनका गाँव उनका संसार। हर कोई इस बात को जानता था, हर किसी की जरूरत भी थी कि बिना पाया-पाटी, किवाड़-कब्जा-कुण्डी के किसी की भी गुजर-बसर नहीं। फिर भी उनके पिता को अपने लिए मेहनत का मेहनताना नहीं भीख माँगनी पड़ती थी। पहले तो वह मेहनत से बनाया गया सामान दुआर पर पहुँचाते, फिर डरते-डरते किसी दिन मेहनताना माँगने पहुँचते थे। कभी मिल जाता (जो बहुधा कम ही होता) बाकी बार दुत्कार दिये जाते थे 'कहीं भागे जा रहे हैं, बेटैम भीख ऐसा माँगने चले आते हो। संझा बेरी आना संझा बेरी'। जब शाम को जाते 'बेवकूफ कहीं का केहू संझा बेरी अपने घर से लक्ष्मी निकालता है।' ऐसा प्रायः ही होता था। झिड़कियों का ताप मन से जब कुछ कम होता फिर दरवाजे पहुँच जाते अपना हक माँगने। हक माँगते-माँगते फिर काम मिल जाता। 'अब आना सब सामान के साथ इकट्ठे मजूरी दे देंगे। वह कितनी बार उन लोगों का काम करते प्र मेहनताना पाते कुछ कामों का। उसमें भी भांजी मार ही देते। यह था चार-छै चक्कर लगाने पर सुमेर बढ़ को अपना आधा-तीहा मेहनताना मिल ही जाता। जो उनके परिवार के जिन्दा रहने के लिए काफी थी। ऐसा प्रायः ही होता था। चुपचाप पिता को लौटते उसे बालक ने अनगिनत बार देखा था। यह उस गाँव के लोगों की भलमनसाहत थी कि शारीरिक यातना नहीं देते थे पर मानसिक यातना के तो वह आदी ही थे।

'सुमेर बाढ़' तो उसी नाम से जाने जाते थे। पर किशोरावस्था तक आते-आते उनका बेटा किशन शर्मा के नाम से जाना-जाने लगा था। बाबा-काका ने बहुत चाहा, अपने गाँव में ही रहे यहीं रह कर काम-धन्धा करे। शहर जाये तो सिर्फ हुनर सीखने। पर उसके मन में तो कुछ और ही था। जैसे-तैसे घर से लड़-झगड़ स्कूल में अपमान

सह, गुरुजी की बेगारी करते हुए बारहवीं पास कर ही लिया था। खैर राजनीति में आये दलित पिछड़ी जाति के नेताओं के भाषण उसमें (किशन में) आत्मविश्वास का संचार करते रहते। आरक्षण के तहत ओ.बी.सी. कोटे में बिजली विभाग में मीटर रीडर हो गये। उनका मानना था संघर्ष किया तो करम बदला, करम बदलेगा तो जनम भी कुछ पुश्तों के बाद बदल ही जायेगा। ये संघर्ष ही है जो इंसान को सम्मान दिलाता है।

पोस्टिंग हुई तेलियरगंज सब-स्टेशन में। अपनी जान में सब कुछ भाषा-भूषा, व्यवहार-विचार वह सुल्तानपुर में ही छोड़ आये थे। परन्तु एक बात जो, सख्त नापसन्द थी वही साथ चली आयी थी 'भिखारीपना'। जायज छुट्टी का हक भी वह रिरिया कर ही माँगते थे।

उनका ऑफिस क्या, लगभग सभी कार्यालयों की यही स्थिति होती है। कर्मचारियों-सहकर्मियों के मध्य कोटा-नॉन कोटा में बँटा उनका विभाग था। कार्बनडाई-ऑक्साइड-अमोनिया जैसी जहरीली आरक्षण की गैस उनके ऑफिस में हमेशा तैरती रहती थी। 'हम ठाकुर-बाभनों ने भीख दी है भीख, नौकरी की, हमारी दया है दया।' कुछ मुँहजोर हमबिरादरी लड़ बैठते, 'सरकार ने हमको चुना है तुम क्या किये हो?' 'अरे सरकार भी तो हमीं लोग बनाते हैं। कान चाहे सीधा पकड़ो चाहे घुमा के बात तो एक ही है।'

भले ही आड़े-तिरछे तर्कों ऊँची आवाजों से अपनी बात ऊपर रख लेते सहकर्मी यानी कार्यालयी बराबरी के नाते। पर किशन शर्मा के मन में फाँस चुभी की चुभी रह जाती। हम तो कोटा वाले हैं। भीख पर ही गुजर-बसर करने वाले हैं। बहस का ताप शुरू में तो हाई रहता जैसे-जैसे मिनट-दर-मिनट गुजरता स्वतः बहस का ताप कम होता जाता। बाकी तो सिर्फ वातों-बहसों से हावी होते, पर ऐसे मौकों का फायदा काइयाँ किस्म के तिवारी जी जरूर उठाते। 'चलो शर्मा जी

वहसबाजी बन्द करो आप ही, सही हो। भई शर्मा जी कुछ मूड ठीक-ठाक हो जाये।' सबका मूड ठीक कराने का जिम्मा-तरीका तिवारी जी का। कभी कोल्डड्रिंक से चाय-समोसा या फिर मिठाई से होता। जैसी बहस की तासीर होती वैसा ही रिफ्रेसमेन्ट होता।

ऑफिस तो ऑफिस ही था पर कॉलोनी में उन्हें क्या कम जिल्लत उठानी पड़ती। जहाँ देखो वहीं तिवारी, शुकुल, मिसर, सिंह, राठौर अटे पड़े हैं। मन ही मन खिसियाते उन आँकड़ों को कोसते, सरकार की चाल बताते जिसमें ठाकुर-बाभन अल्पसंख्यक बताये जाते। कॉलोनी में भी अपमान, उनके हाथों होता जो स्वयं पद-प्रतिष्ठा-पढ़ाई में उनके आगे नहीं ठहरते थे। अब चाहे प्लम्बर वाला हो या लाइनमैन। किसी और से तो नहीं पर शर्मा जी से बख्शीश की उम्मीद जरूर करते। नाउम्मीदी होने पर फुसफुसाहट वाले अन्दाज में, 'शहर में ससुर आये के फून के नक्शा मारत हैं, गाँव-दिहात में होतेन तो दिन भैं रन्दा मारत-मारत पेट पोखला छोड़ देते! आँत पेट में घुसुर जात, जो तोंद फेंके हिंया, घूमत देह तोड़त हैं।' ये ताने नहीं गाली होते जो सीधे दिल पर घूँसा की तरह लगते। दरद इतना, लगता जैसे हार्ट अटैक हो जायेगा पत्नी-बच्चों को। पर उनमें वह आत्मविश्वास ही नहीं जग पाया था जहाँ वह उनसे प्रतिकार ले पाते। किसी कोने में मन के जाति का चोर जो जड़ा हुआ था। ऐसी ही मिलती-जुलती घटनाओं से शर्मा जी में दुःख के साथ कुण्ठा घर कर रही थी। उनका मानना बल्कि समय उनसे मनवा रहा था। पैसा कमाओ खूब कमाओ हाथ-पैर मुँह, आँख आड़ा-तिरछा जैसे हो सके वैसे कमाओ यही पैसा ही सबका मुँह बन्द कर पायेगा।

इतना सोचने-करने के बावजूद अपनी पिछड़ी जाति को लेकर किशन शर्मा कभी-कभी बड़े परेशान हो जाते। उन बाभनों-ठाकुरों की कुण्ठा का क्या करते जिनकी आ मदनी शर्मा जी की आधी भी नहीं थी। वह सीधे नहीं तो ऐसे 'ऐ शर्मा जी आइये, जरा-सा हमारा

दरवाजा देख लीजिये चिपक नहीं रहा।' लकड़ी के छोटे-मोटे कामों के लिए उन्हें बुला ही लेते। साथ में यह भी टाँक देते, 'अब छोटे-मोटे कामों के लिए क्या प्रोफेशनल बढ़ई बुलायें।' एक कप चाय पिला विदा कर देते।

उनका गुस्सा पैर से चढ़ता सिर तक जाता, फिर पलट कर दिल में दुःख का रूप ले लेता। वह ब्लडप्रेशर के नियमित रोगी भी हो चुके थे। मन ही मन सोचते इससे तो अच्छा था भगवान ने इंसान के रूप में पैदा ही न किया होता। कुकुर-बिलार बना के भेज देता तो ही अच्छा था। किसी मालिक की वफादारी में जीवन गुजर जाता।

पर अब वह अपना जनम तो बदल नहीं सकते थे। करम सरकार की मेहरबानी से बदल गया था। एक तरकीब उन्हें कई दिनों से सूझ रही थी। मन कभी आगा-पीछा करता। पैसा तो आ ही गया है जाति बदल जाये तो समाज में जिस सम्मान के वह हकदार हैं उन्हें मिलने लगेगा। इस काम में उन्होंने अपनी पतिव्रता पत्नी को साझीदार बनाया। अपने से ज्यादा उपयुक्त उन्हें वही लगी। काम बन गया तो वाह-वाह नहीं बना तो ई मेहरारू जाति का दिमाग तो गोड़ में ही रहता है कह वह फारिग हो लेंगे। कुछ गूढ़ मन्त्र जो उन्होंने ऑफिस में गपशप के दौरान जाने थे पत्नी को समझाया-रटाया और क्रियान्वित करने के लिए कह दिया।

वह भी अपने आपको कम चतुर थोड़े ही समझती थी। पास-पड़ोस सखी-सहेलियों बच्चों में कहने लगी थी बात-बेबात। 'हम तो नैहर से सोहगउरा के तिवारी हैं। एक चतुर नारि उनके ज्ञान की थाह लेना चाही तो पूछ बैठी 'कौन बाभन हो तीन में कि तेरा में के।' जैसे जुबान से तीर छूटता हो वैसा ही जवाब हुआ 'तीन में के हैं कि' कहते हुए शान से इठला जाती। भाइयों ने अधिक जाँच-पड़ताल की नहीं सो धोखे से यहाँ शादी हो गयी इस भ्रम में कि पच्छहियाँ में शर्मा बाभन होते हैं तो यहाँ भी होते ही होंगे। यह तो बाद में पता चला

ये लोग तो कुछ और ही हैं। खैर, मरद की पहले तो कमाई देखी जाती है।

खैर-अपने इस सफाई देने के अभियान में वह दो-दो, चार-चार अंगुल बढ़ रही थी। किसी ने शर्माइन पर व्यंग्यात्मक रोक-टोक नहीं लगायी, पीठ पीछे हँस जरूर लेतीं। ऐसा उन्हें महसूस होने लगा था।

इधर किशन शर्मा भी पत्नी द्वारा चलाये अभियान (बढ़ई से बाभन) में कुछ-कुछ सफलता देख रहे थे। एक ताजा घटी घटना (कभी-कभी कोई उन्हें पण्डित शर्मा कह देता था) से उन्हें यह लगने लगा था कि यह करम ही है जो इंसान को दीन-हीन बना देता है तभी भगवान भी उसके साथ दोयम दर्जे का व्यवहार करता है। वह यह मानने लगे थे कि बाभन बनने में ही सम्मान और सलामती है। यदि करम 'केहि भाँति बदल जाए' (जो लगभग बदल ही गया था) तो जाति भी धीरे-धीरे बदलने लगती है और एक-दो पीढ़ी बाद तो कुल जनम भी बदल ही जायेगा।

एक दिन वह अपने सहायक के साथ कहीं बिजली चोरी की दबिश में जा रहे थे। यह सोच कर कि ऐसे छापों में रहेंगे तो शक्ति बढ़ेगी और मिल-बाँट कर खाने में ही भलाई है। ड्राइविंग सीट पर उनका सहायक था। कटरा से वह गुजर रहे थे। इल्लीगल कनेक्शन (कटिया) देखने की कोशिश में सर उठा कर ऊपर देखते उन्हें मकड़ी के जालों की तरह आपस में गुँथे हुए बिजली के तार दिखायी पड़ रहे थे और उसमें से झाँकता आसमान। कटिया पकड़ने की कोशिश में बल्कि मोटा मुर्गा पकड़ने की कवायद में स्कूटर धीरे-धीरे सहायक चला रहा था। अचानक एक हाई टेन्शन बिजली का तार टूट कर गिर पड़ा। किशन शर्मा हड़बड़ाहट में उससे लिपट से गये। हाँ, सहायक अलबत्ता स्कूटर छोड़ अलग जा छिटका था। रह गये किशन शर्मा तार में लिपटे हुए से। अब तक तो उन्हें राख हो जाना चाहिए था परन्तु उसमें करंट होता तब ना। लेकिन घबराहट से चेतना में

आने तक वह समझ गये यानी बाल-बाल बच गये। भगवान से जीवन की भीख भी नहीं माँगी और बच भी गये। यानी जीवन का मोती (जीवनदान) उनकी झोली में आ गिरा था। ऐसा उनका मानना था। इस सब में वह अपनी पत्नी के महत्त्व को अधिक (जो ब्राह्मण बनने की राह पर थी) अपने को उससे कम दे रहे थे। बचपन की आँखों देखी-कुछ भोगी घटनाएँ उनके जेहन में हमेशा तैरती रहती थीं। उनके पिता और उन्हें अपनी जाति-बिरादरी की दुर्दशा का मुख्य कारण आर्थिक विपन्नता ही समझ आया था। वही शायद हकीकत भी थी। सरकारी आरक्षण उसी को दूर करने की कुछ कम ईमानदारी वाली कवायद है, ऐसा उनका मानना था।

नौकरी की आमदनी से तो केवल जिया ही जा सकता है पर ऐश तो पुश्तैनी सम्पदा से या फिर ठगी, चोरी दूसरे का हक मारने से ही आता है। जो वह नौकरी में कर रहे। और ठाठ से स्वयं और परिवार को भी जिला रहे। जब-तब ऑफिस या कॉलोनी के पार्क में सवर्णों (ठाकुर-बाभन) के मध्य छोटी-मोटी बहसों में वह थोड़ा- बहुत हिस्सा भी लेते केवल अपनी बात पुख्ता करने के लिए। 'ये ठाकुर-बाभन पुश्तों से हम जैसे लोगों का हक मार कर ही तो बलवान-बलिष्ठ हुए बैठे हैं। क्यों मौर्या जी सरनेम हम लोग हटा दें तो कौन हमें ठाकुर-बाभन से कम समझेगा।' उनसे हुंकारी भरवा और अपनी भड़ास निकाल अड्डे से उठ लेते। अलग जा दो-चार सिगरेट फूँक-फाँक के तब ऑफिस या घर में आते।

कुछ दिनों से शर्माइन बड़ी खुश थी। शर्मा जी अपरोक्ष रूप से। कारण कि उनकी छोटी बेटी एक बाभन से इश्क की उस गहराई तक जा पहुँचा थी जहाँ से एकमात्र हल शादी ही था। बेटी की नाजुक स्थिति जान कहीं शरीर बेढब हो गया तो मुहल्ले में जगहँसाई हो जायेगी। बेटी को नेक सलाह दे डाली। यह मान कि उनकी (भावी दामाद) परम्परा का वाहक बेटी के तन में विराजमान है। साथ ही

खबर उठा दी कि मेरी छोटकी फलाने शुकुल के संग कोर्ट मैरिज कर ली है। काम तो गलत की है पर अपनी जात में करी है सो ठीक ही है। बेटी के ससुराल से आते ही हम जोरदार पाटी देंगे।

इस खबर से लोगों को यकीन कम आश्चर्य अधिक हो रहा था। सभी को घटना की तह तक जाने की उत्कण्ठा जोर मार रही थी। कॉलोनी के लोगों की गपशप, बैठकी का एक विषय जरूर हाथ लग गया था। एक सुबह जब घरों के मरद-बच्चे अपने-अपने ऑफिस-स्कूल की तैयारी में पत्नियों-माँओं की मदद से हड़बड़ी में थे। उसी वक्त चीखने-चिल्लाने की आवाजें शर्मा जी के गेट से आ रही थी। उसी में से मौका निकाल घरों की स्त्रियों ने बाहर निकल जो देखा-सुना वह भौचक्का करने वाला था। एक सम्भ्रान्त-सी दिखने वाली औरत असभ्य ढंग से अपनी कार के बगल में खड़ी उनकी छोटी बेटी का हाथ पकड़े हुए चीख रही थी। जो बात छन कर कानों तक पहुँची वह 'ऐसी लौंडिया तो हमार यहाँ गोबर पथनी भी नहीं है तुम लोग मेरी बहू बनाने का ख्वाब देख रहे हो। लो इसे सँभालो (कुछ हाथ झटकते-उसको ठेलते हुए से) और तुम्हारी इज्जत इसी में है कि किसी नर्सिंग होम में ले जाकर इसकी...। आगे क्या कहूँ कुछ भी दिमाग-समझदारी हो तो समझ लो। मेरे भी बेटी है : उनकी बेटी को फिर से झकझोर कर धड़ाक से कार का दरवाजा बन्द कर फुर्र हो गयी थी।

पूरा शर्मा परिवार कई दिनों तक नहीं दिखा तो नहीं ही दिखा। धीरे-धीरे कॉलोनी में स्थितियाँ तो सामान्य हो गयी थीं। पर हहाता अकेलापन-अपमान से शर्मा जी कुछ क्या काफी टूट से गये थे। वह लोगों से कटने लगे। सब्जी-सामान खरीदने शाम के अँधेरे में जाते। जबरन कोई बात छेड़ देता तो भगवान, ईमानदारी, सन्तोष-शान्ति जैसे शब्दों का इस्तेमाल करना शुरू कर देते। शहर का अपमान गाँव के अपमान पर भारी पड़ रहा था। ऐसे जैसे कुछ व्यंग्य, 'सियारे कभी

शेर की खाल पहन शेर हो सकता है', उनके कानों में नहीं पड़ते बल्कि पूरे तन का रोया-रोया सुनता, पर्राता फिर बैठ जाता। इस घटना ने शर्माइन के आत्मविश्वास को डिगा दिया था। उनका ब्राह्मण होने का अभियान धीमा क्या बन्द-सा हो चला था।

अपने दुआरे हुए अपमान से शर्मा जी को जाहिरा तौर पर कोई विकार तो नहीं हुआ था पर अपने गाँव में भयवादी में एक छोटे से स्वाभाविक सवाल-जवाब (बल्कि अवज्ञा होने पर) में उन्हें जबर्दस्त हार्ट अटैक पड़ा था। शायद मूल में बेटी के मार्फत मिली अपमान की पीड़ा थी। खैर, उनका मानना जीवन की भीख माँगी सो मिल गयी। जब सत्कर्म पर थे तो जीवनदान (मोती) मिला था अब दुष्कर्म पर हूँ तो भीख ही मिलेगी। और ना भी मिले तो, उस ऊपर वाले की मरजी। अब उन्हें किसी से कुछ खास शिकायत-गिला नहीं थी।

एम.टी.वी., आई.बी.एन., स्टार गोल्ड से खिसक अब केवल आस्था, संस्कार चैनल उनका सहारा-किनारा बन गया था। माँस-मदिरा से उन्होंने तौबा कर ली थी। सात्विक खाना, सत्कर्म, साधारण सोच उनकी दिनचर्या में शामिल हो चुके थे। बड़ी बेटी ससुराल में खुश थी। ब्याह उस समय किया था जब वह ब्राह्मणत्व के शीर्ष पर थे। छोटी के साथ हुए हादसे को वह पैसे से धोने-पोंछने की सोच रहे थे। मानना था पैसे से क्या कुछ नहीं हो जाता सफेद का काला मैला का स्वच्छ। प्राइवेट कॉलेज से बी.टेक करता बेटा, न बड़ा इंजीनियर, पर पेट पाल सकने वाला तो बन ही जायेगा। हम बुड्ढा-बुड्ढी का क्या। दो वर्ष की अतिरिक्त सरकारी सौगात उन्हें अब कष्टप्रद लग रही थी। वी.आर.एस. की वह सोच रहे थे पर सरकार ने दो वर्ष बढ़ा कर उनकी बेचैनी-परेशानी को और बढ़ा दिया था। वह सरकार से मुक्त होना चाह रहे थे, नहीं चाहते किसी भी तरह उपकृत होना। मन को समझा रहे थे। योग-प्राणायाम में दिल लगा रहे बाबा रामदेव को मन

ही मन पूज रहे थे। तीरथ- धाम करते जीवन गुजर जायेगा और अगला जनम भी सँवर जायेगा। यही मान कर जीवन गुजार रहे थे।

लेकिन उनके जीवन में चैन कहाँ था। एक खबर आयी बेटा सी.डी. काण्ड में पकड़ाया है चौकी में बन्द है। अगले दिन न्यूज पेपर में इलाहाबाद की मुख्य खबर बनी थी। तब शर्माइन ने माना कुछ गलत हुआ। मुहल्ले की लड़की है सी.डी. दुकानों पर ब्लैक में मिल जा रही थी। दो दिन में जमानत हो गयी तो ठीक नहीं तो उनका बेटा नैनी जेल में पहुँचा दिया जायेगा। फिर कुछ न हो पायेगा। इज्जत-कैरियर माटी में मिल जायेगा। शर्मा जी ने कारण सुना-जाना तो मौत माँगने लगे। ईनारा-पोखरा खोजने लगे पर शहर में यह सब कहाँ मयस्सर। अभी तक वह तो अपने बेटे को बच्चा समझते-आँकते आये थे। उन्हें क्या मालूम था बेटे में जवानी की आग धधकी या पैसे की हवस आयी। खर्चा-खुराकी-जेब खर्ची न कभी कम किया, न रोका। हमेशा माँग से बढ़ा कर अग्रिम ही दिया। फिर पैसा कमाने का यह अनैतिक-अमानुषिक-अभद्र तरीका क्यों अपनाया, ऐसा यक्ष प्रश्न उन्हें कचोटे डाल रहा था। जिसका जवाब कई कोणों से ढूँढ़ रहे थे, पर हकीकत की तह तक नहीं जा पा रहे थे। अपने को अपराधी मान अपने ही बेटे का सामना करने की उनके अन्दर हिम्मत नहीं रह गयी थी। जमानत का जुगाड़ नहीं कर पाये बेटा नैनी जेल पहुँच गया था।

सबसे ज्यादा दुःख उन्हें इस बात का था कि काण्ड में आरोपित दो और थे जो धराये तक नहीं थे। कारण दोनों भूमिहार बाभन जो थे। अब उनकी मजबूती मनुस्मृति में थी या अंग्रेजों से इसकी पड़ताल के फेर में वह नहीं जाना चाहते थे। जैसे भी हो, वह सामाजिक-आर्थिक रूप से मजबूत तो थे ही।

इन्हीं सब कुण्ठाओं-क्लेशों ने उन्हें अस्पताल के आई.सी.यू. में पहुँचा दिया था। कल्याणी देवी के ऑफिस में ट्रॉन्सफार्मर जो फटा

था। लोकल न्यूज के मुख्य हेडिंग में उनकी और उनके बेटे की खबर कुछ ही दिनों के अन्तराल में आयी थी। दोनों खबरों से हेयता-हीनता ही मिली थी। सारा उबलता तेल उन्हीं के खुले तन पर गिरा था, अधिकारी-सहकर्मचारी बच गये थे। जितना भाग ढँका था वह कम झुलसा था जो भाग सीधे चपेट में आया परतों-परत चमड़ी उधेड़ गया था। हाँ, आँख की कॉर्निया जरूर बच गयी थी।

वर्षों लगे थे आत्मविश्वास को खड़ा करने में पर इन दो-तीन दुर्घटनाओं ने उनके विश्वास को धराशायी कर दिया था। एक बात शिद्दत से उन्हें कचोटने लगी थी ऐसी सजा तो भगवान केवल उन्हें ही देता है जो मानव धर्म से पदच्युत होते हैं ईश्वर को धोखा देते हैं। अपराधबोध से आत्मग्रस्त हो रहे शर्मा जी। सबसे बड़ा अधर्म उन्हें अपना कमाया हुआ आड़ा-तिरछा तरीके से धन लगता। धार्मिक सीरियल देखते-देखते उन्हें ग्रन्थों-उपनिषदों की प्रस्तावना की जानकारी हो गयी थी।

जिस मनुस्मृति को अपनी दुर्दशा का मूल स्रोत मानते उसे गरियाते-सरापते थे अब वह उनके लिए अर्थहीन हो चुका था। उसको जब नहीं जानते-मानते थे तब भी गाँव में भोगा। जब जानने लगे थोड़ा सम्मान करने लगे तो शहर में रह कर तड़प रहे। सच जो जैसा है उसे वैसा ही रहना चाहिए। त्रिशंकु की तरह न इधर, न उधर में बल्कि अधर में रह जाता है। वह न सुतारे से जी पा रहे, न चैन पा रहे। हाँ, सम्मान पाने-लेने का जो अफीमी नशा चढ़ चुका था उससे मुक्त नहीं हो पा रहे थे। उनके पास अपनी जीवन शैली चुनने के कई विकल्प दिमाग में चल रहे थे। सबसे आसान तरीका सूझ रहा था। निरंकारी-आर्य समाजी या कि बौद्ध। खिसियाहट में क्षणिक ही सही तान्त्रिक बनने का विचार भी उनके अन्दर आता था।

जो रुकता नहीं

'रिमोट कहीं खो गया क्या?' लेकिन दो कमरों के फ्लैट में! कोई सुई तो है नहीं। ना ही बच्चे उसे खिलौना समझकर फेंक-तोड़ सकते हैं। इनवर्टर भी लग गया, फिर भी डिस्कवरी चैनल देखने को नहीं मिल रहा। मन ही मन घर की व्यवस्था को बृजेश कोस रहा था। 'भाभी कहीं ढूँढ़िए भाई सीरियल मिस हुआ जा रहा।' बच्चों-बड़ों के साथ-साथ बबिता को भी मनोरंजक लगने लगा था। वह स्वयं भी चाहती थी बच्चे कहीं जा नहीं पाते हैं तो टी.वी. से ही मनोरंजन और ज्ञान अर्जित करें।

बार-बार उसके जेहन में वह विशालकाय अजगर कौंध जाता तो उसने हफ्ते भर पहले टी.वी. में देखा था। कैसे उसने कुण्डली बनाकर चीतल को बेदम कर दिया था। जिन परिस्थितियों में वह जी रही थी अपने इर्द-गिर्द वह अजगर को रेंगते पाती। वह डरती-सिहरती कोई अजगर मुझे चीतल न समझ बैठे।

फाँस यूँ ही नहीं धँसी थी द्वन्द्व की धुरी उसका अपना देवर बृजेश जो ठहरा। एकान्त पाते ही वह पीछे मुड़ कर।

जब पहली बार उनको आब्सेसन डिसऑर्डर हुआ था। 'नहीं इलाहाबाद में नहीं रहूँगा। कह सुन कर अपना तबादला पहना रीजनल सर्विस ऑफिस में करवा लूँगा। मेरे जैसे सभ्य-सरल-सीधे व्यक्ति के लिए वर्कशाप नहीं है।' बस यही रट। मैंने कितना समझाया सब व्यर्थ। हार कर पापा की मदद ली। पापा ने हर स्तर के तर्क से समझाया। एक तो बिल्कुल सही भी लगता है। 'तुम्हें अपना दामाद बनाने की ठोस वजह यही थी, तुम बिहार से बाहर पोस्टेड हो। बिहार में उन्नति की कहाँ सम्भावना है। बिहार से बाहर ही तुम अपनी शिक्षा-ज्ञान-काबिलियत का मूल्य पा सकोगे।' स्थिति की विकटता देख पापा ने इनके छोटे भाई को दिल्ली से मेरे पास मदद के लिए राजी करवा लिया था। पापा को विश्वास था, पाहुन का भाई ही मेरे विचारों को ईमानदारी से सम्प्रेषित कर पायेगा। जिस उद्देश्य की पूर्ति के लिए वह दिल्ली में है (ट्यूशन पढ़ा कर स्थायी जॉब के लिए प्रयत्न) यहाँ भी रह कर सकता है। बल्कि सभी घरेलू सुविधाओं में उसे आसानी ही होगी।

उसकी जानकारी में ढेरों बिहारी लड़के आई.ए.एस. में इलाहाबाद से ही सेलेक्ट होते हैं। बृजेश सोचता यह अच्छा अवसर हाथ आया है। बीमार भाई को देखूँगा और बचा सारा समय कम्पटीशन की तैयारी में लगाऊँगा। अपने प्रशासनिक अधिकारी बनने की पूरी सम्भावनाओं के साथ वह दिल्ली से इलाहाबाद आ गया था।

बृजेश के लक्ष्मण बनने की ख्वाहिश में, कभी भाभी के दर्द में डूबता, कभी देवर-भाभी के रिश्ते की मिठास में नहाता-उतराता। बबिता-बृजेश के अथक प्रयास से उसके पति लम्बे आब्सेसन से बाहर आ गये थे। परन्तु एक गम्भीर तबदीली आ गयी थी। वर्कशॉप से आकर कहीं आना न जाना। बहुत ज्यादा गये तो पनवारी से

सिगरेट ले आते। ड्राइविंग तो डॉक्टर ने ही हिदायत के तौर पर मना कर रखा था। सैड-सांग सुनना या फिर घोर पारिवारिक सीरियल देखने का चस्का जरूर लग गया था। बचे-खुचे समय में किताबें चाटने वाले अब तो खोल कर भी न देखते। चेन-स्मूकर अलबत्ता बन रहे थे। फिर भी मन को राहत थी वह उस झक से बाहर आ गये थे।

घरेलू सुख माँ या पत्नी से ही मयस्सर होता है। परन्तु यहाँ तो दोनों में से कोई भी नहीं थीं। सुख था तो भाभी से आखिर उनका देवर जो ठहरा। वह भी गाढ़े वक्त में काम आया था। कुछ रिश्तों का अधिकार कुछ सामाजिक अधिकार। उसे मजबूरन बच्चों के स्कूल पी. टी. (पेरेन्ट्स-टीचर्स) मीटिंग में बृजेश के साथ जाना पड़ता। पति ग्रेड सिक्स के ऑफिसर। वर्कशॉप में प्रासंगिकता बनी रहे, इसलिए निहायत जरूरी ऑफिसर्स पार्टी में भी बृजेश के साथ जाना। जी. एम. डी. जी. एम. के आगे बहुत बार पति अपनी पटना जाने की मंशा जाहिर कर चुके थे। वह डरती एक बार यदि किसी रीजनल सर्विस ऑफिस में गये तो दोबारा वर्कशॉप में लौटना मशक्कत भरा होगा। वर्कशॉप में लीव रहे न रहे काम चल जाता है। ढेरों फ्रेंच लीव उनको मिल चुकी थीं। रीजनल ऑफिस में आल इन आल को ऐसी सुविधा कहाँ मिल सकती है।

बृजेश की अपनी एहमियत बरकरार रहे वह हरसम्भव प्रयास में रहता। बबिता को अपने हिस्से का चूरा, सत्तू, गुड़, बरी कभी भी न मिला था। अब तो बृजेश के हिस्से का भी आ जाता था। सुख-सुविधाएँ साधना में बाधक बनती हैं। आई. ए. एस. का मेन कौन कहे प्रीलिम तक न निकाल पाये। स्थिति इतनी बदतर हो गयी एल. डी. सी. यू डी. सी. का इन्टरव्यू कौन कहे लिखित में भी न आ पाये। प्रवास की निरन्तरता बनी रहे इसलिए मनोयोग से पारिवारिक जिम्मेदारियों का बोझ सम्भाल लिया था। ऑब्सेसन हुआ था दृष्टिदोष

नहीं। पत्नी पर विश्वास और भाई पर भरोसा उन्हें नकारात्मक नहीं सोचने देता था। उन्होंने बृजेश को सांकेतिक शिष्ट भाषा में अपने उद्देश्य की पूर्ति की याद दिलायी थी। परन्तु ढिठाई शिष्टता और संकेत नहीं समझती।

'भाभी, भइया को समझाओ दवा पर ही निर्भर न रहें अपनी सोच को सकारात्मक बनायें। दवा की कम व्यवहार में तबदीली की ज्यादा जरूरत है। दवा अपने आप छूट जायेंगी। यदि बीमारी रिवर्स (उल्टी) हुई तो सीधे सीजोफ्रेनिया ही होगा। इसका मरीज कभी भी इससे मुक्त नहीं होता। दवाओं से रोग की जकड़न ढीली पड़ सकती है पर मुक्त नहीं।'

मैगजीन्स में मनोचिकित्सक की सलाह के नुस्खे बबिता को अच्छी तरह याद हो आये थे। ऑब्सेसन की गम्भीर स्थिति से वह वाकिफ थी। बृजेश की सलाह पर मुहर लगाना उसकी मजबूरी थी। हालत सुधरते ही बबिता के पति की दृष्टि-दिमाग अति क्रियाशील हो जाते। वह पति की सशंकित नजर ताड़ गयी थी। न उसमें इतना साहस था कि बृजेश की स्वाभाविक सामाजिक रिश्ते की मिठास को फीका करती, न इतनी समझदारी कि पति को बेवजह की शंका से बचाये। अब तो वह अजीब-सी हरकत करने लगे थे। हर स्थिति से डर, नहाने से डर कहीं नल के पानी से डूब न जाऊँ, खाने से डर कहीं जहर न मिला हो। और तो और 'म' हिज्जे का उच्चारण ही गोल कर जाते। बस वह उन्हें 'म' से मरना याद था। यही डरते यदि मैं बोला तो कुछ अनर्थ हो जायेगा कुछ-कुछ मरने जैसा। अब तो डॉक्टर ने उन्हें सीजोफ्रेनिया से ग्रस्त बताया था।

शरीर भी विवर्ण, थका-थका-सा कमजोर हो गया था। ऑफिस से कितनी छुट्टी मिलती। दया सहानुभूति कुछ ही दिन साथ देती है फिर तो उस पर व्यावहारिकता का मुलम्मा चढ़ जाता है। गम्भीरतम स्थिति का ज्ञान होते ही बृजेश की माँ आ पहुँची थी।

मिजाजपुर्सी में माँ बन कर नहीं सास बन कर आयी थी। जब तक सास बहू की जोड़ी आबाद रही आरोप-प्रत्यारोप होते रहे। विवेचन-विश्लेषण में उन्हें अपने दोनों बेटे बबिता के इर्द-गिर्द लगे। खोने से ज्यादा न पाने का भय था। सब किस्मत का फेर है' जूझने से बचने के लिए सहूलियत भरा रास्ता अख्तियार कर लिया था।

राजनीति में कूटनीति की सीढ़ियाँ चढ़ने से ही आदमी शिखर पर पहुँचता है। लेकिन गृह-गृहस्थी में तो प्रेम विश्वास और सहिष्णुता ही उसका अंग है। परन्तु घर में कूटनीति ने सेंध लगा दिया था। बीमारी ने उनको एकांकी बना दिया था। जिससे पति और बबिता के बीच प्रेम और विश्वास अन्तर्हित हो रहा था।

मानसिक रोगी (साइक्रेटिक) की अन्तरंग साथी का इण्टरव्यू डॉक्टरी इलाज का एक पहलू है। बृजेश अपने स्तर से डॉक्टर से कुछ न कुछ बहाना बना देता था। कभी-कभी कपोल कल्पित बातें बता देता। पति की स्थिति इतनी नहीं गिरी थी वह स्थितियों-परिस्थितियों की विवेचना न कर सकें। 'बब्बू डॉक्टर ने तुम्हें भी बुलाया है कुछ पूछना चाहते हैं।' पति ने बड़े लाड़ से कहा था। काफी दिनों बाद उसे पति ने बब्बू पुकारा था। प्यार की चाशनी में पमा शब्द बब्बू उसे विकल कर गया था। देवर की उपस्थिति में वह मन मसोस कर रह गयी थी। बबिता के स्वर न फूटा था। दुविधा में थी पति का मान रखें या बृजेश की सलाह मानें। मन न माना था, बृजेश से अपने चलने की मंशा जाहिर कर दी थी।

'भाभी वहाँ औरतें नहीं जाती वही जातीं हैं जिनके साथ कोई मरद न हो। वहाँ तो एक से एक खिसके दिमाग वाले आते हैं। डॉक्टर भी कुरेद-कुरेद कर पति-पत्नी के संग की भद्‌दी जानकारी लेते हैं। कहते हैं हमारे इलाज का यह एक अहम अंग है।' बबिता को ऐसे प्रश्न तपती रेत पर चलने के समान लगते। वह खासी सोच में पड़ गयी लोग समझते होंगे सब रूम एक बेड तो दरार-दूरी कहाँ

होगी। यह तो दरअसल छोटी-मोटी सहूलियतें-सुविधाएँ हैं। जो सुख नहीं बन सकती। अकेलेपन का मारक एहसास, निरर्थक और निरुद्देश्य लगती जिन्दगी रात को सोते समय बेड के दूसरे सिरे पर पति का ढूह, देह का अलसाव, भविष्य की दुश्चिन्ताओं से जागती रातें उससे भी बढ़ कर सिन्दूर की गुलामी।

बबिता ने ढेरों रातों की रसहीन कहानी कागज पर अंकित कर बृजेश को दे दिया। 'यह लीजिए डॉक्टर इसे पढ़ कर समझ लेंगे।' लोगों की आशंकाओं से डरी- घबराई बबिता सोचती शायद इतनी ही बेपर्दगी से मेरे पति ठीक हो जायें। पर इतने से ही बृजेश को कहाँ सबर।

'भाभी डॉक्टर कहते हैं पढ़ने का वक्त मेरे पास नहीं है। आप इनकी पत्नी को लायें या स्वयं पढ़ कर सुनायें। आपका जाना ठीक नहीं, पढ़ना तो और भी पिछड़ापन लगेगा। आरे भाभी! आपका दूसरा वर (देवर) हूँ मुझसे कैसी लाज। आप मुझे डॉक्टर समझें।' बड़ी ही ढिठाई से वह बोला था।

परिस्थितियों को अपने अनुकूल करने के लिए इंसान समझौते करता है। उसने भी समझौता कर लिया अनैतिक नहीं होगा। पुण्य के लिए अधर्म पर चलना पाप तो नहीं हो जाता। दादी नानी की लोक वाणी एक झूठ से किसी की जान बच जाये या चोरी करने से किसी का पेट भरे तो यह पाप नहीं।

मन की पीड़ा होंठों पर आ ही गयी। तन की दहक मन की ललक बन्द मुट्ठी में रेत की भाँति लुप्त हो रही थी। सुनहरी-मटमैली यादों ने मुँह खोल दिया था। उन्हीं दिनों उसे आत्महत्या का ख्याल भी रिझाने लगा था। पति-पत्नी के सम्बन्धों की साप्ताहिकी बृजेश को देना उसकी मजबूरी बन गयी थी। वह भी इतना निर्लज्ज की आई.बी. के अधिकारियों की भाँति इन्टेरोगेशन करता। बताने-पूछने की प्रक्रिया के दौरान ही वह उसकी शैया-संगिनी बन बैठी थी।

खायी-खेली को तृप्ति अम्बेले को स्वाद आपस में रंग जमाने लगे थे। बेजा सम्बन्धों में बेतकल्लुफी रहे, हफ्ते भर की दवा तीन दिन मे ही खतम हो जाती। डॉक्टर के पर्चे (प्रेस्क्रिसन) पर जाता बाकी दिनों की दवा ले आता। नींद इतनी गहरी, कि रात में लघुशंका की भी आवश्यकता पति को न पड़ती। बबिता को इस बात का इल्म भी न था बच्चों को भी रात के दूध में हल्का डोज दिया जा रहा है। ताकि संगी बनाने में सिसकारियों की आवाज से खलल की कोई गुंजाइश न रहे। समर्पण और स्त्री देह के स्वाद ने उसे अपने उद्देश्य से निरुद्देश्य कर दिया था।

सहेलियाँ पति की दशा पर चिन्ता जतलातीं। उनकी सशंकित दृष्टि और वक्रोक्ति से भय और भविष्यहीनता का बोध उसे और सालने लगता। तब बृजेश उसे जोंक सरीखा लगने लगता। एक चुटकी नमक डाल वह उससे मुक्त होने की कल्पना करने लगती। नैतिक-अनैतिक के प्रतिमान में वह झूलने लगती। उसकी व्यथा-आशंका चतुर बृजेश से छुपी न रह सकी थी। कहता, 'भाभी, व्यक्ति स्वयं सुविधानुसार अपने दायरे-नियम तय करता है। ताने-लांछन तो खाली दिमाग के शगल हैं। कमजोर उनका खिलौना बन बैठते हैं। कम आन एण्ड बी हैप्पी लेफ्ट बोगस कमेंट्स' कहते हुए अपने घेरे में जकड़ लिया था। जकड़ने के बाद का अगला कदम वह न जाने कितनी बार तय कर चुकी थी।

दुष्ट वर्करों की फब्तियों से परेशान पति घर आते ही बालहठ की तरह, 'मैं कल से वर्कशाप नहीं जाऊँगा।' वह उन्हें समझाती, 'आपको वर्कशाप में वर्कस से सभ्यता-संयम की उम्मीद नहीं करनी चाहिए। उनकी भाषा-बोली, ऑफिसर्स जैसी शिष्ट नहीं हो सकती। आप अपनी प्रतिष्ठा-पद का उपयोग कीजिए।' वह हिसाब लगने लगी। कैजुअल, प्रिवलेज लीब्ज सब खतम हो चुकी। थोड़ी-सी मेडिकल बची है। अभी नई छुट्टियाँ शुरू होने में पाँच महीना बाकी

है। नहीं गये तो फिर वह कटौती की तनख्वाह ही हाथ आयेगी। इनका देखा-देखी बृजेश ने भी सिगरेट का नया खर्चीला शौक पाल लिया था। उसे खीझ होती बच्चों की पढ़ाई-पहनावा देखूँ, पति का इलाज खानगी देखूँ कि अब शौक पूरे करूँ। अपनी तो बस जरूरत ही पूरी कर लूँ तो बहुत। घबराहट में वह पति को दुलारने समझाने बैठ जाती। ऐसी स्थितियों से बृजेश चौकन्ना हो उठता, कहीं मेरी सार्थकता अनिवार्यता कम न हो जाये। तुरन्त हल्का डोज दे देता। वह फिर निठेल उनमें अपने मन की इच्छा-आशंका को कहने की भी हिम्मत न होती। कभी टी.वी. देखते नहीं तो सिगरेट के छल्ले खिड़की से उड़ाते लोगों की आवाजाही देखते। रात के हैवी डोज से सुबह तक वह काफी हल्के से वर्कशाप के लिए तैयार हो उठते।

बृजेश की अपनी अनिवार्यता का अभियान यहीं तक नहीं था। बच्चों को भी पापा से छिटका अपने घेरे में ले आया था। बबिता के पिता-माँ अपराधबोध से ग्रसित होते तो चले आते पटना से। अनचाहे सम्बन्धों की बेल कहीं पनपे न माँ बबिता को ढेरों तरकीबें सबलीकरण के देती, आत्मविश्वास जगाती, आगाह करती, 'आगे चलकर तेरे बच्चे भी, तुझसे फिसल जायेंगे। वह तेरे लिए सबसे ज्यादा पीड़ादायक होगा।' बृजेश उनकी तनी हुई भृकुटि का एक-एक संकेत, आवाज का एक-एक कम्पन और उससे उठने वाली भावतरंगों को पहचान जाता। उनके पटना वापस जाते ही, 'भाभी आप नहीं जानतीं दुनिया में कितने तरीके के मुखौटे हैं, हर मुखौटे के भीतर एक खूँखार जानवर छिपा है। मैं तो पहले भइया मोहन के यहाँ आया था। अब तो आपकी पीड़ा-परेशानी मुझे यहाँ बाँधे हुए है। आप गलत न समझें बाकी मुझे परवाह नहीं। मेरी एकनिष्ठा, श्रद्धा में तनिक भी आशंका हो तो बतायें।

पितृसत्तात्मक समाज में घरेलू स्त्री-पुरुष की बात को सच मान उसी लीक पर चलने लगती है। जिस पर उनकी मंशा रहती है।

लेकिन वह तब आहत हो उठती जब बच्चे अपने पापा को झिड़क देते या उपेक्षित भाव से बात करते। वह अपने को धिक्कारती, आखिर यह मेरे पति हैं मैंने अग्नि के साथ फेरे लिये हैं। दुःख-सुख में साथ चलने की कसमें खायी हैं। आज भी उन्हीं की दी रोटी पर निर्भर हूँ। उनका जाया उनकी तौहीनी करे वह भी मेरे सामने। बच्चे चाचा के आगे मुझसे भी उदासीन हो गये तो? जब ऐसी आशंकाएँ उसे घेरती तो वह अपने आपको असुरक्षित पातीं।

चोटिल अवस्था में वह पति की खानगी-तवज्जो में विशेष ध्यान देने लगती। कहीं शरीर दुर्बल न हो जाये। असर रहने का संग-सुख न सही स्पर्श सुख से ही आनन्दित रहती। टी.वी. में ढेरों विवाहोत्तर सम्बन्धों की महत्ता पर बने सीरियल, कब उससे वह सब करवा डालते जिसकी इच्छुक वह कभी नहीं थी।

सुबह-सवेरे में वह मनोवैज्ञानिक की सलाह का कार्यक्रम जरूर देखती। शायद पति की समस्या का समाधान-निदान उसी से निकल आये। बच्चों को स्कूल बस पर बैठाने गये बृजेश जैसे ही लौटे बबिता ने अपनी बात रख दी थी। 'देवर जी.टी.वी. में डॉक्टर बता रहा था स्क्रीजोफेनिया कभी ठीक नहीं होता। दवा बराबर चलती रहती है परन्तु बिहेवियर थेरेपी से मरीज पचहत्तर प्रतिशत तक सही हो जाता है बिहेवियर थेरेपी ज्यादा कारगर है बनस्पत दवाओं के। पापा भी इसी की सलाह देकर गये थे। यहाँ पर डॉ. भारद्वाज इसके स्पेशलिस्ट हैं।' उसने आश्वासन में सिर हिला दिया था। ऐसे मशविरों को वह अपने तईं नकारात्मक पाता।

बिहेवियर थेरेपी की महत्ता का संज्ञान उसे बहुत पहले से था। इसमें डॉक्टर के मशविरे के मुताबिक घर के सभी लोगों को अनुशासन और दायरे के तहत जीना पड़ेगा। ऐसे में तो सुविधा-सुरक्षा का स्रोत चूने लगेगा। वह सोचता इस राह पर वो बहुत दूर चला आया हूँ। पीछे लौटना मुमकिन नहीं। अब तो अपने पैर

में कुल्हाड़ी मारने जैसा है। यह कोई बुद्धिमानी की बात थोड़े ही है। घर वालों का ऐलान नौकरी नहीं तो शादी नहीं। एक गृहस्थ जीवन के सारे सुख मेरे इर्द-गिर्द छितरे पड़े हैं बस उन्हें समेटने-सहेजने की जरूरत है। अनफिटनेस के कारण यदि भइया की नौकरी गयी भी तो भाभी मेरे लिए ही सिफारिश करेंगी। काबिल सुरक्षा-संरक्षक मेरे अलावा कोई दूसरा नहीं।

किसी भी परिस्थिति के नकारात्मक पहलू को देखने पर सकारात्मक पहलू अपने आप सुदृढ़ होने लगते हैं। सत्ता पर कैसे काबिज रहना है उसकी रग-रग में समाया हुआ था। आखिर पॉलिटिकल साइंस का ऑनर्स छात्र रहा है। उसने बविता को बिहेवियर थेरेपी के आसन्न खतरों से अवगत करा दिया था।

'भाभी जिस रास्ते पर आप मेरे साथ चल पड़ी हैं क्या यहाँ से पीछे लौटना सम्भव है? स्त्रैण भावनाओं को मार कर क्या आप सहज रह पायेंगी? असहजता ज्यादा दिन साथ रहे तो डिप्रेशन होने लगता है। जिसके लिए आप डरती हैं अभी तक ऐसा कोई डिर्जेन्ट नहीं आया जो काले छींटों के दाग छुड़ा दे। जैसा चल रहा है उसे वैसा ही चलने दें। हम दोनों की भलाई इसी में है।' काफी देर तक दोनों के मध्य सन्नाटा छाया रहा।

एक पुरुष के प्रति निष्ठा और समर्पण का संस्कार उसे घुट्टी के रूप में मिला था। उसे लगता यह तो सरासर मुसीबतें-मजबूरी हम औरतों के जिम्मे आयी हैं। मैं इसे सतलड़ा बना कर फेंकूँगी। मन ही मन हिम्मत को ललकारती पुरुष वर्चस्व को ऐसी सजा। मैं भुगतने के लिए नहीं, बनी हूँ। माँ का यह मसला उसे याद था, 'तेल देखो तेल की धार देखो।'

दिन-प्रतिदिन अनाम रिश्तों का बोझ उसके जिस्म दिल-दिमाग पर बढ़ता ही जा रहा था। कई बार उसने इस रिश्ते को झटक कर तिनका-तिनका कर देना चाहा था। ताकि दोबारा कुटिया न बन

सके। बीमार शरीर हो या अस्वस्थ सम्बन्ध कितने दिन साथ निभायेंगे। एक न एक दिन उसे अपनी मौत को मरना ही होगा। पीड़ा देते सम्बन्धों की मर्सी किलिंग क्यों नहीं होती है। होगी, अवश्य ही होगी।

नहीं, अभी मेरी नाव बीच मँझधार में है। जैसे भी हो ढहते-टूटते को सँभालना है। हम पत्नी की नैतिक व धार्मिक जिम्मेदारी है। ताकि वह पूर्व-सा तन कर चुस्त-दुरुस्त हो जाये। बच्चे पथरीली-कटीली रास्ते पर चलें वह दिल से लहूलुहान नहीं होती। उसने भी चलने का मन बना लिया था।

'भाभी, मुझे आप पसन्द हो। पाप-पुण्य नैतिक-अनैतिक कुछ नहीं सब मन की कमजोरियाँ हैं। हमें अपनी दबी ख्वाहिशों को पूरा करने में कोई अपराधबोध नहीं होना चाहिए। आप दावे से कह सकती हैं, जो कुछ होता रहा आपको अच्छा नहीं लगा? यदि अच्छा लगा तो यह बन्धन यह सीमा क्यों? अपने आपको दोषी मत समझो न मुझे अपराधी। जो हुआ या जो हो रहा है उसे स्वीकारो भविष्य को मत दुतकारो।'

स्पर्श से मादकता फिर हावी होने लगी। 'क्या करते हो छोड़ो... छोड़ो।' शरीर की गरमाहट, थर्राहट में आवेश-आवेग ढीले पड़ते गये। सारी नीति-मर्यादा, पत्नी दर्शन, तिरोहित हो गया। एक तृप्ति की प्राप्ति में जीवन की रणक्षेत्र में हारने या जीतने का बोध कहाँ?

सरकती रेत

अमूमन अखबारों का एक पन्ना विश्व की अजीबोगरीब खबरों से भरा होता है। इंसान पर भारी पड़ती विज्ञान की चार-छह खबरें तो जरूर होती हैं। मानव-मन की गुत्थियों को थोड़े से लोगों पर सर्वेक्षण के आधार पर विज्ञानी अपनी खोज का डंका पीटते कि मस्तिष्क में क्या चल रहा है, मन की दशा का गणितीय हल। वे दावा करते हैं आपको किससे मुहब्बत है या नफरत। वह यह भी बता देंगे कि मुहब्बत जिस्मानी है या रूहानी।

एक थे झन्नू पुरोहित। कोई उन्हें झन्नू पुरोहित कहता। थोड़ा आदर-भाव रखते तो पुरोहितजी से काम चला लेते। पूरा नाम झन्कार नारायण स्कूल ऑफिस के रजिस्टर में ही रहता। वह नियमित अखबार के पढ़ाकू-चटोरे। वह ऐसी खबरों की ऐसी-तैसी कर डालते। जोड़-घटाव, गुणा-भाग से मन की दशा बतायेंगे? मन ही मन विहँसते और बुदबुदाते 'हमारे ठेंगा से।'

उनकी खासियत, वह अपने धन्धे में पारंगत। उनका बचपना अभाव में बीता। पढ़ाई में भी बड़ी रुकावटें आयीं। बाधा बनती फीस। उधार चुकाने की भी गुंजाइश नहीं। सीधे-सीधे माँगना उनकी हेटी और निर्धन को आसानी से देता भी कौन है। पढ़ने की ललक से उनके दिमाग में एक जुगाड़ आया। कुल-नाम को ही आधार बनाया। गाँव-पवस्त में महीने भर में तीन-चार भोज का जुगाड़ करने लगे। भोजनोपरान्त जो दक्षिणा मिलती वही उनकी फीस हो जाती।

जरूरत-लत में बड़ा फर्क़ होता है। पहली सीमा में रहती दूसरी असीमित। पढ़ाई के दौरान ही उन्हें मुँह चला कर धन कमाने की आदत पड़ गयी थी। पर घर वालों की इच्छा पढ़ाई बाद आरी-बगल या अपने गाँव में ही अध्यापकी करें। अपनी जाति में पुरोहिताई का कोई सम्मान नहीं। पर झन्नू को यह सब मन से मंजूर नहीं।

गृहस्थी के झमेले झन्नू पण्डित की खोपड़ी पर डाले जा चुके थे। सो अध्यापकी ही चुन डाली। घर की बदहाली नियमित कमाई से ही घट सकती है। बचे समय में मुँह चलाने से कोई परहेज नहीं था। प्राइमरी की अध्यापकी करते-करते दो बेटों के बाप भी बन चुके। पर गाँव-कस्बे की अभाव वाली गुरुवाई (उनकी नजर में बिचौलियागिरी) उन्हें कहाँ पसन्द। अंशकालिक व्यवसाय को पूर्णकालिक में बदलने की चाह उनके अन्दर जोर मारने लगी। जितना परिश्रम उतना पारिश्रमिक। केवल बच्चों के बीच श्रेष्ठता की कोई खास अहमियत नहीं। गँवई-शहरी, ज्ञानी-धनी के मध्य वह श्रेष्ठ माने जाने लगें इसका चस्का उन्हें अपने अंशकालिक कारोबार से लग चुका था।

'घर का जोगी जोगड़ा, आन गाँव का सिद्ध' की उक्ति मान एक दिन गोरखपुर से इलाहाबाद आ पहुँचे। यहाँ आने की वजह तीर्थराज प्रयाग। धन्धे की ढेरों सम्भावनाएँ दिखायी दीं—दिखीं भी। बहुत प्रयास किया, साथ ले भी जाते पर कोई भी बेटा उनके साथ न लगा। उनका मानना पूरी दाढ़ी भी न आ पायें, लड़का हिल्ले से लग गया

तो ठीक नहीं तो निठल्ला हो जाता है। बड़े को बेली रोड पर टी. बी. सप्रू अस्पताल के पास खुदरा-थोक दवाओं की दुकान करवा दी। लाइसेंस किसी के नाम का दुकान उनके बड़े बेटे की। यह तरकीब भी किसी यजमान डॉक्टर ने ही सुझायी थी, जब वह बारहवीं पास बेटे के लिए नौकरी की जुगाड़ में लगे थे। छोटा बेटा अलमस्त अपने में ही। अपने से बहुत सटाया पर जा छिटकता। शहर की आबोहवा उस पर तारी थी। जाऊँगा तो सिविल सर्विसेज में ही।

झन्नू पुरोहित ने पुरोहिताई से जैसे-तैसे पाई-पाई जोड़ कर मम्फोर्डगंज मुहल्ले में दो कमरों का सेट बनवा लिया था। बाकी जगह खाली छोड़ दी। उनकी वक्तृता कला यजमानी में काम आ रही थी। नगदी उन्होंने वहीं खर्च की जहाँ से यजमान और दुकानदार का सीधा सम्पर्क न हो पाता। उनके चश्मे की कमानी अलग हो चुकी। धागा बाँधकर काम चला रहे घर-बाहर कहीं भी। बच्चों-घर वाली ने भद्दगी का हवाला भी दिया, पर, 'अरे किसी कृपा निधान (यजमान) की कृपा होगी तो यह भी आ जायेगा।'

घर वाली (पण्डिताइन) सुन्दर, लम्बी-तगड़ी कुछ-कुछ भीमकाय। मुहल्ले में कभी-कभार आती जाती। कभी प्रयोजन से या यूँ ही। सबको देख कर उसका भी मन ललकता अच्छा पहनूँ-सँवरुँ-सजूँ। पर वही दान की मिली साड़ियाँ, चूड़ी, बिन्दी। वह उसे वही मुहैया कराते रहे। कभी-कभार झगड़ती, कभी अधिक, कभी कम। वह बिदकने न पाये, धीरे-धीरे बड़े-बड़े आयोजनों-यजमानों में अपने सहायक को हटा कर पण्डिताइन को ले जाने लगे थे। सहायिका के रूप में उन्हें ट्रेंड कर दिया था। अब पण्डित-पण्डिताइन मिल कर घसीट रहे। मौका देख कर एक दूसरे की पैरवी भी कर देते। यह तरीका उन्हें भा गया था।

'दान की बछिया के दाँत नहीं गिने जाते' कुछ ऐसे ही नुक्तों से बड़े जने को समझाया जाता, पर छोटा अपनी पसन्द के लिए अड़

जाता। तो पण्डिताइन बीच-बचाव करके पण्डितजी से मनवा ही लेती पेट पोंछना, दुलारा, लाडला का वास्ता देकर।

शहरी, शौकीन झन्नूजी। शौक ने लोभ का वरण आसानी से कर लिया। पण्डितजी ने मोबाइल, मोपेड, महीन मलमल, सिल्क सभी कुछ परोहिताई, अनुष्ठानों की अगुवाई से बटोरा था। वंचित थे बड़े जने। यजमानी की अफीम की घुट्टी वह घर में सभी को पिलाते रहे नियमित। मोपेड अकेले की सवारी। दोहरी सवारी मर्दाना चल जायेगी, जनाना तो बेइज्जती ही करवायेगी। झन्नू पण्डित को अब मोपेड सुहाता नहीं। उनको हर समय भडभड-फटफट की आवाजें सुनायी देती। कहाँ से कैसे मिले फटफटिया। स्टैण्डर्ड बनाने की सोच रहे थे। उनकी अपनी कीमत कैसे बढ़े।

बड़े जने की शादी हो गयी। विज्ञान में परा स्नातक बहू। लोगों में अपनी श्रेष्ठता का भौकाल मारते फिरते। आस्था-विज्ञान का छत्तीस का आँकड़ा। नहीं पटी सो नहीं पटी। जो-जो चाहते, सो सब कुछ मिल गया। समधी उन्हें ग्यानी-ध्यानी-धार्मिक जान उनकी बातों के लपेटे में ऐसा आया, अपनी पढ़ी-लिखी बेटी के साथ उनका घर भी भर दिया। झन्नू पण्डित कहते 'दोनों की गणना ठीक से नहीं हुई।' छह महीना बीतते-न-बीतते जहाँ से आयी वहीं चली गयी। पोथी-पत्रा पर ढेरों छींटे पड़े। कोई गम-शर्म नहीं। कहते 'ईश्वर का दूत हूँ, ईश्वर नहीं।' पल्सर (मोटरसाइकिल) की दरकार थी सो रह गयी उनके पास ही।

परन्तु जब से वह तिकड़मी आधुनिक पुरोहित हुए उनकी शब्द संपदा में एक शब्द बढ़ गया था 'क्लाइंट' यजमान का पर्यायवाची। भाषा के अनुरूप पण्डितजी के आचरण में भी दिखने लगा। धीरे-धीरे वह चेहरे को पढ़ने में महारत हासिल करने लगे। मनोदशा, घर की दशा, काया-माया की दशा देख वह तुक्का भिड़ाना शुरू कर देते। जब तक सामने वाला (सम्भावित क्लाइंट) विचलित न हो जाता।

जहाँ से टूटा, वही छोर पकड़ उसे अपना (क्लाइंट) यजमान बना डालते। तीज-त्यौहारों पर नियमित हाजिरी, यजमान मुरीद (क्लाइंट पक्का)।

उनका मानना जन्म से कर्म का तालमेल होता है। वह अपने आपको जन्म से स्तरीय भिखारी कहते। परन्तु वह या उनके जैसा करे तो सत्कर्म नहीं तो भिक्षाकर्म दुष्कर्म। वह सबकी जोड़ी बनाते-मिलाते। सात जन्मों के अटूट बन्धन का आशीष देते। भविष्य बाँचते, सुधारते, भूत बताते पर गणित बड़े जने पर गड़बड़ा गया। गोटी-गणना बैठाल कर रहे। एक शादी आयी। जिसमें पिता अगुआकार नाना पैरोकार। यह भी पढ़ी-लिखी पर धीरज के साथ-साथ समझदारी थी।

उसे पहला झटका तब लगा जब उसने जाना उसका पति (बड़े जन) अपने धन्धे का असली वारिस नहीं। उसकी जुबान मौकापरस्त। कभी भोथरी, कभी पैनी। किचेन से लेकर कमरे तक में पण्डित झन्नू की दखलन्दाजी। झन्नू पण्डित की घर वाली पीछे वह आगे। बाहर की लड़की कहीं हाथ खुला न होने पाये। वह हर समय कहते, 'बहू हाथ दबा के चलो तभी जायदाद खड़ी होती है।' इस डायलॉग की पुनरावृत्ति तब से अधिक हो गयी जब से घर में नया मेहमान आया गया था। वह इस बात से सन्तुष्ट थे मेहमान आया, आयी नहीं। घर में तीन जोड़ा प्राणी। पण्डित झन्नू पूरे घर की सास। जितना समय घर में रहते कतर-ब्योंत में सारा दिन गुजार देते। उनके यजमानों की लिस्ट में हर कैटेगरी के व्यवसायी। टपकती-टूटी टोंटी, बिगड़ी बिजली व्यवस्था, गंगा फोन घर की और निजी ढेरों आवश्यकताएँ-अव्यवस्थाएँ प्रभु की कृपा से पूरी ठीक होतीं।

उनका पूरा-पूरा प्रयास उजियारा मन ही दिखे। यह दोहरापन बहू प्रिया के आने से बढ़ रहा। हर वक्त लुका-छिपी होती। उनकी बोलिका कला काफी सधी हुई और सतर्क। हर व्यक्ति उनके आगे

बौना होता। पैंतरों में माहिर पण्डित झन्नूजी। अपनी बात ऊपर रखने के लिए धार्मिक-सामाजिक दबाव डालने से भी नहीं चूकते वह भी घर में। जिस स्तर से रहन-सहन बढ़ रहा उसी अनुपात में वैचारिकता-सद्वृत्ति झर रही। जो उनकी बात न माने अधमी। उनकी सच्ची अनुचरी पण्डिताइन। अहिबात की सलामती के लिए खुद तो कुछ भी कर सकती बहू को भी कोंचती रहती। उनके अन्दर भी आने-जाने से स्त्री-वर्गीय श्रेष्ठता का बोध आने लगा।

हर धन्धे में सीजन-ऑफसीजन। गैर लगनी दिनों में पण्डितजी की घर में टाँग अड़ौनी बढ़ जाती। वह हर किल्लत धरम से जोड़ हल का वादा कर देते। घर के मामलात में कभी मोर्चे पर अमूमन छापामारी में। वह अपने आपको भगवान का सच्चा-ईमानदार दूत मानते। घर में इतना भय पैदा कर चुके थे कि उनकी बात टालने की बड़े जने में कहाँ हौंस। जब से बड़े जने धन्धे के चलते डॉक्टरों के बीच उठने-बैठने लगे तभी से कलेजे में सुलगन पैदा होने लगी। पिता को देखते ही तर्क-आस्था में बदल जाते। हर रिश्ते पर भारी पण्डितजी की पण्डिताई। बहू और बड़े जने के विचार बन्द कमरे में चोंच लड़ाने लगे। ऐसी ही किसी बतकही के दौरान प्रिया ने बड़े जने को नौकरी के लिए राजी कर लिया था। बिना नौकरी के तो दासता से भी बदतर जीवन की झलक वह देख रही थी। खुद तो खुद उसके बेटे की आँखें टुअर (अनाथ) की भाँति खुली रहेंगी। दादा-पोते में राग के तार जुड़े ही नहीं। उन्हें खायी मीठ की माई मीठ वाली कहावत में यकीन कहाँ। बिना आधार की दादी की क्या औकात।

प्रिया उनके पचड़ों-प्रपंचों से फरके रहना चाहती। पर एक छत के नीचे कहाँ तक सफल हो पाती। बड़े जने बारह बाई बारह के कमरे में केवल अपनी बीवी के होते। उसके बाहर अम्मा बाबू के कपड़े पहन पुरुष और पराए। उस घर के पुरुष कृशकाय महिलाएँ भीमकाय। पुरुष बलहीन हो या बलशाली स्त्रियाँ दबोच सकतीं तो

दिमाग से। प्रिया ने वही किया। बड़े जने को विश्वास में पहले ही ले चुकीं कम्प्यूटर टीचर होने की प्रक्रिया अन्तिम चरण में थी। एक घटना से घर के सभी एक तरफ अलग-थलग पण्डितजी।

'दूध बहुत महँगा हो गया है बजट चरमरा रहा है, पाव-खांड में ही काम चलाओ।' पण्डिताइन दो बेटों की माँ, अन्दर की स्त्री मरी नहीं थी सुनते ही फुफकारी, 'आग लगे तुम्हारी कमाई माँ अब दूध पर आँख गड़ाये दिहा।' बड़े जने बिफर गये, बहू आहत। सुना तो छोटे जने आगबबूला। हर दिन टूटती प्रिया। मजबूती भी दिखायी उसी ने, 'बाबूजी दूध का मैं पेमेंट कर दूँगी।' यह पण्डितजी की सत्ता को पहली चुनौती थी। हथियार डाले, मन नहीं गिराया। अब वह मोर्चे पर नहीं छापा मारी में रहने लगे। प्रिया ने सीधे-सीधे पण्डितजी के दुस्साहस को ललकारा था। सबसे पहले पण्डिताइन को बहलाया, समझाया, धमकाया (सिन्दूर का हथियार दिखा कर)। बड़े जने के साथ थोड़ी मुश्किल आयी, उन्हें भी धर्म का भय दिखा कर राह पर ले आये। छोटे जने घर के लफड़ों से विलग ही रहते। पढ़वैय्या-दुनियावी का कोई मेल नहीं। पण्डितजी की कई दिनों की रूपरेखा कारगर हुई। पण्डिताइन मोर्चे पर। सब दिन फलाने की बहू, फलाने की माई, उस दिन पहली बार बेटा कहा, 'बेटा, बड़े जने और तुम्हारे बाबूजी की फुटकरिया कमाई तिराती नहीं। तुम ही खाली पड़ी पिछवाड़े की जमीन पर एक सेट बनवा दो। हर महीने तीन-साढ़े तीन हजार की मियादी कमाई कहीं गयी नहीं।' लगे हाथ तरीका भी बता दिया। बैंक का आवासीय लोन। महीने-महीने कटाती जाओगी तो पता भी नहीं चलेगा और अपनी जायदाद हो जायेगी। उसकी कमाई पर सीधे नहीं घुमा कर कुण्डली मारने की कवायद। सबकी मिलीभगत। बड़े जने भी सभी के सुर में सुर मिला रहे। लिजलिजे-पोले बड़े जने कमरे में सियार बाहर शेर। प्रिया अन्तर्नाद से आकुल। कोई रास्ता सूझ नहीं रहा। डेढ़ साल का बचवा-बहू छै घण्टे स्कूल में बिता आते।

भारी मन से व ठेल-ठाल कर घर आती। तना-तनी चलती रही। हर दिन की रिपोर्ट पण्डितजी ले रहे थे। उसको अपनी राह पर लाने के लिए नया-नया गुर पण्डिताइन और बड़े जने को देने लगे। पर एक भी सटीक नहीं बैठ रहा था।

बड़े जने-बहू जब कमरे में साथ-साथ होते, पण्डित-पण्डिताइन मनौती शुरू कर देते। पन्ना खोल लगन भी खोजने लगते। नींव खुदने की सबसे बढ़िया लगन ढूँढ़ पेन से निशान लगा देते। वह खिसक उठती तो अगली पर निशान लग उठता। प्रबल उम्मीदी पण्डितजी की आस नहीं छूट रही। पण्डिताइन बड़े जने सभी ढीले पड़ गये। उन्हें ढीला पड़ता देख पण्डितजी चुस्त हो उठते। जब खुराक मिलती चैतन्य हो उठते। पटिया रहे वह नहीं पट रही। वह कमा रही, खर्च रही अपने ढंग से। पण्डितजी को उसके विवेक की स्वायत्तता अखर रही थी। डेढ़ साल का उसका लख्ते जिगर और चार साल वह दोनों खूब तरसे थे। प्रिया ने उनकी कंजूसी और काइयाँपन की पराकाष्ठा को खूब देखा-सहा था। मनपसन्द स्त्रियोचित चीजें, मिठाई, आइसक्रीम को वह और उसका बेटा दोनों खूब तरसे थे। कुछ भी अपने मन का न खरीद पाती न खा पाती। जो दान में मिले वही खाओ-पहनो। अपनी कमाई से टेप रिकार्डर खरीदा, तनाव के क्षणों का साथी। घर में तनाव बढ़ गया पण्डितजी ने खूब बवाल काटा, फिजूलखर्ची का ताना मारा।

सीधे-सीधे कुछ कहने से सभी डरते। पहली के जाने का दंश अभी भी झेल रहे। घर-कोर्ट कचहरी एक करवा दिया था उसने। घिघियाए थे नहीं तो जेल की भी हवा खा आते। सफाई देते फिरते झूठी कुण्डली से गणना-गणित फेल हो गया। कुछ दिनों तक उसकी वजह से उनका धन्धा मन्दा चला था। वह इतने कलाबाज, अपने और अपनी पण्डिताइन से जुड़ी हुई जरूरतें, उसे वह किसी न किसी अनुष्ठान के बहाने घसीट ही लाते। रह जाती घर की एक स्त्री।

असहाय, तरसती कटकटाहुल का भय, आन-मान को गिरता देख चुप लगा जाती।

पण्डितजी की, बहू प्रिया पर नहीं चल पा रही थी। बड़े जने पर बीवी का मोह बढ़ रहा था, सो उनकी नसीहत कभी शब्द-अशब्द नकार दी जाती। अब पण्डितजी के बेटा-बहू विज्ञान के सहारे जीवन की डगर पर बढ़ रहे थे। सरल पण्डिताइन क्षणिक पण्डितजी से विलग होती, पर सिन्दूर उनके नाम का तो मन अपने मन का कैसे होता। पण्डितजी की पण्डिताई घर से ही बेघर होती रही। घर में श्रेष्ठता का ग्राफ गिरता रहा। तभी दिमाग ने फिर एक गोटी खेली, बहू बाहर आती-जाती है। घण्टो बाहर रहती है। नकेल कसे रहना नहीं तो नाक कटते देर न लगेगी। पण्डिताइन पण्डितजी की बात को कैसे न कान देती। आये-दिन सास-बहू में झड़प-झों हो जाती। आड़े से पण्डित-पण्डिताइन को कसते, अगवाड़े से बहू की तरफ हो लेते। जैसे-तैसे दिन गुजर रहे थे। सारी तरकीब फेल हो रही थी। बहू का एक भी रुपया उनकी हथेली को नहीं गरमा पाया। वह पूरे-पूरे कड़क नहीं हो पाते। पहली का नासूर अभी तक रिस रहा था। जाति-बिरादरी उन्हें बिरा रही थी। अपने बिटिया नहीं, दूसरे की बेटी की कद्र क्या जानें। सँभाल नहीं पाते बहू, तो बेटों को रंडुवा रखना चाहिए।

नाराजगी-निराशा के क्षणों में पण्डिताइन पण्डितजी को ताना मारने से नहीं चूकती। उनकी बीमारी (ब्लड प्रेशर-ब्लड शुगर) का जतन-जोग उनके पास नहीं। जब से पहली बहू गयी तभी से उन्हें यह बीमारी आ लगी। पण्डिताइन ठहरी सास उन्हें ही जिल्लती का सबसे ज्यादा सामना करना पड़ा था।

पहली गयी मय-सामान-सोने के। दूसरी कमा रही है पर अधेला भी हथेली पर नहीं रखती। कहीं नक्षत्र-नवग्रह गड़बड़ाया है। कोई जोग-टोटका काम नहीं आ रहा। उनकी एक भी गोटी घर में स्थिरता

नहीं पा रही। वैसे अपने मन को कई तरह से धीरज रखवाते। डॉक्टर अपना अपनों का इलाज नहीं कर पाता। बड़े जने अभी भी पाई-पाई का हिसाब दे रहे थे।

उनके धन्धे में कुछ-कुछ गिरावट आ रही थी। प्रतिस्पर्धा में ढेरों नौजवान, ऊर्जावान विश्वविद्यालयी तकनीकी पुरोहित उन्हें मात देने के लिए जगह-जगह तैयार मिल रहे थे। ऐसे में भगवान-भक्त की बिचौलियागिरी छोड़ जमीनदार और खरीदार की मध्यस्थता करने लगे थे। शुरू-शुरू में आमदनी दिखायी दी थी। लेकिन फिर वही डिग्रीधारी लाइसेन्सी नौजवानों से मात खा गये। कम्प्यूटर सीखने की बड़ी कोशिश की पर इस उम्र में नहीं सीख पाये तो नहीं ही सीख पाये। धन्धे के लटके-झटके, चलन (डेकोरम) कहाँ अपना पा रहे थे। विजिटिंग कार्ड, लेटर पैड, छपी-छपायी हर अनुष्ठान की अलग-अलग लिस्ट तो उनके झोले से ब्रीफकेस में तबदील हो गयी पर ऊर्जावान फर्राटा नौजवानों से पिछड़ते चले गये।

दिमागी, तिकड़गी झन्नू पुरोहित। समय की नब्ज को टटोला, पहचाना और पकड़ लिया। अपने आपको पत्ता-पीला पड़ता मान मन को समझाते रहे। घर में एक खबर जो शयनकक्ष से निकल पूरे घर में फैल गयी। घर में दूसरी बार किलकारियाँ गूँजेंगी। इस खबर से सबसे अधिक पण्डिताइन खुश हुई थीं। नौकरी वाली पढ़ी-लिखी बहू-बेटियों का चलन वह जान रही थीं। वह कहती, 'एक आँख कोई आँख होती है, एकौंडी कोख अशगुनी। आजकल की चाल में उनकी बहू शामिल नहीं। उसके प्रति ढेरों उल्टी-पुल्टी सोच उन्हें अपराध-बोध से ग्रस्त कर रही थी। बहू का बड़ा मान-दुलार-ख्याल। बहू भी खुश 'जब जागो तभी सवेरा।'

अब पण्डितजी का अधिकतम समय घर पर ही बीतता। पुराने-टिकाऊ यजमानों में उनका पूरा भरोसा था। कमरा-किचेन झाँकने, टाँग अड़ाने की आदत नहीं छूटी बल्कि बढ़ गयी। आर्थिक

असुरक्षा का भय इतना अधिक कि फालतू समय में जोड़-घटाना, नफा-नुकसान कभी उँगलियों पर होता कभी कागज पर। ऐसे में एक विचार कौंधा। अपनी सोच का क्रियान्वयन वह सीढ़ी-दर-सीढ़ी करते। पहली सीढ़ी पण्डिताइन खुरदरी सतह, जिसे उन्होंने बिना दबाव के चढ़ लिया, पार कर गये। दूसरी सीढ़ी बड़े जने चिकनी सपाट, उन पर आर्थिक मनोवैज्ञानिक दबाव डाला वह भी मान गए। तीसरी पीढ़ी बहू, रपटन भरी। भरी-पूरी तैयारी के साथ। वह अकेली तीनों एक तरफ। बाकी पिछली योजनाओं के फेल होने से पण्डित-पण्डिताइन को नाकाबिल मान चुके थे। नेतृत्व की डोर अपने हाथ हाथ में थाम ली।

इतवार की एक सुबह। उस दिन बहू बड़े जने रोज की दौड़ा-भागी से हल्के हो रह थे। पण्डितजी ने बिना गला खखारे, न भूमिका न प्रस्तावना अपना मंतव्य बहू के सामने रख दिया। सुन कर बहू अवाक्-हतप्रभ। दूसरा अभी आया नहीं पहले को उसकी ननिहाल भेजने की सलाह, क्या पूरा-पूरा निर्देश।

समय-समय पर अभिभावकों के बदलते रहने की पीड़ा प्रिया से अधिक कौन जानता। पहले माँ, फिर नानी, फिर पिता अब मारे सुसरालिये। उसकी कमाई सीधे हाथ नहीं आ रही। हाथ कई कोणों से घुमाया पर असफल रहे। उस घर में लोभ, लालच, कामचोरी ने तिलचट्टा, झींगुर-खटमल आदि की ढेरों शक्ल में अपने मनमुताबिक जगह घर में बना ली थी। घर के सभी सचेत हों तभी रात्रिचर जीवों से निजात मिलती है। अकेली प्रिया मुकाबले में नाकाबिल।

उसका टिफिन रोज़ के तनावों, किचकिच से भारी हो उठता। उसे उठाये वह स्कूल पहुँच जाती। कभी टीचरों के मध्य हल्का हो जाता नहीं तो वह लिये-दिये उसी वज़न में घर वापस आ जाता। उसकी परेशानियाँ पेशानी पर जब ज़्यादा समय तक उभरी रहतीं, उसका अबोध अबोल कर ही बहुत कुछ बोल जाता।

बहू की कई दिनों की माथापच्ची ने अपना निर्णय बड़े जने के आगे रख दिया। 'यह घर एक ही बच्चे के लायक है।' भौचक बड़े जने ने पण्डिताइन को बताया। पण्डिताइन ने माथा पीट लिया। इस घर में वह हो रहा जो अधमी के घर होता। लगी गरियाने पण्डितजी को, 'निर्बसिया, मुँहझौसा पता नहीं पैसा बचाइके का करिहैं लाद के ऊपर ले जइहैं। रावण की राह पतन की राह। तुम्हारे जैसे मरदन की कमाई को आग लागै।' लगी वह पण्डितजी की कंजूसी, काँइयाँपने को गरियाने, कोसने। बड़े जने ने कभी मुँह ही नहीं खोला रोबीले कड़क पण्डितजी के आगे। अतः साहस भी न कर पाये। अपने क्रोध और दुःख को मुँह फुला कर जता दिये। पण्डिताइन सिसकती जा रही साथ-साथ उघटती भी जा रही थी। उनके मन में दबी ढेर सारे असन्तोष की गठरी खुल कर छितरा गयी। दब्बू बड़े जने ने मुँह फुलाये घर का एक कोना पकड़ लिया। पण्डितजी से सभी नाराज। आखिर धर्म-कर्म का भय दिखा कर वह कब तक कहाँ-कहाँ अपनी सत्ता कायम रख पाते। अपने आपको कब तक श्रेष्ठता का तगमा पहनाये शासन करते। अब जबकि सूचनाओं के भण्डार भरे पड़े हैं।

जिस अखबार की खबर को उन्होंने ठेंगा दिखाया, अब तक दिखाते रहे वही उन्हें बिरा रही थी। उनके अपने ही लोगों ने उनकी मनोदशा का जोड़-घटाव लगाया था। माहिर झन्नू जी पक्के से कच्चे हो गये। धर्म के पुरोधा, अन्दर-बाहर अपने आपको उच्च मानने वाले झन्नू पण्डित घर में ही नीच कहलाये जाने लगे। वह चिन्ता से घिर गये। घर में ही बागी-विरोधी। अन्तर्कलह-बाह्यकलह पर हमेशा भारी पड़ती है। प्रश्नचिह्न बाहर कैसे अपने अस्तित्व को टिका-बचा पायेंगे। पहली बहू के जाने से मान घटा सो अलग। हर्जाने के ढाई लाख रुपये भी घर से चले गये। पाँच-छह बरसों में पटरी पर ले आये थे। उसी मान-दान-आन से चल रहे थे। पारिवारिक सम्बल उनकी शक्ति थे। बदली हुई परिस्थितियों में उनके पैर लड़खड़ा गये थे। मुँह एक तरफ को टेढ़ा हुआ जा रहा था शायद उन्हें अलंग मार गया था।

हेठी

रोडवेज की बस को जिस स्पीड से जाना है, वह उसी स्पीड से चलेगी। यात्रियों के अनुरोध-विरोध का रत्तीभर भी असर ड्राइवर पर नहीं पड़ने वाला। अभी बमुश्किल शाम के सात ही बजे होंगे, लेकिन बस के बाहर इतना भयावह अँधेरा कि खिड़की से बाहर झाँकने का भी मन नहीं कर रहा। सभी लोग तो झाँक-झाँक के देख रहे थे। अपने सहयात्री से कानाफूसी भी किये जा रहे थे। आपसी बातचीत से बस में हल्का-फुल्का शोर हो रहा था। लेकिन मैं क्यूँ नहीं बाहर झाँक कर देख रहा? मेरी सीट वाले यात्री मुझसे कुछ कहना चाह रहा था लेकिन मेरी तटस्थता देख कर मुझसे कुछ हिम्मत नहीं जुटा पा रहा था। जो अँधेरा मेरी जिन्दगी में दाखिल हो गया है, मैं उसके बारे में अपने सहयात्री से बात करूँ या बाहर वाले अँधेरे से। कोई कह रहा था, तूफान की आशंका है, कोई कह रहा था आज दोपहर की न्यूज में चक्रवात की आशंका जताई है। प्राकृतिक तूफान की बातें तो

सार्वजनिक होती हैं, लेकिन जहाँ व्यक्तिगत तूफान मचा हो तो दिल-दिमाग के अलावा तीसरे की कोई भी गुंजाइश नहीं रहती।

बाबू जी, आज चल बसे। मैं पहले ही ताकीद कर चुका था कि आपको दो हार्ट अटैक हो चुका है। आम आदमी तो तीसरे अटैक की पीड़ा याद रखने के लिए जीवित ही नहीं रहता। लेकिन मेरी बात को हवा में उड़ा देने की सभी की आदत-सी बन चुकी थी। जरूर कुछ, मालिक-मकान का ही लफड़ा रहा होगा, तभी उन्हें 'तीसरा अटैक' पड़ा। उन्हें मैंने कितनी बार समझाया था कि 'आप अब मकान खाली कर दीजिए, इससे अच्छा मकान मिल जायेगा। मेरी बात ठीक से खत्म भी न हो पाती कि उनका वही रटा-रटाया जवाब, 'इससे सस्ता और सेफ्टीवाला मकान कहीं न मिलेगा।' लेकिन उन्हें उस मकान से मोह जो हो गया था। मालिक-मकान के अलावा वह हर किसी से यही बात कहते, 'मैं करीब तीस वर्षों से इसमें रह रहा हूँ, यह मुझे अपने जैसा लगने लगा है।' कोई वफादार जाकर मालिक-मकान से कह देता, 'भइया जी, नीचे वाला बुड्ढा मकान एलॉट कराने के चक्कर में है।' मैंने कितनी ही बार मालिक-मकान को समझाया, हमारा ऐसा कोई इरादा नहीं है लेकिन वह भी था निरा मुँहफट, 'तुम सम्पादक-पत्रकार लोगों का कोई भरोसा नहीं। सारे दाँवपेच जानते ही हो, एलॉट कर ही लोगे तो हम तुम्हारा क्या बिगाड़ पायेंगे।'

बाबू जी की हरकतों से उसे मेरी बात पर कभी यकीन नहीं होता था। मेरा इलाहाबाद में रहना और अम्मा, बाबू जी लगभग बेरोजगार बड़े भइया का लखनऊ के किराये के मकान में पड़े रहना उसके शक को पुख्ता करता था। वह अक्सर यही कहता, 'जब इलाहाबाद में आपका अपना मकान है तो आप इन लोगों को वहीं क्यों नहीं ले जाते। अपने हाथों रोटी बनाते-खाते हैं, परिवार वहीं रखिये आपकी मदद भी हो जायेगी।' मैं उसे बार-बार इस बात का यकीन दिलाता

कि मेरे बाबू जी यहीं लखनऊ में ही अपना मकान खरीदने के फेर में हैं जैसे ही मिल जायेगा हम खाली कर देंगे। मकान खाली कराने की गरज से वह दो-चार मकान भी बता देता। लेकिन बाबू जी का वही कहना, 'मकान तो मुझे चारबाग-आलमबाग के इर्द-गिर्द ही चाहिए। मैं भी उन्हें कई बार समझा चुका था। बाबू जी जो मकान आप देखते हैं, वह मेरी हैसियत के बाहर है। तो वह छूटते ही बोलते, "तो तुम इतने वर्षों से कमा रहे हो सारी कमाई क्या किये।"

मैं उन्हें कैसे समझाता कि उन्नत इलाके का मकान सब के बस की बात नहीं है। और किसी की होती होगी मेरे बस की तो हरगिज नहीं है कि मैं पाँच-छै-लाख का मकान खरीद सकूँ। यदि मैं सारी जमा पूँजी और खरीदे शेयर बेच भी दूँ तो बमुश्किल तीन लाख ही जुट पायेगा। मैंने उनसे कितनी बार कहा, "एल. डी. ए. का मकान गोमती नगर में मिल जायेगा वही हमारी हैसियत के मुताबिक है।" अरे लम्पसम जो लगता जमा कर देता बाकी किश्तों में भर देता, लेकिन वही एक रट कि हम चारबाग स्टेशन से दूर नहीं जायेंगे। मुझे भी क्रोध आ जाता था। चाहे कितना भी समझाओ लेकिन वही बालहठ जैसी हरकत।

"अरे, अब आपको कहाँ ट्रेन से जाना है जो चारबाग स्टेशन का मोह नहीं छूट रहा...।"

"क्यों... कहीं जाऊँगा नहीं क्या... नहीं भी जाऊँगा तो क्या, तुम जो हर हफ्ते आते हो, तुम्हें न तकलीफ होगी।"

"बाबू जी...आप मेरी चिन्ता छोड़िए, मैं अपनी समस्या का हल खोज लूँगा।"

"वह तो मैं देख ही रहा हूँ शादी की उम्र निकलती जा रही है तुम एक लड़की तक पसन्द नहीं कर पाये।"

वह अक्सर ऐसी बात करके मेरा मुँह बन्द कर देते। जब भी मेरी उनकी तकरार होती, तकरार समाप्त न होते देख वह शादी

नामक वज्र का प्रहार मेरे ऊपर कर देते। उन्हें शायद मेरी अच्छाई नहीं नजर आती थी। केवल एक कमी, जो मैंने अभी तक अपने लिए लड़की नहीं पसन्द की थी। उस एक कमी ने मेरी सारी अच्छाइयों को ढँक दिया था। वह पता नहीं कहाँ से मेरे लिए लड़की की फोटो लाते, जिसको देखते ही मन अजीब-सा हो उठता। जिनकी फोटो ठीक लगती उन्हें रू-ब-रू देखने पर तो मन से शादी का विचार ही भाग जाता। ना ही मुझे उनकी पसन्द की हुई लड़की पसन्द आ रही थी, ना ही मैं किसी को स्वयं पसन्द कर पा रहा था। इसीलिए मैं उनकी नजर में गैर जिम्मेदार लड़का था। और यही वजह थी मेरी हर सलाह महत्त्वहीन समझी जाती थी। वहीं बड़े भाईसाहब ने उनकी पसन्द की लड़की से शादी की थी। इस वजह से वह जिम्मेदार, आज्ञापालक बेटे थे। लेकिन वह दिन में दो घण्टे ही अपने काम पर जाते, चाहे कमाई हो या न हो। कितनी बार मैंने उनको सलाह दी, कि 'एल. आई. सी. एजेण्ट के बिजनेस का हॉफ टाइम सवेरे सात से दस तक होता है।' लेकिन मेरी बात सुनता कौन है। अम्मा ही थी जो मेरी बात को कुछ महत्त्व देती थी। मैंने उनसे भी कहा, कि 'भाईसाहब से कहो, कि धन्धा ठीक से जमाएँ। कल को मेरी भी शादी होगी, तो नेह-निमन्त्रण, बीमारी-गोहारी में भी मैं मदद न कर पाऊँगा।' मेरे द्वारा भाईसाहब को भेजी गयी सलाह कतई अच्छी न लगती, 'तुम अपनी चिन्ता करो, मेरी छोड़ दो।' बाबू जी चल बसे। अब भी करूँ या न करूँ। पेंशन तो अब आधी हो गयी। उसमें तो तो अब अम्मा का ही खर्च चल पायेगा। अपना क्या करेंगे...एक वच्ची के पिता भी बन बैठे हैं।

भाईसाहब, से कितनी बार कहा कि आपकी बात को बाबू जी तरजीह देते हैं। आप ही बाबू जी को समझाओ कि गोमती नगर में फ्लैट ले लिया जाये। वहाँ का फ्लैट मेरी हैसियत का है। तो वह छूटते ही बोलते, "तुम अखबार के सम्पादक हो पत्रकार भी हो तुम्हारे

पास मकान खरीदने का पैसा नहीं, जो तुम फ्लैट की बात करते हो।" मन में बार-बार हूल मारता कि कह दूँ—बाबू जी के दो-दो हार्ट अटैक का इलाज क्या आप करवाये हैं? घर की सारी सुख-सुविधाएँ क्या अपने जुटाई हैं? हर महीने जो पैसा भेजता हूँ वह सब क्या घलुए में चला गया। लेकिन फिर मेरे और उनमें अन्तर ही क्या रह जायेगा। कह करके मैं बाबू जी की नजरों में गिरना नहीं चाहता था। इसीलिए शान्त रह गया। अपनी जानकारी के उदाहरण वह मेरे सामने रख देते, फलो के पास देखो उसका अपना प्रेस हो गया है। किसी के पास बिल्डिंग और बहुत कुछ। मैं अल्पज्ञानी भाईसाहब को कैसे समझाता कि कलम का धनी, पैसे से भी धनी हो यह कोई जरूरी नहीं है। उनके कुतर्कों के आगे मैं अपने तर्कों की धज्जियाँ नहीं उड़ाना चाहता था।

भाईसाहब और बाबू जी को समझाने का प्रयास विफल जाता देख अन्तिम आसरा अम्मा ही थीं—"अम्मा, जब तक किसी मकान को नहीं खरीदा जाता तब तक हम लोग दूसरे किसी मकान में किराये पर रह लेते। जब अवसर मिलेगा खरीद लिया जायेगा।"

"मैं तुम्हारी बात से असहमत नहीं हूँ, लेकिन बिल्डिंग में मेरी बड़ी तौहीनी होगी। जब लोग जानेंगे कि मैं फिर से किराये के मकान में रहने चली गयी।"

"वह कैसे...?"

"यहाँ सभी लोग जानते हैं कि तुम्हारे पाँचों मामा करोड़पति हैं और मैं उनकी इकलौती बहन हूँ। मामाओं के आने-जाने से बिल्डिंग में मेरी धाक है।"

उनके इस तर्क का उत्तर मेरे पास नहीं था। मैं अम्मा के मुँह से बहुत बार सुन चुका था कि 'तुम्हारे बाबू जी बड़े ही स्वाभिमानी हैं। वह तुम्हारे किसी भी मामा से रत्तीभर भी मदद लेना नहीं चाहते। मामाओं के करोड़पति होने से मुझे सबसे ज्यादा मानसिक कष्ट हो

रहा था। अम्मा न तो मामा लोगों से विलग हो पा रही थीं, न बाबू जी उनसे जुड़ पा रहे थे। मेरा कष्ट यह, आये दिन मेरे पास लखनऊ से फोन आता कि मालिक-मकान ने यह किया वह किया...। मैं इलाहाबाद रह कर जो कुछ कर पा रहा था वह न के बराबर था। मेरी गम्भीरता, सदाशयता को मालिक-मकान मेरी उदासीनता समझ रहा था।

यदि मैं मालिक-मकान के खिलाफ कुछ एक्शन लेने की सोचूँ भी तो कोई ठोस बात चाहिए न। वह तो फ्यूज का तार इतना पतला जोड़ता कि दिन भर में चार बार जोड़ना पड़ता। कभी वाटर पम्प बीच में ही बन्द कर देता, जिससे पानी की टंकी पूरी न भर पाती। कहने को तो ये छोटी लेकिन हार्ट पेशेंट के लिए भारी मुसीबतें थीं। जब भी मैं उससे उलाहना देता, उसका हाथ जोड़े जवाब, ''पत्रकार जी क्या करूँ, बिजली का लोड घटता-बढ़ता रहता है, इसीलिए फ्यूज उड़ जाता है। हम हर बार जोड़ तो देते हैं, उन्हें कोई तकलीफ नहीं होने देते। आपके पिता जी...मेरे पिता जी।' मैं छुटभैये पत्रकारों वाली ओछी हरकत नहीं करना चाहता था। शायद यही कारण था, बाबू जी और भाईसाहब की नजर में मैं उनके प्रति गैर जिम्मेदार हूँ।

''भाईसाहब तूफान थम गया...?'' अपने बगल वाले यात्री से मैंने पूछा।''

''हाँ-हाँ, काफी कम हो गया है, बस तेज हवा ही है।'' खिड़की के बगल में वह बैठा हुआ था, मौसम का हालचाल वह बार-बार खिड़की खोल कर ले लेता था।

''बस, अब कहाँ आ पहुँची है...''

''मोहनलालगंज।''

आधे घण्टे में बस लखनऊ मेन शहर में पहुँच जायेगी। यानी की रात ढाई बजे घर पहुँच जाऊँगा। अम्मा मुझे देखते ही चिग्घाड़ मार कर रोने लगेगी। तब मैं क्या करूँगा। क्योंकि उनकी मौत का

कसूरवार मैं ही हूँ। मैंने ही उन्हें उनके मनमुताबिक मकान खरीद कर नहीं दिया। हो सकता है अम्मा या भाईसाहब तीखे वाक् प्रहार करें। देखा छोटे, बाबू जी मकान के चक्कर में अपनी जान से हाथ धो बैठे। न तुम उन्हें घर दे सके, ना ही अपने लिए घर वाली का इन्तजाम कर सके। क्या मैं घर-परिवार के लायक नहीं हूँ? जो मैं घर-परिवार का भला न कर सका, तो लेखनी से समाज का भला क्या खाक कर पाऊँगा? मालिक-मकान की छोटी-सी हरकत ही उनके हृदयघात का कारण बनी होगी। पिछले हफ्ते तो वह एकदम स्वस्थ थे। बी.पी. भी लगभग नॉरमल था।

मेरा सहयात्री मुझे बार-बार कनखियों से देखता रहा था। शायद सोचता होगा बस के सभी यात्री आपस में तूफान पर चर्चा करते रहे थे। लेकिन मैं चुपचाप बैठा रहा था। मैं तो अपने अन्दर मचे तूफान पर स्वयं चर्चा कर रहा था। मुझे किसी की क्या जरूरत।

सामने कमरे के बाहर बाबू जी का पार्थिव शरीर रखा हुआ था। अम्मा एकदम शान्त, निस्तेज लेकिन अपनी जिम्मेदारियों के प्रति क्रियाशील थीं। मुझसे न कुछ कहते बन रहा था न कुछ पूछते बन रहा था। एकदम जड़ मेरी अम्मा भी तो, कहीं किराये पर रहेंगी तो उनकी हेठी होगी। ऐसा भी क्या...कि बाबू जी की जान ही चली गयी। अब लेकर रहें अपने भाइयों का रुतबा। तभी आवाज आयी—

"छोटे भइया, बड़े भइया दो हजार किराये पर दो कमरे का फ्लैट देख आये हैं। बल्कि एक महीने का किराया भी एडवान्स में दे आये हैं। आज से चौथे दिन हम लोग मकान खाली कर देंगे।"

बहन की अपनापा भरी आवाज सुन कर मेरे अन्दर भी कुछ बोलने की हिम्मत जागी थी।

"चौथे दिन कैसे हो सकता है...। तेरही के बाद ही तो कुछ हो सकता है।"

"अब मकान खाली कर देने में ही भलाई है। क्रिया-कर्म आर्य समाजी ढंग से होगा। चार दिन में सब समाप्त।"

अम्मा की बेबसी, वेदना चेहरे पर झलक रही थी लेकिन आवाज में आक्रोश था। उनकी निर्णयात्मक आवाज मेरे दिल में ऐसी भेदी कि मैं अम्मा को पकड़ कर रो पड़ा था। मेरा रोना मेरी बेबसी का रोना था।

संत्रास का आवेग सहने के बाद मैं विवेकी हो गया था। मैं यह बहुत पहले ही जान चुका था बाबू अचानक ही चट-पट में जायेंगे। मुझे वह पुरानी कहावत याद आ रही थी, 'आदमी एक गज नहीं हारता लेकिन नौ गज हार जाना कुबूल करता है।'

मेरी पड़ोसन का दोस्त

बुढ़ापा किसे पसन्द है? शायद किसी को नहीं। कुछ को पसन्द होता है, उसकी बाट जोहते हैं। नौकरी से रिटायर हो जाऊँगा, घर में आराम करूँगा, नाती-पोतों और बहू के संग दिन गुजारूँगा, लेकिन बहुतेरे का कष्ट-प्रद ही होता है बुढ़ापा। पर बहुत सारी अरुचिकर चीजों की तरह इसे भी पसन्द करना पड़ता है। प्रकृति के नियमों को न हम रोक सकते हैं, न ही इससे निःस्पृह रहकर बच सकते हैं।

ऐसे ही एक बूढ़े को रोज आते-जाते देखती। वह अपना दायाँ पैर लगभग घसीटते हुए-सा चलता, पैर ही नहीं, दायाँ हाथ भी लगभग अपनी जगह पर स्थिर रहता। बायाँ जबड़ा भी हल्का-सा दायें कपोल का क्षेत्र लेते हुए दायीं ठोड़ी की तरफ झुका-सा रहता। शायद उसे कभी लकवे की शिकायत हुई होगी। लेकिन अब उसका लकवापन काफी दुरुस्त लगता। हाँ, खास बात यह, वह निरा हवाखोरी की चाहत लिये नहीं निकलता। उसे एक बिल्डिंग में चढ़ते

हुए देखती। जहाँ एक फ्लैट में बूढ़ी किरायेदार थी। मालूम होता जैसे वह घर से सिर्फ वहीं जाने के लिए निकलता हो।

लेकिन एक चिटके हुए कमजोर वृद्ध को रोज सहन करना, अब कहाँ किसके पास समय और सहनशक्ति है। शायद सांस्कारिक होगी या फिर दयालु, नहीं तो कौन अप्रासंगिक को पसन्द करता है। हिन्दुस्तान में यूँ ही नहीं, वृद्धाश्रमों या ओल्ड होम्स की वृद्धि रफ्तार से हो रही है। भला हो उस महामानव का, जिसके दिमाग में ऐसे आश्रम खोलने की कल्पना जन्म ली होगी। शायद वह भी धनी उपेक्षित बूढ़ा रहा होगा या फिर कमजोरों, निराश्रितों के प्रति अतिसंवेदनशील। बुजुर्ग वहाँ की व्यवस्था से सन्तुष्ट होंगे तभी वो वृद्धि की खबरें सुनायी पड़ती हैं। तृप्ति न भी हो तो भी मरता क्या न करता।

हमारा अकस्मात् परिचय हो गया था बूढ़ी से। 'नमस्ते, से खुश रहो' का सिलसिला चल निकला था। वह किराये के फ्लैट में निपट अकेली रहती थी, मिठाई खाने की शौकीन थी, केवल उमेषा के यहाँ की ही। स्टैण्डर्ड दुकानों से ही सामान लेती, चाहे किराने का ही सामान क्यों न हो। अक्सर मुलाकात दुकान पर ही हो जाती। कलफ और इस्त्री कें बिना कभी भी साड़ी नहीं पहनती थी। पूरी साड़ी सफेद या फिर ऑफ ह्वाइट होती, सूती साड़ियाँ ही काफी महँगी होतीं, उस पर पल्ले और बॉर्डर की कसीदेकारी आकर्षक लगतीं। गर्दन से थोड़ा ऊपर खिचड़ी बालों का जूड़ा रहता। वह पता नहीं कब विधवा हुई थी, उसकी सूनी माँग और हाथ की चूड़ीविहीन कलाई से पता चलता। परन्तु वैधव्यता का पालन बड़ी ही ईमानदारी से कर रही थी। न बाहर की चाट, न प्याज, न लहसुन, खालिस सात्विक भोजन, वह भी दिन में एक बार। खाते वक्त मौन नियम का पालन बड़ी ही सख्ती से करती। यदि भूल-चूक या जाने-अनजाने में कोई घण्टी पर घण्टी बजाये, पहले तो वह सहती, असहनीय होने पर मौन टूटता फिर बचा

खाना गले से न उतारती। सोचती पता नहीं कौन जरूरतमन्द होगा। अधपेट हो या भरपेट खाना छोड़ उठ जाती। आगन्तुक यदि संवेदनशील हुआ तो ग्लानि से भर उठता अन्यथा बेशरमी से खिस्स कर देता।

उसकी सादगी, समझदारी, दिप-दिप करता चेहरा आकर्षित करता। बेहद जिन्दादिल बूढ़ी थी वह। बुढ़ापे के बासीपन को हँसी-मजाक, ठिठोली से ताजा कर देती। उसकी ग्रेजुएट करती धेवती हर सण्डे को आती, हफ्ते भर वाकयात को चहक-चहक कर सुनाती, वह दोगुने उत्साह से सुनती और अपनी अनुभवी बातों से भविष्य के प्रति आगाह भी कर देती। बिल्डिंग के बच्चों के संग साँप-सीढ़ी, लूडो या फिर फिल्मी गानों की अन्ताक्षरी खेलती। बच्चों की माँओं से शिष्ट-सलीकेदार मजाक भी कर देती। लिहाजा वह हर किसी के फ्रेम में फिट बैठ जाती, अन्यथा, अकेलेपन के मारक एहसास से अपना छिद्रान्वेषण करती। परन्तु वह रूहानी तौर पर भी बेहद अकेली थी। एकाकीपन में तकलीफदेह बातें ज्यादा याद आतीं। सप्ताहान्त हो या फिर छुट्टियाँ, दामाद अन्य दिनों की अपेक्षा काफी तना-तना सा रहता। उसकी बेटी से फुसफुसाता।

"हफ्ते में एक दिन आराम-ऐश का मिलता है उसमें भी तुम अपनी माँ को रखवाली में तैनात किये हो, पहले बच्चे थे वह स्कूल वाले हो गये, अब तुम्हारी माँ।"

ऐसी बातों से वह आहत हो उठती, अवशता इतनी कि मन की भड़ास भी न निकाल पाती, कहीं माँ न सुन ले।

"मुझे छोड़ कर माँ का कोई और तो है नहीं।"

बीवी को दीन-दुखी देख झट चतुर दामाद पैंतरा बदल, "इसीलिए तो मैंने दो-दो किये हैं। है न समझदारी," की हुंकारी भी भरवाता।

भावनात्मक बेसहारा, बुढ़ापे की छिट-पुट तकलीफें जो दृश्य नहीं होती थीं। शायद तभी विधुर बूढ़े से दोस्ती हुई थी। वह भी तो शारीरिक अक्षमता, अकेलेपन की, चोटिल-चेतना से ग्रस्त था।

उसकी छह हजार की नियमित मासिक पेंशन न होती तो, बहू लड़-झगड़ कर कब का दूसरे बेटे के घर पहुँचवा देती। टेनिस की बाल की तरह कभी इधर कभी उधर। इलाज और खानगी के नाम पर हजार से ज्यादा न खर्चती। पुराने फैशन के त्यागे या फिर घिसे कपड़े ही उसके तन को ढँकते। बूढ़ा घर में अपनी उपेक्षा दृश्य-श्रव्य दोनों ढंग से महसूस करता। बूढ़ी थी कि दामाद की गरदन के खम और चेहरे की तनी रेखाओं से ही भाँप लेती। दोनों के बेटा-बेटी ने अपने-अपने ढंग से स्वावलम्बन-स्वतन्त्रता और सुविधा दे रखी थी।

अक्सर बूढ़े के धूमिल चेहरे पर छिटकी-छिटकी धूसर खूँटीदार दाढ़ी होती। जब उसके बेटे का मन होता, अपने हाथ से ब्लेड से खींच देता। ऐसा तब से हुआ था जब से उसका वामाँग कमजोर हुआ था। उसके पहले वह बिना नहाए दाढ़ी बनाता। उसकी धँसी आँखों की अतल गहराये में उदासी छायी रहती। वह बहुत ही भले ढंग से मुस्कराता, न चाहते हुए भी बूढ़ी को उसके जवाब में मुस्कराना पड़ता। जब कि वह जानती थी, दुबला-पतला क्षीण शरीर भावहीन आँखें अपने चारों ओर के वातावरण तथा आस-पास के लोगों से बेखबर दूर कहीं देखती रहतीं।

फ्लैट की सीढ़ियों पर बड़ी ही मुश्किल से चढ़ पाता, चढ़ते वक्त हल्की-सी आहें भरता और 'हे राम' का उच्चारण करता, लाचारी में धार्मिकता स्वतः आ जाती है।

"जरा सँभल के इतनी तकलीफ क्यों करते हो।" वह चिन्तित मीठे अन्दाज में कहती।

"अब एक तुम हो तो हो, जिससे मैं अपनी पीड़ा बाँट सकता हूँ, बाकी कौन इस टूटे-पिचके को तवज्जो देगा।" बूढ़े की वाणी याचना और दर्द से सनी हुई थी। ऐसी संत्रास और नैराश्यभरी बातें बूढ़ी को विचलित करतीं। तत्क्षण वह विवेक से काम लेती।

"भूल गये तुम राष्ट्रीय-स्तर के धावक रहे हो। सीढ़ियाँ कभी क्रम से नहीं चढ़ी-उतरीं, हमेशा कुलाँचे भरते, चढ़ते-उतरते। यह तो समय है, वह दिन नहीं रहा तो यह दिन भी नहीं रहेगा।"

बूढ़ी को बूढ़े का चेहरा देख कर लगता इतना ही पर्याप्त नहीं है, तो वह दार्शनिक अन्दाज में शुरू हो जाती।

"देखो उस पत्ताविहीन दरख्त को। अन्याय और शोषण के विरुद्ध तन कर खड़े होने की शिक्षा उनसे ली जा सकती है। प्रकृति ही अप्राकृतिक व्याधियों से मुक्ति दिला सकती है।"

बूढ़े का चेहरा बूढ़ी की सारगर्भित बातों से खिल उठता। उसमें कुछ समय के लिए तो उत्कट जीवनेच्छा जाग उठती। हा-हा, ही-ही चुटकुले, हँसी-मजाक का सिलसिला चल पड़ता। ऐसा मालूम पड़ता जैसे जीवन की इस घड़ी को आह्लादपूर्ण बनाने पर तुले हों और एक-दूसरे को उकसाते हुए जिन्दादिली, चपलता और सहनशक्ति की कसौटी पर कस रहे हों।

बूढ़ा उसकी मनोहरता, खाये हुए लजीज व्यंजनों की तारीफ करता। मानो किसी पण्डित के मुँह से धर्म पाठ हो रहा हो, जिसे सुन कर बूढ़ी मुस्कराती प्रसन्न होती। यदि बूढ़े की जिह्वा किन्हीं शब्दों के जाल में लड़खड़ा जाती, तो वह इस कमी को खुद पूरा कर देती।

"अरे! अब क्या सुन्दर हूँ, शादी के पहले देखा होता, ऊँचे ओहदेवालों के यहाँ से रिश्ते की माँग आती थी। किस्मत से अधिक किसे मिला है, जो मुझे मिलेगा।" ऐसे नैराश्य भाव भी तुरन्त आ टपकते।

बूढ़ा घर के दरवाजे पर ठिठक गया था। बहू कर्कशा आवाज में बोल क्या लगभग चीख रही थी, "टाँग घिसटाते हुए जिस तरीके के वह वहाँ हर समय पहुँचे रहते हैं, इससे यह नहीं लगता, कि वह उससे कुछ ज्यादा ही नजदीक हो गये हैं।"

बेटा तुरन्त पिता की तरफदारी करता, ''देखो सन्ध्या बुढ़ापा अजीब जैसी एक अवस्था है, जिस पर लाचार अस्वस्थ शरीर। क्या तुम्हारे पास समय और सहनशक्ति है, तुम पिता जी के पास बैठ कर बातें करो, क्या मेरे पास समय है? समय यदि निकाला भी तो दस-पाँच मिनट के लिए, क्या उससे उनके अकेलेपन की क्षुधा कम होगी। बच्चे भी दस-पाँच मिनट बाद अन्य हमउम्र मे जा मिलेंगे, और हाँ, यदि हम उन पर बन्धन लगायें या टोका-टोकी करें, नाराज हो बड़े भइया के यहाँ चल दिये तो? गयी पेंशन, कैसे भर सकोगी पब्लिक स्कूल की फीस, बच्चों की मोपेड का पेट्रोल। वकालत के पेशे में तो कभी घनी-घना, कभी मुट्ठी-भर चना। ऐसी कोई खास बात नहीं है, जब पेंशन प्रभावित हो तो सोचना, फिर उन्हें हम उम्र कम्पनी चाहिए न। कोई तो हो जो उनकी सुने और अपनी सुनाये। इस असह्य पीड़ा को तुम जवानी-जोशे न समझ सकोगी।''

बूढ़ा अपने बेटे के मुँह से हमदर्दी और स्वार्थ के बोल सुन भावविह्वल हो गया था, परन्तु तत्काल अपने को संयत कर लिया। वह उस सरकार का दिल से शुक्रिया अदा करता, जिसने उसे छह हजार देकर सार्थक बनाया था।

हफ्ता बीत गया, बूढ़ा कहीं नहीं गया। बूढ़ी-बूढ़े की कुशलक्षेम जानने घर जा पहुँची। बूढ़ी को देख, बूढ़े की आँखों की चमक और स्पन्दन से खुशी झर रही थी, तभी किसी आशंका से काँप भी गया, कहीं बहू कुछ ऊल-जुलूल न बक दे।

''आओ बैठो, चन्दना की माँ।'' बूढ़े की आवाज में बड़ी ही कातरता थी।

''कैसी है आपकी तबीयत।''

''ठीक ही हूँ।'' बूढ़ी हालचाल पूछने में भी बड़ा संयम बरत रही थी, न ही बूढ़े के न आने का उलाहना दे सकी थी। उसकी बहू की वक्रदृष्टि से बूढ़ी का आत्मविश्वास चूने लगा था।

बूढ़े के दिमाग को साप्ताहिक मैगजीन का वह अंश बार-बार आह्लादित करता। कैसे एन. टी. रामाराव एक स्त्री (लक्ष्मी पार्वती) की सोहबत से तीसरे लकवा आक्रमण से मुक्त हो सक्रिय राजनीति में भाग लेने लगे थे। सोचते मुझे तो स्त्री नहीं, एक सच्चा दोस्त चाहिए, यदि वह चन्दना की माँ ही है तो क्या बुराई है। तीसरे अटैक से कोई बचता नहीं, वह सक्रिय हो चले। मेरा तो पहला ही है, मैं तो ठीक ही हो जाऊँगा।

उद्विग्नता की स्थिति में बूढ़ा कभी-कभी बूढ़ी के यहाँ दिन में दो बार जाता। घण्टों बतियाता। मन हल्का करता, ''बहू अपनी कुढ़न मेरी पसन्दगियों पर उतारती है, चाय ज्यादा न पिओ, गुड़ न खाओ, भरवाँ बैंगन-करेला न खाओ। बस लगभग उबला खाना।''

बूढ़ी मीठे बोल और सान्त्वना के फाहे रखती, मन के बेतरतीब कोनों को समेट-सहेज देती।

वह स्वतः किराये पर रहने नहीं आयी थी। उसकी शौकीन मिजाजी दामाद को फिजूलखर्ची लगती। दामाद उसकी बेटी से स्वाँग की संज्ञा देता। अपने स्वतन्त्र दाम्पत्य में बूढ़ी की स्थिति को चावल की अँकुड़ी मानता। वह अपनी इकलौती जायी से दूर, पीड़ा से सराबोर, एकान्त के संत्रास को बूढ़े के अकस्मात् संगति में अपनापा ढूँढ़ रही थी। उसको बूढ़ा अपरिहार्य संग लगने लगा था।

दुर्भावना प्रेरित अचानक आ धमकने की मंशा लिये दामाद की तिरछी नजर से बूढ़ी सकपका जाती, कहीं ऐसा न हो बूढ़े के सामने कुछ बक-झक कर बैठे। ऐसी ही ढेरों अवांछित परिस्थितियों का सामना बूढ़ा-बूढ़ी किये थे। एक दिन दामाद के आने पर वह पोपली मुस्कराहट लिये बोला था।

''हमारी तो पिछले तीस वर्षों की जान-पहचान सुषुप्तावस्था में चली गयी थी। यहाँ-वहाँ ट्रान्सफर होते रहे थे। रिटायरमेंट ने इसी शहर इसी मुहल्ले में संयोग बना दिया। तीस साल पहले पड़ोसी थी,

अब पूरक है। ये मेरे तितर-बितर कोनों को समेट-सहेज देती है, मैं इसके अकेलेपन को कम कर देता हूँ।"

बढ़ी-बूढ़े के साहसिक स्वीकारोक्ति से चेहरे पर उभर आयी लाज की रेखाओं से कभी चेहरा दायें करती कभी बायें, तुरन्त फुसफुसायी, "ये तो सठिया गया है।" अपनी सफाई में हिम्मत जुटा वह बोल पड़ी, "पाहुन जी जब से ये यहाँ आने लगा है, इसकी अर्द्धांग की बीमारी काफी हद तक दुरुस्त हो गयी है। डॉक्टर ने सलाह भी दिया है, जितना तुम मनपसन्द लोगों में रहोगे, उतनी जल्दी पहले जैसे हो जाओगे।"

दामाद किचकिचाहट में अपने रोष के आवेग को न रोक पाया, "माँ, यह स्वतन्त्रता की मर्यादा का सरासर उल्लंघन है। चौथेपन में यह गुलाबी यौवनीय आचरण हम सबको छिन्न-भिन्न कर देगा।"

बूढ़ी अपनी उपेक्षा-अवहेलना को स्मरण कर वाणी को संयमित कर बोल पड़ी, "सुनो पाहुन मैं स्वतः यहाँ नहीं आयी, यह तुम अच्छी तरह से जानते हो, मेरी आकांक्षाओं-अधिकारों का परिसीमन जीवन को संत्रास-पूर्ण तथा नारकीय बना दे रहा था। यदि अपने ढंग से जीने का अधिकार तुम्हारे पास है तो मुझे उससे वंचित रखने की कवायद क्यों?"

कुछ देर के लिए मरघटी मौन छा गया था। कमरे की निःशब्दता को तोड़ा था बूढ़े ने, "अच्छा, चलता हूँ फिर आऊँगा।"

लाखों की सम्पत्ति की निरपेक्ष स्वामिनी। कहीं आवेग में बूढ़े को न लिख दे, नहीं-नहीं, मुझसे ऐसी मूर्खता कैसे हो गयी। पब्लिक सेक्टर्स का उदारीकरण के दौर में कोई भरोसा नहीं। मन मसोसते हुए आज नहीं फिर कभी अपने शब्दों की चाशनी उड़ेलूँगा, ऐसी कुटिल सोच लिये अंग्रेजों का छोड़ा क्षमा हथियार 'सॉरी' कह चलने को हुआ तो बूढ़ी पूरा साहस बटोर अपनी कसक निकाल पड़ी।

"तुम पुरुष लोग किसी भी नये दृष्टिकोण को समाज-परिवार के लिए घातक समझ लेते हो। किसी भी परिवर्तन को रोकने की कुत्सित चाल से बाज नहीं आते।"

दामाद और बूढ़ा चला गया था, रह गयी थी वह नितान्त-निरीह अकेली, आक्रोश को पीती हुई, मनन करती अपनी स्थिति पर। उस बूढ़े का क्या दोष, उसने मेरे अन्दर आत्मचेतना और आत्मविश्वास का ही तो विकास किया है। मैं विधवा हूँ तो क्या इंसान नहीं। मैंने कोई मर्यादाओं का उल्लंघन नहीं किया। चौथेपन में शारीरिक आकर्षण का लांछन विकृत मानसिकता का लक्षण है या फिर लाखों की जायदाद फिसलने का भय। इकलौती सन्तान से अलग रहने का संत्रास उनकी भोग और भौतिकता ने ही तो दिया है। हम औरतों की आजादी तो पुरुष किसी भी कीमत पर नहीं देख सकता। परावलम्बी नारी ही साध्वी और सत्यनिष्ठा हो सकती है। देखना है नियति क्या निर्धारित करती है।

बूढ़ा उद्विग्नता की स्थिति में घर नहीं जाता था। वह तो बीमारी से पहले भी शिवकुटी के मन्दिर में जाता, वहीं से गंगा निहारता। ऐसा उसका विश्वास था, मन्दिर प्रांगण में वह जाकर जो भी निर्णय लेगा वह सही ही होगा। बूढ़ी के यहाँ से वह सीधे घिसटते हुए उसी गंगा-तट पर गया था। निर्णय कर लिया अब मेरी उम्र बागी बनने की नहीं है। परिवार के प्रति प्रतिबद्ध बनने की है। इसी में सबकी शान है, सम्मान है और मेरी भलमनसाहत है।

प्रतिशोध

विश्वास नहीं हो रहा। विश्वास भी अजीब-सी चीज है जो हमेशा ही भ्रान्ति पैदा करती है। आप चाहें या न चाहें। छाया जल गयी। शादी के तीन दिन बाद ही। फिर अपराध। खबरों-अखबरों-न्यूज-चैनलों में अपराध ही अपराध। अब तो डर नहीं लगता। जैसे यह आधुनिक लाइफ-स्टाइल का एक हिस्सा हो। परन्तु छाया का मामला इसके उलट। वह स्वयं नहीं जल सकती—क्या वह जलाई गई—इतना आसान था उसको जलाना? प्रेम क्या तीन दिनों में ही उड़ गया। नफरत इतनी जल्दी और ज्यादा-जान लेने पर उतारू। आखिर मारने के लिए ही तो जलाया होगा? पहले प्रेम खत्म फिर विवाह। परन्तु वह तो बच गयी थी। मात्र चालीस प्रतिशत ही जली। चेहरा उतना प्रभावित नहीं हुआ जो बदसूरती का भय पैदा करे।

छाया ने प्रेम-विवाह किया था। विवाह को तो सामाजिक स्वीकृति है, परन्तु प्रेम-विवाह नहीं। जिस प्रेम को अपने लोगों की

भी स्वीकृति न मिले वहाँ विवाद तो विद्रोह है। उसकी माँ-भाई-बहन ने उसे विद्रोही करार दे उससे नाता तोड़ लिया था। समझ लिया था उसकी आकस्मिक मृत्यु हो गयी। वह प्रेम करती। अप्रत्यक्ष प्रेम की आड़ में शौक पूरे करती-करवाती-पर विवाह कभी न करती। लेकिन वह क्या करे। कहाँ तक अपनी बड़ी बहन को जोहे। अपनी बारी की प्रतीक्षा करे। उसकी दीदी तो मरियल-मनहूस। छाया तो जिन्दा दिल उसके तो ढेरों शौक हैं। उन्हें पूरा करने के लिए उसे शादी तो करनी ही पड़ेगी। यही सब करते हैं इसका कोई दूसरा रास्ता भी तो पुरखे-पुरनिया नहीं सुझाते। बड़ी के कुँवारी रहते छोटी शादी करे-- अपराध है। तो यह अपराध वह करेगी, जरूर करेगी। हठी छाया। कोई बच्चा तो है नहीं। सब्र की भी सीमा होती है बुढ़ा जायेगी तब किस काम का शौक-शृंगार-विहार। मरी भूख पर खाना बेस्वाद।

बड़ी के रहते कैसे...उसके अन्दर अभिलाषाएँ जोर मारने लगीं? कहीं ऐसा भी होता है? अनहोनी। मुँहफट छाया। अपने मन की सुनती, वही करती। कितनी बार उसने दबी जुबान से दुस्साहस किया, 'अम्मा न हो हमरे ही बियाह की बात चलाओ, बुआ लोगन से कहो।' अम्मा बात को हँसी-मजाक में टालते-टालते एक दिन फट पड़ीं, अरे कमीनी-कुलच्छनी बदमाश निकल गयी ई तो। कालिख पोतनी। बाप है नहीं। बड़ी बहन-भाई बैठा है, इसी की जवानी उछाह मार रही। कहती है बियाह कर दो। भतार चाही। माँ शुरू होती, तो छाया चुप।

वह किससे कहे, उसे भी तो पंजाबी भाभी की तरह रहना-खाना अच्छा लगता है। कपड़े गहने मकान टी.वी. फ्रिज सब कुछ तो उसे चाहिए। कहाँ मिलेगा बिना ब्याह के यह सब। कहाँ और कैसे कमा पायेगी इतना। पहले वह घर खर्च देखे फिर दीदी की शादी का बटोरे, बचे तो...शौक पूरा करे। नहीं। हरगिज सम्भव नहीं, सिर्फ शादी,

केवल शादी ही। अकेली लड़की परिवार से विलग। कोई उसे चैन से नहीं रहने देगा।

सुख-सुविधा सामान उसने बड़े-बड़े घरों में काम करते हुए देखा-परखा बरता था। परखते वही उसे अपनाने, जीवन में भोगने की इच्छा जागी थी। पर कहाँ घरों में चौका-बरतन करते हुए इतनी कमाई कहाँ हो पाती जो अपने लिए मनचाही सुविधा जुटा पाती। इसी बीच उसे केबल ऑपरेटर से इश्क हो गया था, जो पंजाबी भाभी के यहाँ पहले जरूरत पड़ने पर केबल कनेक्शन ठीक करने आता। जब से इश्की बना, वक्त बेवक्त आने लगा। पैदल नहीं स्कूटर से आता। जीन्स, टी-शर्ट ही पहनता। गमकता हुआ गम-गम शरीर। इश्क इतना परवान कि बात शादी तक आ पहुँची मन में।

छाया ने पहले कई दिनों में साहस बटोरा। डरते-काँपते मंशा बतायी। जिसकी आशा थी वही हुआ। गन्दी-गन्दी गालियाँ। माँ-बहन-भाई के मुँह से निकल उसके शरीर पर चिपका दी गयी थी। वह रहने दे तब न। धूल झाड़ साफ-सुथरी छाया। यही काम कहीं बड़ी बहन ने किया होता। पहले सभी मनाही का दिखावा करते और अन्ततः तैयार हो जाते। अन्दर-अन्दर भावन, मुड़िया हिलावन। ठीक क्या, अच्छी जात भली कमाई। न दान-दहेज न खर्चा-खुराकी और रंग-चोखा। पर बड़ी बैठी रहे छोटी अपना भाग चमकावे। हो गई न बिरादरी में उनकी नाम कटौवनी।

उनकी गालियों गुबारों से परे छाया। खैर, उसने अपनी समझ से अक्ल का काम किया, कोर्ट मैरिज किया। न मन्दिर न साक्षी। ऐसे ही बैठ गयी। कहती, कोई हम बेकूफ थोड़े ही न हैं, कल का कुछ गड़बड़ हो कोर्ट में लड़ तो सकते हैं। 'परन्तु कहाँ गयी उसकी ताकत-तरेर...? कहाँ गया उसका आत्मविश्वास? जलने के बाद उसने अपनी सच बोलने वाली जुबान कहीं छुपा दी थी। वही झूठ बार-बार, हम स्टोव पर पानी उबाल रहे थे गिर गया'। उससे कौन

पुलिसिया पूछताछ करे, गरमी में कोई गरम-पानी से नहाता है? पानी गिर भी पड़ता, तो शरीर पर न कि चेहरे पर? क्या सिर के बाल जल जाते हैं? खोजबीन करो तो जवाब, भाभी उबलते पानी से ही बाल जला है। भाभी उससे कैसे कहे, उबलते पानी से कभी बाल नहीं जलते, भौहें नहीं उड़ जातीं पलकें नहीं चू कर गिर पड़तीं। खैर, वह जो कहे उन्हें मानना ही था।

वह काफी हद तक स्वस्थ होकर घर आ गयी थी। जैसा पैसा, वैसा इलाज। उसी के अनुरूप परिणाम। शुक्र है वह गरमी में सड़ी नहीं यही क्या कम था। बाकी घाव सूखने तक उसकी माँ ने ही देशी घरेलू दवाएँ करी थी। आखिर में वही हुए। उन्हें ही समाज का भय था, उन्हीं का खून उसकी रगों में था, उन्हें ही दर्द हुआ था। पर व्यथा किससे कहें, कहें तो हँसी उड़वावे। अति मनोवेदना से निहाल माँ। किससे कहे-सुने दुःख बटवारे को पति भी नहीं।

उसका इश्की कम कमीना थोड़े ही था। आधी रात को दबंगई के बल पर उसे घर पटक गया। आधा-अधूरा इलाज, हरा घाव। साथ ही धमकी भी, 'हजारों रुपया लगा कर ठीक करवा दिये हैं यह हमारी भलमनसाहत है नहीं तो गला टीप देते तुम लोग क्या कर लेते। और सुनो...दाँत भींचता चबाता, पुलिस में जाने की जुर्रत न करना, कोई एक्ट-वेक्ट काम नहीं करेगा, बिन पैसे का। हम तो पैसा ऊपर से नीचे तक ले-दे के मामला सुलटा लेंगे। लेकिन तुम लोग अपनी सोचना। मेरे पास तो कई रास्ते हैं चाहे तो, तो तुम्हारा कमासुत टीप दें या...फिर इसी को ले जावें जिसे अभी तक कुँवारी घर में बैठाले हो। यह छक्का बर्फ की सिल्ली न खुद बियाह करता है न बहन का। हमीं रहम करें तो करें। अम्मा चिन्ता...न करना, अबकी तुम्हारी बड़की उठा ले जायेंगे घर से, रास्ते से ले जाकर तुम्हारी नाक न कटायेंगे।

ऐसी शर्मसार धमकी से कौन न सहम जायेगा। वह भी भय से भीत हो गयी थी। भाई छाया पर खीझता हाथ न उठा पाने की बेबसी

में अपने बाल नोंचता-चीखता, ये लड़की जो न करवाये थोड़ा है कोई नैतिकता या मर्यादा उसके आड़े नहीं आयी बल्कि छाया की शारीरिक दशा। वह कब का लात मार कर छाया को घर-बाहर कर देता, पर पास-पड़ोस, नाते-रिश्तेदार का लिहाज। जो कभी मुसीबत में भी बगल में नहीं खड़े हुए। लाचार पुरुष ही जिल्लत सहता है, वह भी सह रहा।

स्वतन्त्र-स्वच्छन्द छाया घर में रहते-सहते भावनाओं के व्यसन से ग्रसित हो गयी। न चाहते हुए भी परोक्ष-अपरोक्ष प्रकट हो जा रही। वह अवश थी। शायद मानसिक सन्तुलन गड़बड़ा रहा। बड़ी झाड़-फूँक। यहाँ दौड़-वहाँ दौड़। पैसा फुँक रहा, जिसका नितान्त अभाव। सारे प्रयत्न हो रहे, गण्डे-तावीज बन रहे, पहनाया गया। फायदा नहीं तो किस काम का, भाई मन ही मन खीझ रहा। कभी शब्दों से कभी हरकतों से दिखायी देता। पछतावा छाया को भी। पर क्या करती जो गलती उससे हो चुकी, मिटाई तो नहीं जा सकती। सुधार सकती, उनके अनुरूप विचार-व्यवहार से, परन्तु क्या करे सोच की तुला गड़बड़ा रही।

जलने से गर्दन के नीचे का भाग जितना प्रभावित, चेहरा अनुपात में उतना ही अप्रभावित उसकी खुशकिस्मती। प्रभावित भाग कपड़े की आड़ में रहता। बेवजह खोलने दिखाने की उसे कोई जरूरत नहीं। हाँ उसके सिर के बाल अवश्य हल्के और छोटे हो गये। परन्तु वह फिर भी बेकार नहीं लगती। हाँ खूबसूरती जाने से उसका आत्मविश्वास जरूर चला गया था। उसका विश्वास, उसकी पूँजी। पूँजी वापस न आने पाये, सभी अपने-अपने तरीके से चाल चलते। आत्मबल लौटा नहीं कि छाया फिर किसके दाब में।

बातों के दौरान वह बताती, उसको बिरादरी में शराब-नशा, गाली-गलौज, मार-पिटायी बेवंजह-आम बात। पर अनायास कोई जान लेने पर थोड़े ही उतारू होता है। ये खोखले ऊँची जाति वाले

अपने ऊँचे होने का झूठ-मूठ का नगाड़ा पीटते हैं। इनकी क्रूरता कसाईपने की कोई सीमा नहीं है। इंसान तो ऐसे, जैसे कीट-पतंगे जरा-सा परेशान किया नहीं मसल दिया। उनसे अच्छे तो हम हैं। हर मौके-कुमौके पर बिरादरी साथ खड़ी रहती है। ये सुजाति वाले पैसे की काली चादर से सारी बुराई ढ़ँक देते हैं। हम लोगों के पास ऐसी कोई ओढ़नी नहीं है।

सभी लोग उसकी झाड़-फूँक करवा रहे, ओझा-हकीम बदले जा रहे। पर अस्थायी आराम। कोई यह नहीं सोचता छाया के लिए कारगर दवा वह स्वतन्त्र ढंग से फिर रहने-जीने लगे यही थी। पंजाबी भाभी के समझाने, सलाह विश्वास पर वह फिर काम पर आने लगी। चरित्र-मजबूरी की ढेरी शर्तों के साथ उसे घर से निकलने मिला था। कभी विश्वास से लबालब लेकिन अब उसकी हर बात दैन्यता भरी होती। सभी को बहुत तरस आता, उसकी सामाजिक नासमझी की इतनी बड़ी सजा। ऊँची जाति का आडम्बर उसे ले गया। उसे बहुत-बहुत तरीके से समझाया जाता आत्मविश्वास भरने की कोशिश की जाती। वह कहती आदमकद शीशे में अपने आपको देखो कहाँ तुम भद्‌दी हुई हो। चेहरा तो तुम्हारा जस का तस है। ढँके कपड़ों में तन किसको दीख रहा। परन्तु वह झेंप हटाते हुए बोलती, भाभी ई सीना तो अब कुछ रहा ही नहीं एकदम चुचुक गया। हम ऊ तो झूठे पहिने हैं, खाली सन्तोष की खातिर। इतना कहते हुए उसके चेहरे पर पीड़ा-बेबसी-पश्चात्ताप की अनन्त रेखाएँ। जो आपस में इतनी ज्यादा गुँथी हुई, समझ पाना मुश्किल, विभक्त कर पाना कठिन।

भाभी के घर आते-जाते उसे कई दिन हो गये। उसका सकारात्मक रवैया उसे काफी आश्वस्त कर गया था। उसे लगने लगा कुछ भी हो भाभी गलत नहीं समझती हमदर्दी रखती है। इसके बावजूद वह जल्दी जुबान नहीं खोलती थी। यदि खुलवाने के ढेरों प्रयास में खुली भी तो

वही झूठी। पता नहीं उसमें कितना डर बैठ गया था, सच न बोलने का। कौन-सी बेरहम धमकी उसे पस्त कर गयी। उसी की बात सच माने तो भी उपेक्षा-उलाहना वह कितना सहे। विविध किस्म की सजाएँ, जो विहीन। अच्छी-भली लड़की खुली आँखों से देखने वाली, छितरा रही।

प्रायः की आपसी बातचीत में एक दिन वह विश्वास से भरी भावुक हो उठी, भाभी वह सचमुच बहुत प्यार करता था। बस था शक्की। शादी के तुरन्त बाद ही पछताने लगा। पैर का महावर भी हल्का न पड़ा था। उसकी माँ हर समय तनी-तनी सी। पता नहीं क्या बेटे से हर समय फुसफुसाती। वह माँ का चेहरा ताकता मुझे पढ़ता और घूरता। कपड़े घर में ही सुखाओ। किसी के आने पर एक हाथ का घूँघट। काम करो पर चूड़ी की खनक न हो ऐसी ही ढेरों पाबन्दियाँ। बस एक बात के लिए वह उससे जवाब-सवाल कर बैठी। भले घर की औरतें पान-गुटखा-सुरती नहीं खातीं। जो तुम शराब-स्मैक खाते-पीते हो? मैं तो मरद हूँ कमाता हूँ तो खाता पीता हूँ जो चाहूँ सो करूँ।

मरद के कमाने की इतनी बड़ी धौंस। उसके पास उसकी कमाई के पैसे थे, कामगारी के दिनों के। गयी दुकान से (गुटखा) पाउच ले आयी। वह कभी-कभी ही खाती थी शौकिया। यह शौक भी उसके पंजाबी भाभी के घर ही जन्मे-पले थे। फिर क्या था, वह आग बबूला हो उठा। लगा गालियाँ-गुफ्ता करने। उसके कुल-वंश अपनी मति को कोसने।

'औरतों की जीभ चटोरी हो जाये, आँखों का पानी झर जाये वह घर में रहने के लायक नहीं।'

'देखो, मुझ पर बिना-वजह शक मत करो न लांछन लगाओ। वह भी क्रोध में तड़पड़ाने लगी थी। फिर क्या। तुम लम्पट-छिछोरों के ठीहे पर जाओगी। जीभ-दागने। इस चेहरे से फिर किसी को

बेवकूफ बनाने। वह तो तेहों पर सवार था। उसे नहीं मालूम किस भ्रम ने उसको जानवर बना दिया। वह दौड़ा-दौड़ा गया किरासिन ले आया। सिर से डाला पाँव तक आया। न वह बिफरी न विरोध ही किया। उसे लगा महज खोखली धमकी, मर्दानगी का नमूना है। वह भी ढीठ तनी रही।' चीखी...लगाओ माचिस हिम्मत है? सिर पर क्रोध भभक रहा, वह उसके दुस्साहस को ललकार रही। दनादन उसने एक के बाद एक लपलपाती चार तीलियाँ किरासिन से नहायी छाया पर उछाल दी। भभक-भभक कर वह जल उठी। जलन-पीड़ा के आगे जिद कहाँ ठहरती। उसकी भी नहीं ठहरी। न चाहते हुए भी विलाप कर उठी पर उसमें बचाने की गुहार नदारद थी। वह मर जायेगी पर मदद न माँगेगी, स्वावलम्बी, स्वाभिमानी छाया।'

गुबार का स्तर देख सकते में आयी थी उसकी माँ। छाया के घर-बहू बनने से वही सबसे ज्यादा आहत हुई, उसी के सपने खाक हुए थे। मूक विरोध का आवरण हटा उस दिन दबाव भरे स्वर में बोली, 'कभी चेहरा-मोहरा भी कुल वंश पर भारी पड़ा है।' बेटे को झिंझोंरा-फटकारा, 'यदि यह मर गयी तो तू जेल में घिन्नी घिसेगा।' उसी ने कम्बल ढाँक कर उसकी आग बुझायी। पुलिस के डर से, दोस्तों-शुभचिन्तकों की सलाह पर उसका बेगरजी वाला इलाज भी करवा दिया। वह जब भी अपने साथ हुए हादसे को बयान करती टुकड़े-टुकड़े में, तब-तब एक परत छिल जाती। बात और न उघड़े-चिथड़े। राह बदलने में उसे राहत महसूस होती।

'तू अभी भी उससे प्यार करती है। मासी ने पूछा था उसके अन्दर नफरत कितनी गहरे तक बैठी है, कि गरज से पूछा गया प्रश्न था। ऐसे प्रश्न पर वह दुविधा विस्मय से चेहरे को कुछ देर देखती रहती। कुछ देर अस्फुट आवाज में होंठ हिलते हुए दिखायी पड़ते।'

नहीं भाभी, अब नहीं। मैं जल रही, साथ-साथ मेरी शादी का सर्टीफिकेट भी जल रहा था। जो उसने बकस से निकाल मेरे ऊपर

फेंक दिया था। "तू भी खत्म ये शादी भी खत्म।" अब तो उससे घिन आती है। उसका कुल-वंश सत्यानाश हो जाये यही मुरली वाले से मनाती हूँ। वही औरत का लाज-आन बचा सकते हैं। इतना कह चुप, पर दिमाग शुरू। दोस्त-यार का इतना मान-विश्वास जान लेने पर उतारू। उसे अपनी बेइज्जती का सबसे बड़ा दुःख था। वाकई में वह मार डालता छोड़ देता, भगा देता सह लेती, वह अपनी नियति तय नियामक जानती थी। परन्तु वह जलाने को अपना अपमान मान रही। नहीं बिसरा पा रही अपनी आपबीती।

उसकी बातों से लगता, कहीं एक प्रेम विश्वास का सेतु अभी भी जुड़ा था। जो अपने इश्की को शत-प्रतिशत दोषी नहीं ठहराता। उसकी मति भरता दिया। उसका भ्रम उस दिन टूटा। जब वह जिन्दगी से ऊबी-उकताई घर से दस-मिनट के रास्ते पर गंगा नदी जा रही। पता नहीं कुछ कर गुजरने या मन शान्ति की तलाश में, यह तो वही जानती थी। पीछे से टर्रा आया, अबे यार इसकी गरमी अभी तक उतरी नहीं, तभी गंगा में जुड़ाने जा रही, बस एक बार और पायताने आ जाये एकदम जुड़वा देंगे, बेचारी। ढेरों ठहाके एक साथ लगे थे। वह फिर दोस्तों के साथ था। उस पर हमेशा नशा तारी रहता। कभी नशीली चीजों का, कभी अपनी ऊँची जाति का, मरद का तो था ही। उसके कानों में इतना तेज दर्द होने लगा जैसे किसी ने कान के परदे में सलाई से खोंच दिया हो। घिन-उबकाई-प्रतिशोध न जाने क्या-क्या सारे मरदों के प्रति। हरे घाव को फिर कुरेदा गया था।

ऐसे वाकयातों-वाक्प्रहारों से केवल छाया ही घायल नहीं हो रही, उसका भाई भी सुन रहा छीझ रहा। अपनी लाचारगी को कोस रहा। बार-बार उसकी मर्दानगी को लोग ललकार रहे। उसके पिछड़े होने की इतनी बड़ी सजा। बहुत कानून-नियम है पर बिन पैसे-पौरुष के कहाँ सुनवायी। निहत्था-निःसंग वह कहाँ जाये। हार कर कहीं

दुआजू से छाया की बात लगा दी थी। यही राह उसे आसान लगी। उसे हमेशा अब बात का भय रहने लगा, कहीं मेरे अन्दर का इंसान न मर जाये। इज्जत मिटी ही, बचा-खुचा मैं न उखड़ जाऊँ।

अब तक वह बिनौरी से प्रत्यक्ष-अप्रत्यक्ष आहत होतीं रही थी। भइया शादी हंडिया गाँव में कर रहे सुन वह बिदक गयी। उसका मन उचाट। कभी घुमड़ी आती, कभी कान में सीटी बजती। ऐसा नहीं कि उसे शादी से खौफ पैदा हो गया हो। खफा थी उस दरिन्दगी से, कुछ न कर पाने की कसमसाहट। न्याय कोई दिला नहीं रहा। मन बेकार-बेचैन सा रहने लगा।

छाया की दशा देख हर किसी का मन दुखी हो जाता। जिस ख्वाहिश की चाह में बिरादरी विरोधी कदम उठाया समाज से बेपरवाह हुई। अभी भी ताने-उलाहने उठते-बैठते सुन रही, आये दिन छेड़ी जाती उन आवारों से उसकी वेदनाओं पर विराम नहीं लग रहा। सभी लाचार। न उसके भाई की पीड़ा कम कर सकते न उसमें प्रतिकार के लिए साहस ही भर सकते। विधि पर छोड़ सभी शान्त। पर कोई भी शान्त नहीं। लोगों के मन अशान्त बेहद उथल-पुथल।

वह काम करती जाती। बुदबुदाहट। कोसना जारी रहता। उसके अन्दर कई तरह की आकार-प्रकार की लपटें निकल रहीं। अपने तरीके से न्याय पाने की। शक की कोई दवा खोजी नहीं गयी, तो निवारण कैसे हो। उसे न्याय कहाँ कैसे मिले। इसकी पहल उसे ही करनी पड़ेगी किसी में साहस नहीं, किसी को सच्ची हमदर्दी भी नहीं। खूबसूरत चेहरे का नाश क्या लड़की का सर्वनाश? नहीं, कभी नहीं। शादी के बाद तो भउर राख में बदल जायेगी। वह अपने आप से पूछती जो प्रेम करवाया जाता, मय सामाजिक सहभागिता के शादी के बाद वह ईमानदार होता जो स्वतः बिना इसके होता वह बेईमान होता? मेरे प्रेम पर प्रश्नचिह्न?

वह अपने क्षेत्र की स्टेशन ऑफीसर से बहुत प्रभावित थी। वह लोगों से सुने हुए उसकी बहादुरी और न्याय के किस्से आये दिन

सुनती-सुनाती। कमजोरों और स्त्रियों-लड़कियों के प्रति वह अधिक संवेदनशील। स्टेशन ऑफीसर उसका सम्बल बन रही। इसी से अपने आपको अपने इरादे मजबूत करती जा रही। अब कभी-कभी वह बे-सिर-पैर की भी बोलती। शायद हादसे का असर पता नहीं न्याय न मिल पाना—अन्याय जारी रहना। जलने से पहले वह अपने जन्म-कुल को हमेशा कोसती। अपने लिए सदैव आचरण का वह तरीका अपनाती जो उसका नीच कुल में उत्पन्न होना छिपा जाता। इसीलिए उसे बड़े घरों के लोग पसन्द करते। वह शक्लोसूरत सीरत से उनके ही परिवार की सदस्य लगती। शायद कुछ ऐसे ही भुलावे में वह केबिल-ऑपरेटर उससे इश्क कर बैठा होगा। लेकिन संकल्प की धनी छाया को कौन उखाड़ पाया।

चार दिनों से छाया फिर नदारद। न आने से उन्हें खीझ होती। कॉलेज देखे कि घर का सारा काम-काज पाँचवें दिन सण्डे। चाय पीती जाती, चर्या की सूची दिमाग में बना रही। तभी उसकी बड़ी बहन आयी। भाभी, छाया को बुआ के घर भेज दिया, अब हम ही आयेंगे। वह न सुधरी, न सुधरेगी एक दिन फिर वही केबिल वाले के संग भाग गयी। दो घण्टे बाद लौट भी आयी। डाटो-डपटो, चुप तो चुप। जैसे मुँह में दही जमा ली। साँझ को पता चला। वह अस्पताल गया था। चार टाँके लगे हैं। सब हमीं लोगों को कोस रहे लड़की पाले हैं कि रणचण्डी। बड़ी मुश्किल से बकरी। कहती रही वो हमारा चेहरा बरबाद किया हम उसका जोश-जिन्दगी सत्यानाश कर दिये। अब उसे मनई-मेहरारू के बीच नहीं, छक्कों की टोली में ही पनाह मिलेगी। उसके साहसिक कदम को उन्होंने समझ लिया था।

'पर वह ठीक तो है।' हाँ हाँ भाभी कल वह घर आ गया। सुना उसे खून चढ़ाने की नौबत आ गयी। पहले वह बदनामी के डर से अस्पताल नहीं जा रहा था। जब उसकी माँ ने अपनी जिन्दगी की

दुहाई दी, तब गया। जब से आया है न बाहर निकला न किसी से मिल रहा। माँ ही अपनी विथा अपनी बिरादरी में बाँट रही।

सुनकर वह भी कुछ देर के लिए सन्न रह गयी। यह क्या किसा उसने। अब कहीं प्रतिशोध की आग में पूरा परिवार न लपेट में आ जाये। न्याय एक विलक्षण चीज है। हर व्यक्ति जिसकी चाह करता है जो कभी आसानी से हासिल नहीं होती। न्याय की गुहार में उसे अपशब्द, उलाहना, उपेक्षा ही मिली थी। उसने अपने तरीके से न्याय पाने की कोशिश की। इस पार या उस पार।

उन्होंने उसके फोन से जाना वह बुआ के घर खुश और सन्तुष्ट है। अपने बदले की तरकीब पर उनकी प्रतिक्रिया जानना चाह रही। भाभी, मुझे वह टर्रा नहीं भूलता, अभी इसकी गरमी उतरी नहीं। मैं नदी में डूबने का मन छोड़ दी उसी समय। घर पलट आयी। तभी से मेरे हिरदय में बदले की चिनगारी फूट गयी। जो अब धीरे-धीरे आग में बदली। बतायें ठीक किया या गलत।

ककहरे में व्यंजनों को तलाशती शब्द बना रही, नहीं गढ़ पा रही। असमर्थ वह। रायशुमारी में भी असफल। उसकी चुप्पी उसकी शक्ति बनी। उनका मौन उसकी आवाज।

मरदमारन

बहुत सारी खबरों के बीच सलोनी की आत्महत्या की खबर ने उसे एकदम से झकझोर दिया था। मजबूत-मगन दिखने वाली ने पलायन का रास्ता चुन लिया था। फागुन के महीने में भी कोई अपनी जान देता है, जब सारा नगर-देश, संसार प्रेम में मगन रहता हो, तो उसे दुनिया छोड़ने का विचार मन में कैसे आ गया? एक सलोनी ही नहीं थी जो मदनोत्सव की परवाह किये बगैर अपनों और अपने जायों को छोड़ कर चली गयी थी। खबरों की मानें तो ढेरों सलोनियाँ-मलोनियाँ उत्सवों की परवाह किये बगैर इस संसार से कूच कर जाती हैं।

''बेचारी!!! आखिर मर ही गयी। दो-दो बच्चों का भी ख्याल नहीं किया। अब तक अपने तईं जिन्दा रही, मरी भी तो अपने लिए। क्या किसी को ले गयी? नहीं ना, चार दिन में सभी भूल-भाल जायेंगे, हर मुँह में लगभग ऐसी ही बातें निकल रही थीं।

प्रतिदिन का न भी लें, हफ्तावर ही लें तो भी हर सप्ताह आने वाली खबरों के अनवरत क्रम में इस हफ्ते भी कई महिलाओं की मौत की खबरें छपी थी। कोई दहेज की अपूर्ण माँग के लिए जला दी जा रही थी, कोई बलात्कार का शिकार हो रही थी (जो मरे के सामन है) कोई आत्महत्या कर रही थी। कुछ योग्य पत्नियों से कुण्ठित हो उन्हें मौत की नींद सुला दे रहे। कुछेक अपवादों को छोड़ दें तो इसमें कहीं पड़ोसी- परिवार की भूमिका रहती ही रहती है। इस भूमिका का दायरा इतना विशाल और निर्वहन इतना अचेतन है कि अब हम लोग इसे सामान्य-जीवन का हिस्सा माने ले रहे हैं। बल्कि यूँ कहें मक्खी-मच्छर की भाँति उनका मरना सामान्य-सी और जरूरी बात होती जा रही है। हर हाल में औरतों के अस्तित्व पर संकट मँडराता रहता है।

सलोनी का मरना सामान्य बात नहीं थी। उसे कुछ खास-खास सीन दिन पे ज्यादा ठक-ठक कर रहे हैं। उसके घर से एक फर्लांग पर उठाऊ चट्टा था। वहाँ वह अपने पति की मरज़ी के खिलाफ दूध लेने जाया करती थी। इस गरज के साथ कि सही दूध के साथ-साथ महिलाओं से मेल-मुलाकात का सिलसिला बना रहेगा। जो कि उस मुहल्ले में एक दूसरे के घर आवाजाही का प्रचलन कम ही था सो महिलाएँ उसके घर कम ही आती-जाती थीं। उसके पति को लगता औरतों के बीच मेरी बीवी उठेगी-बैठेगी तो मेरे कस-बस में नहीं रहेगी। वह कहता, 'पन्नी वाला दूध (पराग) भी जब वही भाव है तो फिर क्यों दूध के बहाने पंचायत-पंचौरा करती हो।' और पता नहीं वह क्या-क्या बोलता था। उसका मुँह तब तक बन्द नहीं होता था जब तक वह पलट कर 'आँखों देखा दूध लेती हूँ, थोड़ा बोल-बतिया लेती हूँ तो तुम्हारी क्यों सुलगती है।' इतना न बोल देती। सलोनी की तुरन्त प्रतिक्रिया पर वह आगबबूला हो उठता था। इतने पर तो आपसी चटका-चटकी तय थी। मतलब माँ-बहन शुरू कर देता था। 'तेरी ऐसी की तैसी।' हाथ-पैर पटक-झटक सामान इधर उछालता, उधर गिराता।

ऐसा उसके घर आये दिन होता रहता था। और वह इस रोज की झौं-झौं से अपने आपको तनाव में नहीं आने देती थी। ऐसा नहीं कि उसने आसानी से तनाव पर विजय पायी हो, वह काफी प्रयासों-अभ्यासों के बाद ही ऐसा कर पायी थी। उसके प्रयासों में शामिल था, जो उसके घर में अठारह-बीस गमले थे उनकी नियमित देखभाल करना, कोने-अतरों की भी डस्टिंग करना। और तो और वह प्राणायाम के रोज के अभ्यास से काफी कुछ तनाव मुक्त हो जाती थी। यह एक अजीब-सा गँवई चलन शहर का भी सामाजिक नियम बन गया कि बहू चाहे किसी के भी घर की हो परन्तु मोहल्ले की सभी महिलाएँ उम्र के अनुसार ननद-सास-जेठानी की पदवी में स्वतः आसीन हो जाती हैं। मुहल्ले में कई संयुक्त परिवार थे। लगभग उन सभी के घरों में बहुएँ थीं, परन्तु सलोनी का रख-रखाव खाँटी बहू जैसा नहीं था। इसीलिए लोगों की उसके बारे में मिश्रित राय थी।

वैसे वह भी यह मान चुकी थी कि मुहल्ला ससुराल ही होता है। लेकिन वह मुहल्ले से बाहर निकली नहीं कि नख से शिख तक अप-टू-डेट हो जाती थी। वह खूबसूरत तो थी ही, उसका बनाव-ठनाव ऐसा, जैसे वह किसी महानगर की वर्किंग वूमन मालूम पड़ती थी। ऐसा नहीं कि वह स्वयं में ही फिटफाट रहती थी, अपने इर्द-गिर्द महिलाओं-लड़कियों में भी दुरुस्त रहने के फिटनेस टिप्स देती और साथ ही उदासीन लोगों में रुचि भी पैदा करती थी। उसकी यही सब सुघड़ता, शालीनता और खूबसूरती उसे याद आ रही थी। मुहल्ले में हर किसी के साथ उसकी दुआ-बन्दगी नहीं थी, कुछ खास-खास लोग थे उसकी सोच के दायरे में जो फिट बैठते थे।

परन्तु वहीं पीठ पीछे कुछ दकियानूस प्रपंची महिलाओं की राय इसके उलट थी, क्योंकि उसने प्रेम और अन्तर्जातीय विवाह किया था। बल्कि जब किसी को उस पर गुस्सा आता तो वही लोग उसे 'अरे भगोड़ी है, भाग कर आयी है' जैसा कुछ बोलते थे, पर पीठ पीछे

ही (पपुआ का खौफ जो था)। इसीलिए इस करनी (प्रेम विवाह) से उसका रूप-बदरूप और गुण-दुर्गुण में बदल गया था। उसका पति पपुआ भी कुछ-कुछ ऐसा ही सोचने लग गया था 'जब यह हमसे प्रेम कर माँ, घर-परिवार को किनारे कर मेरे साथ भाग सकती है तो किसी के भी साथ...? क्या मैं बेवकूफ बना...? क्या ठगा गया...?' अपने आपसे यह प्रश्न उस घड़ी जरूर दोहराता, जब वह उसके किसी मित्र से सहज ढंग से बोल-बतिया लेती थी। इसके उलट सलोनी की सोच थी, जब बिन पिता-काका के पति ढूँढ़ा है तो जो भी है सब ठीक है। कम से कम रड़ुवों-लोफरों से तो बची रहूँगी।

गैर जिम्मेदारी की पराकाष्ठा को पार करता पपुआ। जिम्मेदारी की दिनोदिन सीढ़ियाँ चढ़ती सलोनी। सलोनी का काम करते-करते मारे थकान के शाम तक बदन टूटने लगता। और पपुआ का, इतना आराम कि आराम की अधिकता के मारे देह में चटकन होने लगती। दोनों विपरीत दिशा में जाते हुए। पति-पत्नी दोनों के ही अपने-अपने अनुमान-आग्रह थे परन्तु दोनों एक दूसरे पर खरे नहीं उतर रहे थे। इसी वजह से आये दिन आपसी मनमुटाव कलह में तबदील हो जाता था। जो कमरे-आँगन से निकल सड़क-पड़ोस तक जा पहुँचता था। जोर-जोर से चीखने-चिल्लाने की आवाजें पपुआ की ही आती थी परन्तु दोषी ठहराई जाती थी सलोनी। 'अरे वही लुकारी लगाती होगी, खुद तो मेऊ-मेऊ बोलती है पपुआ की चिंघाड़ के आगे कहाँ से ओकर आवाज सुनायी पड़ी।' यह किसी एक खास पड़ोसी की सोच थी जो फैलते-फैलाते सब की हो गयी थी। पपुआ की गलियों में रिसर्च करती आवाज कान में पड़ी नहीं कि अड़ोस-पड़ोस की बुढ़ीवें अपने घर से ही बड़बड़ाना शुरू कर देती थीं, "ई ओढ़री (भगाई हुई) मेहरारू पर तो गालियों का भी असर नहीं है, न खुद चैन से रही न केहू के रहे देई। आपन नान्ह-नान्ह नाति-नतेरुवा लेके कहाँ जायी। ई मुहल्ला गन्धाय दिहिस। मरदे को तो कोंछा में बाँध के रखे है।

कुल काम अपनेन मने से करेले।" प्रचलित नियम-नियमान्तरों के विपरीत यह सारे मत-मंतव्य उस बुढ़िया के नहीं थे जो उसकी सास थी। पपुआ से खीझी थी उसकी माँ, उसके अन्य भाई। उसे कुछ राह पर ले आ पायी थी तो सलोनी ही। अपने उस व्यवहार से जिसको समाज त्रिया चरित्र कहता है। उसकी सास मुहल्ले में थोड़ा-बहुत उठती-बैठती जरूर थी उसकी वॉकर के सहारे। आपसी बतकही में सलोनी की प्रशंसा-प्रासंगिकता का जिक्र करना नहीं भूलती थी।

सलोनी की शादी के सात वर्ष दो बच्चों के साथ इसी तरह रोते-धोते, लड़ते- झगड़ते गुजर गये थे। ऐसा नहीं इन वर्षों मे उसे घर और पपुआ को छोड़ने का ख्याल मन में नहीं आया अनगिनत बार आया। कभी-कभी तो घड़ी-घण्टा बीतते न बीतते आ जाता घर छोड़ने का मन। परन्तु कुछ था, कोई डोर थी जिसके सहारे वह बंधी थी। उसे याद आता वह कैसी-कैसी मुसीबतों से पार पाते हुए इण्टर तक पढ़ाई कर पायी थी। रास्ते की छेड़खानियाँ। लगता जैसे लड़के अपना दिल हथेली पर लिये उसी को सौंपने की फिराक में हों। तेजाब से चेहरा खराब करने की धमकियाँ। तनाव के क्षणों में मिले अच्छे दिनों के प्रेम-प्रपोजल्स उसे ढीला कर देते थे। बचा-खुचा तनाव उसके दो मासूम बेटी-बेटा फलश कर देते थे। इतने दिनों में उसने एक कठिन काम को अंजाम दिया था। पपुआ (पति) को राह पर लाने की कोशिश की थी। बहुत सारी चिह्नित-अचिह्नित नीतियाँ अपना कर। सलोनी की इस करनी से पड़ोसियों- सगोतियों को ही राहत मिली थी पर सलोनी की तो मुसीबतें ही बढ़ी थीं। शायद ही कोई ऐसा होगा जो पपुआ की ठगी-धोखा से बचा हो और यही उसकी आमदनी भी (चाहे धन्धा कहो) थी। यह सारी बातें आवेश में या फुरसत में बुढ़ीवें अपनी बहुओं को और बहुएँ अपने पतियों को कथ्यात्मक ढंग से सुनाया करती थी। वैसे मुहल्ला हर मायने में ठीक था पर दूसरे के जीवन में ताका-झाँकी जैसी प्रवृत्ति प्राणहीन नहीं हुई

थी। और प्रगतिशीलता तो उस स्तर पर भी नहीं पहुँची थी जहाँ प्रेमविवाह जैसी बातें बेमानी हो जाती हों या किसी औरत का मरदाने ढंग से काम करना। भारी-भरकम कामों में भी किसी पुरुष को न ताकना।

एक ही मुहल्ले में रहते हुए पड़ोसी विवेक का सलोनी से आमना-सामना कम ही हुआ था। परन्तु घर में पड़ोसी-पोथा खुलने-बाँचने से सलोनी के बारे में बहुत कुछ जान गया था। बल्कि यूँ कहें सलोनी के 'पौरुष' से कुछ-कुछ प्रभावित भी होने लगा था। सलोनी से सम्बन्धित बातें सुनने में उसे रुचि भी आने लगी थी। तभी तो उसकी मौत की खबर से वह अचम्भित-आहत दोनों ही हुआ था। उसके प्रति किस-किस पुरुष के मन में प्रेम का अंकुर फूटा यह तो खोज का विषय था।

पपुआ के घर के सामने कई-कई टुकड़ों में लोग जमा थे। लोगों के चेहरों को वह अपने मोहारे से भलीभाँति देख पा रहा था। उसका घर इतना पास भी नहीं था कि लोगों की अस्फुट आवाजें स्पष्ट सुनायी देती। आती कई आवाजों की एक लड़ी पकड़ने से यह पक्का विश्वास हो गया था कि पपुआ की बीवी (सलोनी) ने ही फाँसी लगायी।

पड़ोसी के यहाँ आपकी आवाजाही ना भी हो तब भी एक रिश्ता-धर्म स्वतः कायम हो जाता है। उसने वक्ती तौर पर कौन-सा रिश्ता कायम किया यह तो वही जाने। परन्तु उसके दुआरे जाकर मातमपुर्सी करने के लिए मन विकल रहा था। वह कभी अन्दर जाता कभी बाहर कुछ-कुछ बेचैन-सा हो रहा था। उसकी पत्नी ने चुटकी ली, 'तुम तो ऐसे तड़फड़ा रहे हो जैसे तुम्हारी ही सगी बहिन-बिटिया गले में फन्दा अटका ली हो।' गुस्से के मारे उसके कान की लवे सुर्ख देख उसकी पत्नी को तुरन्त अपनी ताना-मारन भाषा का अहसास हो गया था। पड़ोस में गमी और घर में गरमा-गरमी न हो झट वह

सिफलाने (फुसलाने) भी लगी थी, 'तुम्हारे वहाँ जाने से क्या वह लौट आयेगी। अरे उसके दुआरे सभी लोफर-लफाड़िये ही तो इकट्ठा हैं। एक्कौ कायदे का आदमी नहीं है।' उसने एक्कौ को बहुत जोर देकर कहा था। वह नहीं चाहती थी कि ऐसी दागदार मातमपुर्सी में उसका अदुनियावी पति जाये। पर उस वक्त वह अपनी पत्नी से उलझने की मनःस्थिति में नहीं था। वह था भी अजीब किस्म का जीव। एक तो जल्दी-जल्दा गमी में जाता नहीं, यदि वह ठेले-ठाले गया भी तो एक़दम गुमसुम, न सान्त्वना, न सलाह। ऐसा नहीं कि उसकी संवेदनशीलता में कोई खोट थी। बस उसका व्यवहार किंकर्तव्यविमूढ़-सा था। उस वक्त उसके आँख-कान दो की जगह चार हो जाते। उन दो अदृश्य आँखों से वह वहाँ मौजूद चेहरों की मनःस्थिति पढ़ता और कानों से भिन्न-भिन्न गुटों के मध्य होने वाले गल्प को सुनता।

पपुआ के दुआरे लगभग सैकड़ा भर भीड़ में स्त्री और पुरुष दोनों ही थे। पुरुषों में तो हर वय की मौजूदगी थी परन्तु महिलाओं में एक-दो को छोड़ कर ज्यादातर उम्रदराज थीं जिन्हें घर के कामों में कोई दिलचस्पी नहीं थी। वहाँ कई गोलबन्दी थी। वह रह-रह कर हर गोल में जा खड़ा होता। कहीं खुसुर-फुसुर होती कहीं से किस्म-किस्म के औरतों की लाचारगी के किस्से सुने-सुनाये जा रहे होते। जब कभी वह बोला होता तब न वहाँ कुछ बोलता-बतियाता। जो सुन रहा था वह उसको उद्वेलित कर रहा था। "वह मरदमारन मेहरारू थी।" पहली बार यह शब्द उसने अपनी पत्नी के मुँह से सुना था दोबारा यहाँ सुन रहा था। तब उसने अपनी पत्नी को ही गँवार मान उसी की दिमाग की गढ़न-उपज माना था। परन्तु अब वह इस शब्द को हल्के में नहीं ले पा रहा था।

वहाँ मौजूद एक बुढ़िया रह-रह कर कोसती 'मरदमारन मेहरारू एइसही होलिन।' फिर कुछ देर बाद किसी और के मुँह से निकलता 'उनका हश्र ऐसे ही होती है।'

सलोनी ने अपारम्परिक विवाह किया था पर वह प्रवृत्ति से थी घोर पारम्परिक। वह अपनी माई-ताई की तरह ही अपना जीवन गुजारना चाहती थी। हर किसी का अपना चाहा कहाँ होता है? उसका भी नहीं हुआ था। पहले झटके ने ही उसे झकझोर कर रख दिया था जब जाना कि पति (पपुआ) का कोई बिजनेस-विजनेस नहीं, नटवरगीरी ही उसकी जीविका है। ऐसा धन्धा शुरुआती दौर में परिचितों में ही पनपता है। वही इसकी गिरफ्त में भी आते हैं। पपुआ ने भी वही किया था।

ऐसा नहीं कि वह अपढ़ था। इण्टर पास था। नौकरी की खातिर ही फिटर-टर्नर से आई. टी. आई. का व्यावसायिक कोर्स भी किया था। किसी की सरपरस्ती होती या वह स्वयं ही संघर्षशील होता तो कहीं क्लास थ्री या फोर में लग ही जाता। परन्तु ऐसा न हो सका था। बदलते खराब वक्त में बी. टेक. पास बेरोजगारी की लाइन में खड़े हैं तो आई. टी. आई. पास की कहाँ पूछ होती। बिना प्रेम के दिनों में उसने नौकरी के लिए हाथ-पैर मारा था, मिली थी चार चक्का (फोर व्हीलर) की क्लीनरी। अपने आपको जूनियर इंजीनियर मानने वाला इसे करता? आ गया था उस लाइन में जहाँ से उसके पप्पू से पपुआ बनने की शुरुआत हो गयी थी।

मुँह चला कर बिना पसीना बहाये, पीठ अकड़ाए जिसे पैसा कमाने की लत पड़ जाये वह क्यों इस धन्धे को छोड़ेगा? इतनी सरलता से यह भेद सलोनी पर नहीं खुला था। उसे पपुआ की संदिग्ध कारस्तानियों से शक तो बहुत पहले से ही होने लगा था। बिना पुख्ता आधार के कैसे उस पर आरोप लगाती। किसी एक दिन चट्टे पर जाने से दबे मुँह बातें उसके कानों में पड़ी थीं। "सुन्नर मेहर के ढेर ठसका के चलते अब ऊ सुधरी? जे कर लोला (जीभ) चलाये के कमाई हो जाये ऊ काहे आपन चूतर-एड़ी घिसी।" वह समझ गयी थी किसे निशाना बना कर किसको सुनाया जा रहा था।

पर बिना प्रमाण के वह किससे तर्क-वितर्क करती-सफाई देती। जब अपने में ही खोट हो तो कैसे अकड़े और किसके दम पर चले-बहसे।

लेकिन उसने ऐसी ही इतनी बातों पर दूध लेने जाना तो नहीं ही छोड़ा, इसके उलट वह विनम्र बहू होने के सलीके अपनाती जा रही थी। उसे अब यकीन हो चला था यह सारे ताने-कटाक्ष पपुआ के बहाने से उसे सुनाये जा रहे थे। कब तक कोई ढँकी-दबी जुबान से उलाहना देता।

पीड़ितों की शिकायत चरम पर थी। अनियमित होता क्रोध अब अपरोक्ष शिकायती रूप में नहीं परोक्ष चेतावनी के रूप में सामने आने लगा था, 'अपने खसम से कहो जौन चूतिया बनाये के पैसा ऐंठे हैं न हमार, सीधे-सीधे लौटाए दे, नाहीं तो हमार बेटवा-मरद (हाथ के इशारे से) हलक में ई हाथ जाई पेटे से पैसा निकाल लेइय हैं।' अब उसे लगभग ऐसी ही भद्दी धमकियाँ सुनने को मिल जाया करती थीं। क्या सलोनी इतनी सीधी थी कि यह सब सुनने के बावजूद चुप लगाये रखती। नहीं ऐसा नहीं था। वह अपने को बड़ी ही मशक्कत से नियन्त्रण में रखती, "जिसे दिया है उससे उगाहिए। मुझसे कहने से आपको कोई फायदा न होगा।" अपमान की चरम अनुभूति के बावजूद वह अपनी बोली-भाषा को नियन्त्रित ही रखती। 'वही बात दो-दो बच्चे, अपंग विधवा सास और स्वयं अपना' उसके पास और किसका बल था जो मुखरता दिखाती। अपमानित सलोनी घर पर किससे कहती, पेंशनर विधवा सास से? जो पहले ही बेटे की आवारगियों से आजिज आ पल्ला झाड़ चुकी थी। खाना-खर्चा तो नहीं, पर जोर-जांगर से वह बहू पर आश्रित होती जा रही थी। बाकी उसके पास स्त्री आत्मा जैसा भी कोई चीज थी। नहीं तो कहाँ सासें बहुओं की तरफदारी करती हैं।

जब भी पपुआ से वह दरियाफ्त करती, बात पूछ-पुछव्वल से शुरू होती, फिर चटका-चटकी से होती हुई झगड़ा मार-पिटायी पर

ही खतम होती थी। जब-जब सलोनी का अपमान का घड़ा भरता, उड़ेलती पपुआ के ही आगे। अपमानित होने का कारण भी तो वही था तो अपमान का घड़ा भी तो उसी के आगे फूटेगा। फिर वहीं, जो होता आया था। अब तो वह छुट्टा साँड़ के माफिक हो चला था। मतलब हर समय नंगई पर उतारू रहता। किसी की कोई भी लगाम उसके नाप की नहीं थी।

कुण्ठित पपुआ पन्नी चढ़ाता। ज्यादा चढ़ जाती तो पसरे-पसरे बड़बड़ाता गरियाता। जब कम चढ़ी होती तो वह उस वक्त अपने आपको महाबली समझने लगता। उसका ताण्डव सामानों के तोड़-फोड़ से शुरू होता जा पहुँचता उसके कपड़े फाड़ने और घूँसा जमाने पर। कुछ नहीं तो उसका कपड़े फाड़ घूँसा ही जमा देता। कभी अचकचाहट में उसके बालों को खींच लेता। जब तक वह पलटवार की सोचती तब तक वह अपनी मोटरसाइकिल से यह जा वह जा। वह तब लौटता जब उसका क्रोध तरल हो चुका होता था। जीवन की आवश्यक सुविधाओं का अभाव मनुष्य को अधिक दिनों तक मनुष्य नहीं बने रहने देता। पपुआ भी अब ऐसी विकृतियों की गिरफ्त में था। अमनुष्यता की ढेरों घटनाओं पर अधिकार जमा लिया था।

अमूमन स्त्रियाँ जिम्मेदार होती हैं। यदि माँ के ओहदे तक पहुँची हो तो जिम्मेदारी और भी बढ़ जाती है। उसको खाये जा रहा था, बाल्यावस्था तक पहुँचे दोनों बच्चों का उत्तरदायित्व। उन्हें कैसे शिक्षा संस्कार दें इस किचकिच, आर्थिक अभाव वाले माहौल में। कदम-कदम पर पैसे की नितान्त कमी की टकराहट होती रहती। कितने दिन सास भरे घड़े में हाथ डालती और कुछ न कुछ हाथ आ जाता।

कई दिनों तक उसने अपने आपको जाँचा-परखा। काफी सोचने-विचारने के बाद उसने अपने शौक को ही व्यवसाय में तबदील करने का मन बना लिया था। मनपसन्द व्यवसाय कुछ

पर वह यूँ ही उसे जाने देगा कभी नहीं। झगड़ा-लड़ाई, बीछ-बीछ कर गालियाँ, चीख-पुकार आये दिन का किस्सा था। एक बुढ़िया के मुँह से निकला शब्द (मरदमारन) सबकी जुबान पर चढ़ गया था। सबने अपने-अपने तरीके से इसका अर्थ निकाला था। सामान्य अर्थ यही निकला कि वह अपने पति (पपुआ) को मारती है। जबकि वह पिटती ही आयी थी। उसने पपुआ को पीटा कब था? आजिज आ कर वह शायद कर भी देती। परन्तु हर समय पारम्परिक पत्नी होने का बोध और सबसे बड़ा कवच पपुआ की माँ (उसकी सास) घर में हर समय मौजूद जो रहती थी।

उसका ब्यूटी-पार्लर का बिजनेस पग-पग आगे बढ़ रहा था। उसमें थी उसकी लगन, मेहनत और रुचि। इसी के चलते उसका आत्मविश्वास पैर जमा रहा था। नित्य दिन वह बाहर निकल रही, किस्म-किस्म के लोगों से मिल-जुल रही। दुनिया-जहाँ देख रही। दिनोदिन स्वनिर्णय की क्षमता बढ़ा रही थी। अपने और अपने बच्चों के बारे में निर्णय की डोर उसने स्वयं थाम रखी थी। इस रूढ़िग्रस्त आधुनिक समाज में ऐसी औरत कहाँ होती है। और यदि कोई अदृश्य शक्ति गढ़ भी दे तो ठौर कहाँ पाती है। एक घरेलू स्त्री के हथ में इतनी ताकत कहाँ से आयी, उससे सीधे-सीधे यह प्रश्न पहले पपुआ करता था। हर बार वही टका-सा जवाब, "तुम इससे ज्यादा कुछ सोच भी नहीं सकते हो। तुम्हें लगता है मैं किसी के इशारे पर चलती हूँ। तुम्हारे अलावा भी मेरा कोई और है। यह झूठ है मन से शक निकाल दो। तुम भी सुखी साथ में हम सभी।" अपनी सफाई में सलोनी जो कुछ भी कहती पपुआ के गले के नीचे भी नहीं उतरता। अब तो पपुआ की शह पर प्रचुर समय की मालकिन बुढ़ीवें, कामचोर गृहस्थिनें, कुछ ताका-झाँकी करने वाले पुरुष भी उसे ताने मारने लगे थे। वह सबकी परवाह करती, ऐसी ऊलजलूल बातों पर कान देती तो कैसे घर-बाहर सँभाल पाती।

वैसे उसने अपने प्रेम के सुनहरे दिनों में उस (पपुआ) पर भरपूर यकीन किया था। ऐसा नहीं कि उसके प्रेम में उसे सदिच्छा न दिखी हो। यह एक प्रश्न था कि शादी के कुछ दिनों बाद ही वह क्यों उसे झूठा लगने लगा था? और अब उसे हर पुरुष संदिग्ध-सा लगने लगा था। निठल्ला पति हो, खूबसूरत बीवी हो तो उसके ढेरों प्रेमी पैदा हो जाते हैं। परन्तु वह किसी पर यकीन करती तब न। अब तो वह मट्ठा भी फूँक-फूँक कर पीने लगी थी।

वैसे झूठ के पर्दाफाश की शुरुआत तो उसके कमाई के धन्धे से हुई थी। जिस कार से वह पहली बार अपनी ससुराल आयी थी, उसके कुछ दिनों बाद ही पता चल गया था कि उसका पति उस कार का मालिक नहीं उसका ड्राइवर था। यह पहला झटका था सलोनी को। पपुआ अपने चारित्रिक दोष को छुपाये रखने के लिए कब तक मुस्तैद हो नैतिकता-ईमानदारी की चादर ताने रहता। उसके अन्दर के शैतान की जानकारी सलोनी को दिन-ब-दिन होती जा रही थी। तो बची-खुशी पशुता वह शराब पीते ही दिखने लगती थी। उस वक्त वह कैसी भी गाली दे देता, कैसा भी लांछन उस पर लगा देता था। वह बोलता नहीं था लड़खड़ाती आवाज से पूरे दम के साथ चिंघाड़ता था। अड़ोसी-पड़ोसी तो सुनते ही, सड़क से आवाजाही वालों के कान भी फड़क उठते थे।

बहुत सारे लोगों को उसके 'पौरुषीय' आचरण पर आपत्ति थी वही लोग उसे बिगड़ैल-खूँखार-बेलाइन औरत की संज्ञा देते थे। ऐसे ताने वह एक कान से सुनती दूसरे से बाहर कर देती थी। बस, कुछ नहीं कहती थी तो उसकी सास। वह तो 'जाने दो सलोनी तुम सच्ची रहोगी तो जमाना कुछ दिनों बाद अपने आप ही तुम्हें कबूल लेगा।' उसे अपनी तरह से समझाती भी थी। सलोनी के अन्दर का शैतान और पशु वैचारिक रूप से भले ही किन्हीं पीड़ा के क्षणों में मुँह निकाल लेते हों परन्तु क्रियाशील कभी नहीं हुए थे। हुए ही होते तो क्या इस